L'AFFAIRE
JENNIFER JONES

Titre original : *Looking for JJ*
Copyright © Anne Cassidy, 2004
First published in the UK by Scholastic Ltd, 2004
a division of Transworld Publishers

Cet ouvrage a été réalisé par les Éditions Milan
avec la collaboration de Ingrid Pelletier.

Pour l'édition française :
© 2006, Éditions Milan pour la première édition
© 2017, Éditions Milan pour la présente édition
1, rond-point du Général-Eisenhower, 31100 Toulouse, France
Loi 49-956 du 16 juillet 1949 sur les publications destinées à la jeunesse
ISBN : 978-2-7459-9103-4
www.editionsmilan.com

ANNE CASSIDY

L'AFFAIRE
JENNIFER JONES

Traduit de l'anglais
par Nathalie M.-C. Laverroux

MiLAN

PREMIÈRE PARTIE
ALICE TULLY

1

Tout le monde recherchait Jennifer Jones. D'après les journaux, elle représentait un danger pour les enfants, il valait mieux qu'elle reste derrière les barreaux. Et la population avait le droit de savoir où elle se trouvait. Certains journaux du week-end avaient même exhumé le gros titre d'autrefois : « Œil pour œil... »

Alice Tully dévorait tous les articles qu'elle trouvait sur ce sujet. Frankie, son petit ami, en était sidéré. Il n'arrivait pas à comprendre ce qui la fascinait tant. Pendant qu'elle lisait, il l'enlaçait et l'embrassait dans le cou. Alice essayait de le repousser mais il ne se laissait pas faire, et le journal finissait par terre, tout froissé. Alice ne pouvait pas résister à Frankie. Il était plus grand et plus fort qu'elle, mais le problème n'était pas là. La plupart des gens étaient plus grands et plus forts qu'elle. Alice était petite et mince ; elle achetait souvent ses vêtements à moindre prix dans les rayons pour enfants. À côté d'elle, Frankie était un géant. Il aimait l'emporter dans ses bras, surtout lorsqu'ils se disputaient, c'était sa façon à lui de faire la paix.

Elle était heureuse avec lui.

Cependant, pour lire les articles concernant Jennifer Jones, elle préférait mille fois être seule. Mais elle devait attendre que Rosie, chez laquelle elle habitait, soit partie travailler. Rosie étant assistante sociale, elle avait de nombreuses personnes à voir et faisait de longues journées, ce qui laissait beaucoup de temps libre à Alice. Quoi qu'il en soit, les articles sur Jennifer Jones n'étaient pas publiés quotidiennement. Ils arrivaient par vagues. Parfois, ils surgissaient en première page, en gros titres arrogants qui s'imposaient au regard. Mais il leur arrivait aussi d'être insignifiants, dans une page intérieure, nuage bavard planant à la frontière des nouvelles et suscitant un intérêt très moyen.

Au moment du meurtre, tous les journaux en avaient parlé pendant des mois. Et le procès avait fait couler beaucoup d'encre. Des dizaines d'articles avaient analysé l'affaire sous tous les angles : les événements de ce jour terrible à Berwick Waters ; le contexte ; les familles des enfants ; les rapports scolaires ; les réactions des habitants ; les lois concernant les enfants meurtriers. Certains journaux populaires se concentraient sur les aspects les plus sordides : tentatives pour cacher le crime, détails du corps de la victime, mensonges des enfants. Alice Tully n'avait rien lu à l'époque. Elle était trop jeune. Cependant, depuis six mois, elle ne laissait passer aucun article, et la question sous-jacente restait la même : comment une petite fille de dix ans pouvait-elle tuer un autre enfant ?

Dans les semaines qui avaient précédé le 9 juin, jour du dix-septième anniversaire d'Alice Tully, les articles étaient réapparus : Jennifer Jones avait fini par être libérée après avoir purgé une peine de six ans pour meurtre (le juge avait parlé plus précisément de « carnage »). Elle avait été mise en liberté conditionnelle, ce qui signifiait qu'elle pouvait retourner en prison à tout moment. Maintenant, elle habitait loin du lieu de son enfance, sous une nouvelle identité, et personne ne pouvait savoir qui elle était, ni ce qu'elle avait fait.

Roulée en boule devant la télévision de Rosie, Alice cherchait frénétiquement le moindre reportage. Du pouce, elle faisait défiler les chaînes satellites avec la télécommande, regardant tout ce qui existait sur le cas Jennifer Jones. Le journal télévisé montrait toujours la seule et unique photographie dont il disposait, et qui représentait la fillette à dix ans. Elle avait les cheveux longs, une frange, et une expression butée. Elle avait aussi un surnom, « JJ », dont les journalistes raffolaient. Et qui perturbait Alice.

Le matin de son anniversaire, Rosie la réveilla avec une carte de vœux et un cadeau.

– Tiens, c'est pour toi !

Alice ouvrit les yeux. Rosie était vêtue de son tailleur sombre et du chemisier blanc à rayures qu'elle portait toujours avec ce tailleur. Ses cheveux retenus en arrière lui donnaient un air grave, presque sévère. Elle avait troqué ses habituelles boucles d'oreilles contre des clips en or. Ce n'était pas du tout la façon dont elle aimait s'habiller habituellement.

– Laissez-moi deviner, vous allez au tribunal aujourd'hui, dit Alice en s'asseyant sur son lit.

Elle s'étira et passa les doigts dans ses cheveux courts.

– Tu as tout compris ! Mais regarde ton cadeau. Joyeux anniversaire !

Pendant qu'Alice prenait le paquet, Rosie alla ouvrir la fenêtre. Une brise légère s'infiltra dans la pièce, soulevant le rideau en tulle. Alice tira le duvet jusqu'à son cou.

– Vous voulez me faire mourir de froid ! plaisanta-t-elle.

Rosie n'y prêta pas attention. Elle aimait l'air frais. Elle passait beaucoup de temps à ouvrir les fenêtres, et Alice passait beaucoup de temps à les refermer.

Dans le papier d'emballage, Alice trouva une petite boîte, comme celles qui contiennent des bijoux. Pendant un instant, elle eut une vague inquiétude. Pour les bijoux, Rosie avait un goût un peu trop artistique. Elle souleva

doucement le couvercle et découvrit une paire de minuscules boucles d'oreilles en or.

– Oh ! Elles sont adorables !

Une boule bizarre se forma dans sa gorge.

– Elles sont plus à ton goût qu'au mien, fit remarquer
Rosie.

Devant le miroir mural d'Alice, elle rajusta sa veste et
lissa sa jupe du plat de la main. Elle paraissait mal à l'aise.

Alice sortit de son lit et s'approcha d'elle. Élevant une
boucle jusqu'à son oreille, elle hocha la tête d'un air appro-
bateur. Puis elle serra doucement le bras de Rosie.

– Tu commences tard cette semaine ? demanda celle-ci.

Alice acquiesça d'un signe de tête. Elle pouvait arriver à
son travail à dix heures.

– Je rentrerai de bonne heure pour pouvoir préparer un
repas de fête, dit Rosie. Et nous n'allons pas célébrer uniquement ton anniversaire. Samedi prochain, cela fera six
mois que tu vis ici !

C'était vrai. Six mois qu'elle se réveillait de bonne heure
dans cette chambre, qu'elle mangeait dans la cuisine de
Rosie, qu'elle voyait son nom écrit sur des enveloppes :
« Alice Tully, 52 Phillip Street, Croydon ».

– Ma mère va venir, continua Rosie. Et Frankie ?

Avec l'aide de sa mère, Kathy, une Irlandaise pleine
d'humour, Rosie avait confectionné un gâteau en cachette.

– Il ne pourra pas venir, répondit Alice.

Elle ne prit pas la peine de lui expliquer pourquoi. Frankie se sentait gêné avec Rosie. Il avait l'impression qu'elle l'observait en permanence et qu'elle était prête à intervenir chaque fois qu'il touchait Alice. Il préférait qu'ils se voient en tête à tête.

– Eh bien, nous ne serons que toutes les trois, conclut Rosie.

Quand elle fut partie, Alice s'assit sur son lit, ses boucles d'oreilles dans une main, et lut la carte d'anniversaire. Elle n'allait rien recevoir de sa mère, elle le savait. Elle resta un instant immobile, consciente de son propre corps, essayant de comprendre ce qu'elle éprouvait. Était-elle contrariée ? Elle avait reçu d'autres cartes et d'autres cadeaux. Elle avait Frankie, et ses amies du *Coffee Pot*. Et il y avait Rosie. Rosie, avec ses accolades chaleureuses et ses manières brusques. Rosie qui sentait le citron, l'ail et le basilic, et qui essayait toujours de la faire grossir. Chère Rosie, douce Rosie. Avant, Alice n'aurait pas imaginé qu'il existait des gens comme elle.

Le cliquetis de la boîte à lettres la tira de ses pensées. Elle se leva et alla poser sa carte verticalement sur la cheminée. Puis elle descendit l'escalier et se dirigea vers la porte d'entrée, où le journal du matin dépassait de la boîte. Elle le sortit en prenant soin de ne pas le froisser ni de déchirer les pages, et l'emporta à la cuisine. Sans y jeter un coup d'œil, elle le posa sur la table et continua de préparer son petit déjeuner. Elle versa des céréales et du lait dans un bol. Une seule cuillerée à café de sucre, c'était suffisant. Puis elle pressa une orange et s'en servit exactement un demi-verre. Pour la nourriture, elle avait ses habitudes. Elle ne se préoccupait ni de son poids ni de son apparence. Elle mangeait ce dont elle avait envie, et la personne la plus persuasive n'aurait pu y changer quoi que ce soit.

Elle s'assit et lissa le journal. Les gros titres auxquels elle s'attendait lui sautèrent aux yeux.

En gros caractères :

JENNIFER JONES LIBÉRÉE
AU BOUT DE SIX ANS. ET LA JUSTICE ?

Elle prit une poignée de céréales. Sa main tremblait. C'était toujours la même histoire qu'elle lisait depuis plusieurs semaines. Fallait-il libérer Jennifer ? Devait-elle rester en Grande-Bretagne ? Était-elle un danger pour les enfants ? Il y avait aussi le côté revanchard : les parents de la petite fille morte essaieraient-ils de retrouver Jennifer ?

Comme toujours, le journal donnait un bref résumé de ce qui s'était passé ce jour-là à Berwick Waters. L'article était exactement comme les autres. Alice les avait tous lus. Si quelqu'un le lui avait demandé, elle aurait probablement pu les réciter par cœur. Une journée lumineuse de mai, six ans plus tôt. Le soleil était éclatant, mais une brise aigrelette bousculait les buissons et les fleurs, les faisant osciller de-ci de-là. Quand le vent s'était calmé, le soleil était devenu plus chaud et, pendant un instant éphémère, on aurait pu croire que c'était l'été.

La ville de Berwick. À quelques kilomètres de la nationale qui menait à Norwich. Il y avait une rue principale avec des boutiques et un pub, des rues et des rues bordées de maisons et de modestes jardins bien alignés. Derrière la petite école et le parc, la route quittait la ville, passait devant la gare désaffectée et continuait en direction de Water Lane. Une rangée de cottages, qui avaient appartenu à la municipalité ; huit en tout, bordant la route.

Ils n'étaient pas tous abandonnés. Certains étaient entretenus, avec des serres et des dépendances. D'autres avaient des clôtures cassées, ou bien leur peinture s'écaillait. Il y avait des jardins colorés et bien nets, où les fleurs étaient disposées en parterres géométriques, où les pots en terre cuite étaient posés bien droit, de fins rameaux retombant en cascade à l'extérieur. D'autres encore étaient livrés aux mauvaises herbes et jonchés de jouets cassés. Ils arboraient tous des fils d'étendage hissés haut vers le ciel, sur lesquels des chemises et des robes d'enfants s'agitaient dans le vent.

Trois enfants surgirent d'un portail, à l'arrière d'un des jardins, et empruntèrent le sentier qui menait à Berwick

Waters, à un kilomètre et demi. Ils marchaient d'un pas décidé, vers un but précis. Le lac de Berwick Waters était une retenue artificielle créée une dizaine d'années plus tôt par la Compagnie des eaux. Il mesurait plus de trois kilomètres de longueur et il était entouré de bois et de quelques aires paysagères de pique-nique. Le lac était profond, et les enfants n'avaient pas le droit d'y aller seuls. Certaines personnes prétendaient que des bandes de chats sauvages avaient vécu dans le coin et avaient été noyées pendant que le barrage se remplissait. On disait que parfois, dans la journée, quand le silence était absolu, on pouvait entendre leurs cris. La plupart des gens n'y croyaient pas, mais beaucoup d'enfants étaient impressionnés par cette histoire.

En ce jour de mai, il faisait froid, et les trois fillettes essayaient de se réchauffer en serrant leurs bras autour d'elles et en tirant les manches de leur sweat-shirt pour empêcher la bise coupante de se frayer un chemin sous leurs vêtements. Cinq minutes plus tard, comme il faisait trop chaud, elles ôtèrent leur sweat-shirt et le nouèrent solidement autour de leur taille. Elles étaient trois, parties des cottages bordant la ville en direction de Berwick Waters. Plus tard ce jour-là, seules deux d'entre elles étaient revenues.

Alice Tully connaissait cette histoire, elle aurait pu écrire un livre à ce sujet. Elle baissa les yeux sur ses céréales. Elle n'en avait mangé que la moitié. Prenant sa cuillère, elle continua, mâchant vigoureusement, avalant lentement. Elle sentit à peine le goût de la nourriture. L'article se terminait par une citation d'un porte-parole du ministère de l'Intérieur : « Comme toute autre affaire criminelle, le cas de Jennifer Jones a été soigneusement examiné. Selon l'opinion de chaque personne consultée, la jeune fille ne présente aucun danger pour les enfants. Par conséquent, elle a été mise en liberté surveillée et vit actuellement dans un environnement protégé. Toute idée ou tout acte de vengeance seraient complètement déplacés et feraient l'objet de poursuites sévères. »

Où était Jennifer Jones ? C'était la question que tout le monde se posait, et il n'y avait dans le pays qu'une poignée de gens capables d'y répondre. Alice Tully en faisait partie.

2

Il fallut plusieurs jours à Alice pour remarquer l'homme à la veste de cuir. Elle avait dû le servir chaque fois qu'il était venu, mais elle n'en était pas sûre. Cette semaine, elle travaillait dans l'équipe du matin au *Coffee Pot*, et commençait à sept heures. Laurence, Julien et elle servaient chaque jour des centaines de clients. La plus grosse affluence avait lieu entre sept heures trente et huit heures. C'était un flot constant de cadres impeccablement habillés, qui s'engouffraient dans la cafétéria pour prendre un café ou un cappuccino, un petit pain ou un croissant. La plupart emportaient leur collation dans un sac en papier pour la consommer dans le train qui les conduisait vers leur lieu de travail. À huit heures quinze, quand il y avait moins de monde, Alice était épuisée, en général, et ses deux collègues se traînaient vers le haut de l'escalier pour fumer une cigarette. C'est à ce moment-là qu'elle avait le temps de se reposer, de se retrouver un peu, et parfois de boire quelque chose.

L'homme était assis près de la fenêtre, dans la salle réservée aux fumeurs. Il prenait un grand cappuccino et un muffin. Il buvait lentement et, quand il eut fini, il vint commander une autre tasse. Chaque matin, il s'installait à la même table, où il restait environ une heure et demie. Cela ne dérangeait pas Alice. Il y avait une dizaine de tables dans le café et, sauf à l'heure du déjeuner, la moitié seulement étaient occupées. Si un client avait envie de s'attarder, lire le journal, travailler sur son ordinateur ou feuilleter un magazine, cela ne posait aucun problème. Le café était situé à deux cents mètres environ de la station de métro. Les gens attendaient souvent une personne avec laquelle ils avaient rendez-vous, quand ils ne venaient pas tout simplement passer un moment.

Le jour où l'homme à la veste de cuir vint s'asseoir pour la troisième matinée consécutive, Alice l'observa attentivement. D'âge moyen, il était très grand, et trop volumineux pour les petites chaises du *Coffee Pot*. Ses cheveux commençaient à s'éclaircir sur le sommet de son crâne, mais ceux qui lui restaient étaient longs et il les retenait en queue-de-cheval sur la nuque. Devant lui étaient éparpillés des objets qu'il avait sortis d'un sac à dos usagé, posé par terre : un appareil photo, un bloc-notes, un atlas et quelques dossiers. Il restait peu de place pour sa tasse en carton et sa pâtisserie. La plupart du temps, il regardait par la fenêtre et prenait des notes. Alice se demanda s'il était écrivain.

Ce matin-là, elle était préoccupée. La veille au soir, elle s'était querellée avec Frankie. Après le travail, elle l'avait retrouvé chez lui, comme convenu, mais avec un quart d'heure de retard, car elle était allée chez le coiffeur. Frankie avait fait la tête en voyant ses cheveux coupés très court.

– Je croyais que tu voulais les laisser pousser, avait-il dit en la rejoignant dans le couloir.

– Pas du tout !

Elle avait passé une main sur sa nuque. L'appartement était vide, les colocataires de Frankie étaient probablement au collège.

– On dirait un garçon, avait continué Frankie.

– Je les préfère courts.

Sans l'inviter à le rejoindre, Frankie s'était assis sur le canapé, les jambes étendues sur le siège, comme pour l'empêcher de venir à côté de lui. Elle s'était efforcée de garder sa bonne humeur. Frankie était en pleine période d'examens, il devait être sous pression.

– Si nous allions acheter à manger ? J'ai un peu d'argent.

Il n'avait pas répondu. Il fixait l'écran vide de la télévision. Brusquement, elle s'était sentie fatiguée, incapable d'affronter une dispute.

– Bon, j'y vais, je t'appellerai plus tard.

Et elle avait tourné les talons.

Elle n'était pas loin quand elle l'avait entendu derrière elle. Elle ne s'était pas arrêtée et, à deux mètres de la porte, il l'avait dépassée et lui avait bloqué le passage. L'instant d'après, il l'avait prise dans ses bras et l'avait serrée très fort contre lui.

– Ne nous disputons pas, avait-il murmuré en glissant les mains sous son T-shirt.

Plus tard, après avoir mangé leur repas, ils s'étaient installés devant la télévision.

– Je croyais que tu avais du travail, avait dit Alice en lorgnant les livres et les dossiers empilés sur le coin du bureau.

– Je verrai ça demain !

Frankie avait levé les bras en s'étirant, prenant encore plus de place sur le canapé.

Elle ne voulait pas rester trop tard, mais il l'avait retenue en s'amusant à lutter avec elle. Un peu à contrecœur, elle avait tenté de le repousser et, à la fin, elle s'était retrouvée captive, sans volonté, et s'était mise à rire. Il avait commencé à l'embrasser doucement, se tenant au-dessus d'elle comme s'il faisait des pompes, mais ensuite ses baisers s'étaient prolongés et il s'était à moitié allongé sur elle, lui enlevant ses vêtements, la caressant et la touchant jusqu'à ce qu'elle en ait le vertige. « J'ai des préservatifs », avait-il murmuré d'une voix rauque, mais elle avait secoué la tête en le repoussant. Bien qu'il eût fait contre mauvaise fortune bon cœur, elle avait senti monter son impatience.

Ne voudrait-il plus d'elle, un jour ? se demandait Alice en nettoyant une table dans la salle des fumeurs. Quelques journaux traînaient sur des tables. Pendant qu'elle les repliait, elle croisa le regard de l'homme à la veste de cuir. Tenant sa cigarette entre le pouce et l'index, il lui adressa un signe de tête cordial. Quand il partit, Julien nettoya sa table et revint au comptoir avec un morceau de papier à la main.

– Le gros type à la queue-de-cheval, il a oublié ça. Mets-le derrière le comptoir, il va peut-être revenir.

Alice le prit. Il y avait quelques mots griffonnés et de petits dessins.

– C'était sur la chaise en face de lui. Il a dû glisser de la table. Regarde, il y a des numéros de téléphone, il en a peut-être besoin.

Mais Alice se moquait des numéros de téléphone. En haut de la page, trois noms étaient écrits et soulignés plusieurs fois :

« Jennifer Jones », « Michelle Livingstone », « Lucy Bussell ».

Alice plia le papier en deux et encore en deux. Elle entendait Laurence et Julien parler derrière elle, mais elle n'avait aucune idée de ce qu'ils pouvaient se raconter. Elle plia et replia la feuille jusqu'à en faire un petit rectangle épais, de la taille d'un biscuit, puis elle le fourra dans sa poche et enleva son tablier.

– Je prends ma pause maintenant, annonça-t-elle.

Julien et Laurence étaient en train de décharger les plateaux de baguettes et de sandwichs pour le déjeuner, et c'est à peine s'ils lui jetèrent un coup d'œil. Elle sortit du café, longea la rue et emprunta celle qui menait chez Rosie.

L'appartement n'était qu'à cinq minutes de là mais elle accéléra le pas. Elle voulait s'y retrouver seule avant que quelque chose n'explose en elle.

Devant la maison était garée une petite camionnette blanche. Les portières arrière étaient grandes ouvertes, tout comme la porte d'entrée de l'appartement du rez-de-chaussée. Alice s'arrêta un instant. Quelques sacs et une valise encombraient l'entrée ; elle entendit les portes intérieures s'ouvrir et se refermer. Apparemment, quelqu'un emménageait au rez-de-chaussée. Elle sortit sa clé et ouvrit précipitamment la porte de Rosie, entra et la referma à double tour derrière elle. Elle ne voulait pas rencontrer les nouveaux voisins. Elle n'avait pas le temps de bavarder. Elle s'appuya contre la porte. Elle était petite et elle ne pesait pas lourd, mais pendant quelques minutes elle poussa de tout son poids et de toute sa volonté le lourd battant de bois. Comme si c'était suffisant pour empêcher quelqu'un d'entrer.

Elle grimpa l'escalier en courant et entra dans la cuisine. De ses doigts tremblants, elle sortit de sa poche la feuille de papier, qu'elle étala sur la table. Les trois noms lui renvoyèrent son regard.

Jennifer Jones, Michelle Livingstone, Lucy Bussell.

Trois fillettes parties à Berwick Waters par une belle journée de printemps, six ans plus tôt. Ces noms avaient fait la une des journaux pendant des mois. Un seul était resté dans les mémoires : JJ, Jennifer Jones.

Pourquoi l'homme à la veste de cuir avait-il écrit ces trois noms ? Que signifiaient-ils pour lui ? Alice téléphona à Rosie. Les doigts gourds, elle tapa sur les touches du téléphone et demanda Rose Sutherland, précisant que c'était urgent. Bientôt, elle entendit la voix lente mais ferme de Rosie. Celle-ci écouta tranquillement ses explications bredouillantes et ne se précipita pas pour parler. Quand elle se décida, ses paroles étaient mûrement pesées. Elle essaya de la calmer. Après tout, ces trois noms n'étaient que des gribouillis. Cet homme devait être écrivain ou journaliste, et alors ? Il ne pouvait rien trouver. Alice aurait dû s'y attendre, elle devait y être préparée. Maintenant que les médias savaient que JJ était libérée, il y aurait toujours des gens qui tenteraient de la retrouver. Alice hocha la tête.

Rosie avait raison. Elles avaient déjà eu plusieurs fois cette conversation.

Posant le récepteur du téléphone, elle se ressaisit. Elle retourna travailler et glissa le morceau de papier entre le comptoir et le mur. Le lendemain, quand l'homme à la veste de cuir arriva, elle attendit que l'affluence soit passée avant de se diriger vers lui, la feuille de papier à la main.

– Vous l'avez oubliée hier. J'ai pensé que c'était peut-être important.

Elle la lui tendit. La feuille était striée de pliures. L'homme parut à la fois étonné et content.

– Merci beaucoup, je me demandais où elle était passée.

– Êtes-vous journaliste ? demanda nonchalamment Alice.

– Non.

– Je me demandais, avec ces noms, si vous faisiez une enquête sur cette fille, celle qui vient juste d'être libérée.

– Bien vu, dit-il. En fait, je suis détective privé. Je recherche Jennifer Jones, mais pas pour un article de journal.

Il se tapota le bout du nez et retourna à ses papiers.

Les lèvres d'Alice se retroussèrent en un sourire forcé, découvrant ses dents. Elle hocha la tête comme si l'inconnu venait de dire quelque chose de banal. Mais au fond d'elle, elle se sentait anéantie.

Elle retourna derrière le comptoir et se surprit à observer le détective. Elle sentit brusquement croître en elle une animosité intense. Cet homme avait les cheveux gras, la peau tavelée. Ses chaussures étaient éculées et l'ourlet de sa veste de cuir pendait d'un côté. De l'endroit où elle se trouvait, elle le vit introduire d'une main les dernières miettes de son petit pain dans la bouche, pendant que, de l'autre, il composait un numéro de téléphone sur son portable.

Il était abject et il recherchait JJ.

Il ne savait pas qu'il l'avait retrouvée !

3

La semaine suivante, en rentrant du travail, Rosie trouva Alice assise dans un coin de sa chambre, pelotonnée dans son duvet près d'un radiateur soufflant. Il était trois heures de l'après-midi, mais les rideaux fermés plongeaient la pièce dans la pénombre. L'air était chaud et lourd. En soupirant, Rosie s'accroupit pour débrancher le chauffage. Serrant le duvet contre elle, Alice la suivit du regard tandis qu'elle ouvrait les rideaux pour laisser la lumière du jour envahir la pièce. Pendant un instant, elle crut que Rosie allait aussi ouvrir la fenêtre. À cette seule idée, elle eut froid et remonta le duvet jusqu'à son nez tout en se calant contre le mur.

– Nous devons parler, dit Rosie d'une voix posée.

Alice s'y attendait. Ce n'était pas la première fois que Rosie la trouvait confinée dans sa chambre. Jusque-là, elle avait plaisanté, prenant la chose à la légère et considérant que c'était un de ses petits défauts.

Mais cette fois, c'était différent. Alice avait quitté son travail.

Elle était arrivée à l'heure et de bonne humeur au *Coffee Pot*. Après avoir enfilé son tablier, elle était restée debout derrière le comptoir, regardant défiler dans la rue les gens qui se dirigeaient vers la gare d'un air déterminé, la tête penchée, un sac ou un attaché-case à la main. Certains consultaient leur montre et sortaient à l'avance leur carte de transport pour gagner du temps.

Ils lui avaient paru si normaux.

Elle avait même servi deux couples : un café frappé et un croissant à emporter dans un sac étanche ; deux grandes tasses de thé au lait pour le couple qui se tenait perché sur des tabourets, dans le coin, profitant de quelques minutes avant de prendre le train.

Soudain, un peu après huit heures, elle avait eu un étourdissement. Elle avait baissé les yeux sur son corps. Elle était trop mince, trop légère. Tel un morceau de papier que le vent pouvait emporter. Quelqu'un, de l'autre côté du comptoir, avait demandé quelque chose, mais elle n'avait pas pu répondre.

S'ils avaient su. Si la femme qui brandissait un billet de dix livres avait su à qui elle avait affaire. Si elle avait soupçonné une seule seconde qu'elle se trouvait à quelques centimètres de Jennifer Jones, de JJ, la fille de Berwick qui venait de passer six années en prison pour meurtre. Qu'aurait-elle dit ? Aurait-elle été aussi bavarde, aussi agréable ? Aurait-elle fait des commentaires sur le beau temps tout en commandant son café noir et son biscuit aux noix de pécan ?

Sans avoir la moindre idée de ce qu'elle disait, Alice avait marmonné quelques mots. Elle avait eu envie d'annoncer : « Je ne suis pas celle que vous croyez. » Au lieu de cela, elle avait dénoué son tablier, qui avait glissé à terre, et elle s'était éloignée, le laissant sur le carrelage comme une mue. Incapable de continuer à faire semblant, elle était rentrée chez elle.

Le directeur l'avait regardée d'un air préoccupé. Après tout, elle n'avait pas paru vraiment dans son assiette depuis le début de la semaine. Elle s'était comportée bizarrement : elle avait pleuré dans les toilettes, cassé de la vaisselle, et elle s'était brûlé le poignet avec du café.

En sortant de la cafétéria, elle avait éprouvé un bref soulagement. Quand la porte s'était refermée, elle n'avait même pas regardé derrière elle. Mais ce n'était pas si facile. Elle s'était retrouvée à contresens de la foule, contournant les gens qui allaient à leur travail. Elle marchait tantôt sur le trottoir, tantôt sur la chaussée en jetant régulièrement un coup d'œil derrière elle pour s'assurer que le tramway n'approchait pas. Puis, elle avait tourné dans la rue où habitait Rosie ; là, elle avait été frappée par le calme. Personne, rien qu'une ou deux voitures échappant aux embouteillages.

Elle s'était bien doutée que le directeur appellerait Rosie. Elle aurait presque pu entendre les petits bips que faisaient les touches de son téléphone tandis qu'il composait son numéro pour lui apprendre qu'elle avait abandonné son travail. Rosie était une de ses vieilles amies. C'était pour lui faire plaisir qu'il avait procuré cet emploi à Alice. Naturellement, il ne connaissait pas la vérité. Rosie avait déjà hébergé d'autres jeunes filles abandonnées par leur famille, et qui avaient besoin de temps et d'espace, d'un havre de paix pour redémarrer dans la vie.

Mais c'était la première fois qu'elle logeait une criminelle sous son toit.

– Je vais faire du café. Viens à la cuisine, nous allons bavarder, dit Rosie en sortant de la chambre.

Elle laissa la porte grande ouverte pour faire entrer un peu d'air.

Alice entendit l'eau couler, les tasses en porcelaine s'entrechoquer doucement, la porte du réfrigérateur s'ouvrir et se refermer, le cliquetis des cuillères à café. Puis l'odeur du café, forte, réconfortante, pénétra dans la pièce. Se débarrassant de son duvet, Alice se leva, les jambes raides comme des morceaux de bois. Elle se rendit à la cuisine et s'assit tranquillement à table. Une veste de Rosie était suspendue au dossier. Rosie posa deux tasses sur la table et approcha une chaise pour s'asseoir en face d'elle. Elle lui prit la main.

– Nous savions que les choses risquaient de prendre une tournure difficile, dit-elle en la regardant dans les yeux. Nous savions que quelqu'un allait peut-être venir à ta recherche. Nous en avons parlé dès le début, tu te souviens ? Le jour où nous étions dans l'appartement de Patricia Coffey.

Alice hocha la tête. Bien sûr qu'elle s'en souvenait.

– Nous n'allons pas nous laisser abattre. Ils peuvent chercher tout ce qu'ils veulent, ces journalistes ou ces détectives. Après tout, tu as été libérée.

Rosie parlait comme si une troupe entière était à ses trousses. Alice acquiesça encore d'un signe de tête.

– J'ai appelé Patricia ce matin, pour savoir si tout allait bien. Elle m'a dit que personne ne lui avait posé de questions. J'ai appelé Jill, aussi. Elle non plus n'a pas été contactée.

Jill Newton était la juge d'application des peines qui s'était occupée d'Alice. C'était une jeune femme mince aux cheveux blond platine. Elle portait des lunettes teintées.

– Les médias cherchent une jeune fille qui vient juste d'arriver à Croydon. Mais toi, tu y vis depuis plus de six mois. Personne ne va faire le rapprochement entre toi et Jennifer Jones.

Rosie se détourna pour attraper une boîte en plastique au bout de la table. Elle l'ouvrit et en sortit un biscuit sablé qu'elle tendit à Alice.

– Mange, dit-elle d'un ton persuasif.

En général, Alice ne prenait pas de goûter, mais Rosie avait besoin de la voir manger ce biscuit, ça lui ferait plaisir. Alice se mit à en grignoter les bords moelleux. Un large sourire s'épanouit sur le visage de Rosie, qui repoussa sa chaise et se leva, laissant son ample pantalon révéler une multitude de faux plis.

– Alors qu'est-ce que ça peut faire que ce détective, ce Sherlock Holmes, vienne à la cafétéria ? Que va-t-il dire ? Il ne connaît pas ton nouveau nom ! Il n'a aucune photographie de toi ! Il croit que Jennifer Jones vient juste d'arriver. Il pourra demander à tous les gens qu'il voudra, aucun ne pourra lui dire qu'il s'agit de toi.

La sonnerie de l'Interphone retentit. Rosie fit une pause. Elle lança un petit « Voilà ! » et se dirigea d'un pas vif vers le couloir. Alice l'entendit décrocher et parler un instant. C'était peut-être Kathy, la mère de Rosie ? Alice cassa un minuscule morceau de biscuit et l'examina. Les bords étaient irréguliers, comme tous les biscuits que Rosie confectionnait elle-même. Elle l'entendit bientôt remettre en place le récepteur de l'Interphone, puis elle la vit réapparaître à la porte de la cuisine.

– C'est Sara, la nouvelle voisine du rez-de-chaussée. Elle a un robinet qui fuit et elle ne sait pas où se trouve le compteur pour fermer l'eau. Ça ne t'ennuie pas que je descende une seconde ? Je ne resterai pas longtemps.

– Pas de problème, répondit Alice en se remettant à grignoter.

Dès leur première rencontre à Monksgrove, Rosie lui avait apporté une boîte remplie de ces biscuits. Patricia Coffey, la directrice, lui avait annoncé sa visite trois semaines à l'avance. Alice l'avait attendue impatiemment. Elle avait compté les jours, et elle avait eu du mal à décider quels vêtements elle allait porter parmi les trois ou quatre qu'elle possédait. Comme si elle avait eu rendez-vous avec un garçon. Non pas qu'elle eût jamais vécu une telle expérience.

Patricia Coffey avait agi de façon très conventionnelle.

– Je te présente Rose Sutherland, avait-elle dit.

Alice l'avait suivie dans le salon de son appartement. À cette époque-là, elle ne s'appelait pas encore Alice. Ce nouveau nom était un rêve pour l'avenir ; une personne différente : Alice Tully. JJ n'allait pas tarder à se mettre dans sa peau. Mais avant, elle avait rencontré la femme qui allait s'occuper d'elle, qui allait lui donner une nouvelle vie. Patricia l'avait présentée à son tour.

– Voici Alice Tully.

Rosie s'était immédiatement levée. C'était une femme forte, vêtue de vêtements superposés, jupe longue, ample chemisier, blouson sans manches. Le tout coupé dans des cotons imprimés aux couleurs vives, qui tombaient comme de vaporeux rideaux de mousseline. Ses cheveux impeccablement coiffés lui arrivaient à hauteur du menton, et son visage était éclatant de santé. Alice avait tout de suite remarqué ses boucles d'oreilles dépareillées. D'un côté, une longue enfilade de perles ; de l'autre, une série de minuscules boucles. Mais à peine avait-elle repéré tous ces détails que Rosie s'était avancée pour la serrer dans ses bras, avec une fougue qui lui avait donné le vertige. Cette démonstration d'affection était un peu embarrassante. Alice lui avait adressé un sourire gêné et s'était laissé guider vers le canapé.

– J'ai beaucoup entendu parler de toi, Alice, avait dit Rosie, utilisant immédiatement son nouveau nom.

Alice l'avait observée de la tête aux pieds.

– Pat m'a raconté pas mal de choses sur vous aussi.

Rosie avait éclaté de rire.

– Elle t'a parlé de ma bonne tête et de mon apparence parfaite, avait dit Rosie en jetant un coup d'œil complice à Patricia Coffey.

– Non, elle m'a dit que vous étiez assistante sociale et que vous aimiez faire la cuisine.

Elles avaient discuté longuement tandis que Patricia Coffey s'activait autour d'elles. Rosie lui avait décrit son appartement et sa vie à Croydon. Elle lui avait parlé de sa mère, qui était irlandaise et qui n'aimait rien de plus au monde que la coiffure. Elle lui avait décrit sa cuisine, son double four et ses recettes, et elle avait mentionné le livre qu'elle avait l'intention d'écrire et dont elle avait déjà trouvé le titre : *La Cuisine de Rosie*. Ensuite, elle avait exhibé une petite boîte en plastique remplie de biscuits sucrés, un peu émiettés.

Alice en avait pris un qu'elle avait coupé en quatre tout en l'écoutant. Quand elle s'était mise à manger, Rosie s'était brusquement plaqué la main sur la bouche.

– Mais je n'arrête pas de bavarder, avait-elle murmuré d'un air penaud, et je ne te laisse pas placer un mot !

Alice lui avait parlé des cours qu'elle avait pris l'année précédente pour passer le baccalauréat, de ses résultats (trois B) et de l'université où elle irait à la rentrée. Elle lui avait aussi parlé des programmes de télévision qui l'intéressaient et des livres qu'elle était en train de lire.

Sans préambule, Rosie avait demandé :

– Est-ce que tu sais faire la cuisine ?

Alice avait secoué la tête. Certaines résidentes cuisinaient, mais cela ne l'avait jamais tentée.

– Eh bien, je t'apprendrai !

Plus tard, avant de repartir, Rosie avait parlé plus sérieusement.

– Quand tu t'installeras chez moi, ce ne sera pas très facile. Il faudra que tu t'adaptes à un certain nombre de choses. Après avoir vécu dans… une communauté aussi resserrée.

Quelques miettes de biscuit avaient glissé sur son chemisier, et Alice avait eu envie de les faire tomber, mais elle n'avait pas osé. Ce que Rosie voulait dire, en réalité, c'est qu'Alice avait vécu en prison. Même si l'établissement ne portait pas ce nom, il s'agissait bel et bien d'une prison. Et quand Patricia lui avait annoncé les arrangements mis au point pour sa libération, elle avait parlé de « placement ». Comme si elle allait simplement commencer un travail. Pas une vie, pas la liberté.

Il était prévu qu'elle quitte Monksgrove en janvier. Outre Rosie, deux autres personnes étaient au courant : Patricia Coffey et Jill Newton. Tous les autres, les gardiens, les employés et les résidents, croyaient qu'elle allait être transférée dans une unité plus sécurisée en attendant sa libération, six mois plus tard. À ce moment-là, les médias, les parents de la petite fille morte et sa propre mère croiraient tous qu'elle venait juste de sortir de prison, alors qu'en fait elle aurait déjà mené une vie normale depuis six mois. Cela lui permettrait de mieux s'adapter, avait déclaré Patricia Coffey. C'était le secret qu'elles partageraient toutes les trois. Aucune d'elles ne divulguerait la nouvelle identité d'Alice ni le lieu où elle allait vivre.

Alice entendit les pas de Rosie. Bientôt, celle-ci fit irruption dans la cuisine.

– Ça va, ma chérie ? Ah, cette Sara ! Elle est complètement désemparée. Quand je pense qu'elle est professeur !

Elle ne sait même pas comment fermer un compteur d'eau. Enfin, cela ne fait de mal à personne d'aider une voisine, pas vrai ?

– Bien sûr.

– Bon, où en étions-nous ?

Un peu rouge et agitée, Rosie vint s'asseoir en face d'elle.

– Personne ne devinera jamais que je vis ici. Personne ne sera au courant de ma nouvelle vie, répondit Alice.

– C'est ça. Quant à ce détective, il a peut-être tapé dans le mille en venant à Croydon, mais en réalité, il ne sait pas si tu vis ici, à Newcastle, à Brighton ou…

Rosie fit une pause. Déstabilisée par cette hésitation, Alice demanda :

– Qu'est-ce qu'il y a ?

– Rien, absolument rien.

Mais c'était un mensonge, Alice le savait bien. Rosie tripotait toujours sa boucle d'oreille droite quand elle était nerveuse. Alice se leva et se mit à débarrasser la table, bien qu'elle n'eût pas touché à son café. Elle savait ce qui se passait. En réalité, Rosie se posait la grande question : pourquoi ce détective avait-il jeté son dévolu précisément sur Croydon ?

Alice connaissait la réponse. La réponse n'avait rien à voir avec le hasard, mais avec une carte d'anniversaire. C'était ça. Le nom et l'adresse de sa mère, écrits très lisiblement sur une enveloppe. Elle avait mis un temps fou à se décider : allait-elle l'envoyer, oui ou non ? Joyeux anniversaire ! Pas un mot de plus, pas de poème à l'eau de rose. Le stylo avait tremblé entre ses doigts pendant qu'elle écrivait le mot « Jenny » au bas de la carte. Pas de baisers, pas de pensées affectueuses…

Avant de se décider à la poster, elle l'avait laissée deux jours dans le casier de la cafétéria. Puis il ne lui avait fallu qu'une seconde pour la glisser dans la boîte à lettres. Trop tard pour changer d'avis. Quand l'enveloppe s'était échappée de ses doigts, Alice avait eu un étourdissement. Elle s'était appuyée contre la boîte rouge en parcourant la rue du regard. Elle avait eu envie de murmurer : « C'est pour ma mère ! »

Cela s'était passé quelques semaines plus tôt. Le timbre devait porter un tampon de la poste : le nom de Croydon à l'encre noire, un peu barbouillée. Elle s'y attendait. Ce qu'elle n'avait pas envisagé, c'était que sa mère en parlerait à quelqu'un. Qu'elle lui ferait courir un risque.

Mais pourquoi n'y avait-elle pas pensé ? Après tout, ce n'était pas la première fois que sa mère agissait ainsi.

4

Le centre commercial était si grand ! Alice était épuisée. Il y avait tant de monde qui allait et venait d'un air déterminé, des sacs de provisions à la main. Parfois, quelqu'un traversait rapidement la foule. Mais la plupart des gens avaient un bébé dans une poussette ou tenaient par la main un gamin geignard et s'arrêtaient brutalement pour lui moucher le nez ou ramasser un jouet qu'il avait laissé tomber. Tout le monde contemplait les mannequins dans les vitrines brillantes qui regorgeaient de biens de consommation, ou les enseignes qui annonçaient « Journée de la Croix-Rouge ».

Au bout d'un moment, Alice s'assit sur un banc et observa l'étage supérieur : le supermarché et ses signalisations au néon, ses palmiers géants, son toit aux flèches de verre qui semblaient vouloir crever les nuages véloces. Elle en avait le vertige.

C'était le samedi qui précédait son retour au travail. Rosie n'appréciait pas vraiment ce lieu, mais comme Alice aimait y venir, elles y passaient parfois un peu de temps. Rosie préférait les marchés, où elle traînait des heures sur les stands qui proposaient des créations et des vêtements artisanaux. « C'est plus personnel, ce sont de véritables vêtements de créateurs », disait-elle en présentant devant elle des jupes de velours épais, ou en essayant des chemisiers de lin qui faisaient de minuscules plis dès qu'on les touchait. Elle appréciait aussi les ventes de charité, où elle achetait souvent des chaussures et des vestes très chères pour un prix dérisoire. « Mais elles ont déjà été portées », faisait remarquer Alice, qui frissonnait à cette seule pensée. Rosie, elle, n'y voyait aucun inconvénient. Elle lavait et repassait les vêtements, cirait les chaussures avant de les porter avec un réel plaisir. Alice préférait le prêt-à-porter et les grands magasins. Elle n'avait aucune envie de paraître « originale ». Elle voulait être comme tout le monde.

Elle avait deux sacs d'achats. Dans l'un, une veste légère en suédine, qui lui avait tapé dans l'œil. Elle l'avait caressée, appréciant sa douceur sous ses doigts. Elle avait essayé la plus petite taille. Légère et confortable, la veste lui enveloppait les épaules comme une douce accolade. Dans l'autre sac, quelques culottes et soutiens-gorge noirs et blancs, tout simples. Rosie lui avait vanté les sous-vêtements en couleurs ornés de dentelle et de tulle. De jolies choses qui ressemblaient à de minuscules œuvres d'art. Mais Alice n'en avait pas voulu. C'était trop frivole, trop tapageur.

Pour une fois, Rosie avait acheté un vêtement dans un grand magasin. Un chemisier vague, avec des manches froncées et un col fermé par un cordon. Il paraissait très inconfortable, mais il lui avait plu. Plantée au beau milieu du magasin, elle l'avait passé par-dessus son T-shirt, avant de faire volte-face pour se regarder dans le miroir. Elle avait hoché la tête d'un air satisfait. Alice s'était éloignée pour jeter encore un coup d'œil sur les vêtements pendant que Rosie payait son achat tout en engageant la conversation avec la caissière, comme si c'était une vieille connaissance.

S'asseyant à la table du café, Alice attendit son déjeuner.

Rosie était si chaleureuse, si facile à vivre. Elle se liait facilement avec les filles qui s'installaient chez elle. Parfois, cela donnait à Alice le sentiment d'être bonne. Mais à d'autres moments, elle en voulait à Rosie d'être si sociable, de bien s'entendre avec toutes les personnes qu'elle rencontrait. Comme avec Sara, la nouvelle voisine du rez-de-chaussée. Alice, quant à elle, s'en sentait incapable.

– Et voilà ! annonça Rosie en posant un plateau sur la table.

Alice prit l'assiette qui contenait son sandwich. Rosie déposa les autres plats sur la table et glissa le plateau entre les pieds de sa chaise.

– Est-ce que tu vois Frankie ce soir ? interrogea-t-elle en commençant à manger.

Alice hocha la tête.

– Tu ne rentreras pas trop tard ?

– Non. Nous irons juste boire un verre au bar de l'université.

– Boisson sans alcool, j'espère ?

Alice acquiesça d'un signe de tête. Chaque fois qu'elle parlait d'aller au pub, c'était le même rituel. Rosie savait qu'elle buvait de la bière et du vin. Alice savait que Rosie le savait. Mais à chaque fois, elles se sentaient obligées de dire la même chose. C'était comme un mantra.

– Et vous ? demanda Alice.

– Je suis invitée à un dîner indien avec Sara. J'attends ça avec impatience !

– Avec Sara ? Vous ne me l'aviez pas dit.

– C'est une décision de dernière minute. Je l'ai vue hier, quand elle rentrait. Elle se battait avec ses sacs de provisions. Je l'ai aidée et nous avons bavardé un peu. Elle est vraiment très gentille.

– Elle parle beaucoup.

Alice l'avait croisée à deux ou trois reprises en sortant de l'immeuble.

– Elle est professeur. Tu sais comment ils sont ! dit Rosie en souriant.

Excepté les rendez-vous exigés par son travail ou les visites qu'elle rendait à sa mère, elle sortait rarement. C'était pour dîner avec Sara, ce soir, qu'elle avait acheté ce chemisier. Alice éprouva un pincement de jalousie. Rosie avait une nouvelle amie. Cela aurait dû lui être égal, mais ce n'était pas le cas. Sara, la voisine du rez-de-chaussée, qui n'arrêtait pas de bavarder.

– Elle enseigne dans quelle classe ? demanda Alice.

La dernière fois qu'elle l'avait vue, elle transportait une pile de livres d'exercices.

– Cours élémentaire. Sept, huit ans.

– Elle n'a pas de compagnon ? demanda encore Alice en espérant une réponse positive.

– Non, elle est comme moi. Libre comme l'air.

Pendant un court instant, Rosie parut gênée.

– Écoute-moi ça ! Je parle comme une adolescente.

Suivant un élan d'affection, Alice lui pressa doucement la main. Après tout, Rosie avait le droit de mener sa vie comme elle l'entendait.

– Ne rentrez pas trop tard ! dit-elle.

– D'accord, m'man ! plaisanta Rosie.

En riant, elle attaqua la seconde moitié de son sandwich.

Sur le chemin du retour, Alice se sentit fatiguée. Ses sacs pesaient lourd, elle marchait les épaules voûtées. Au passage, elle jeta un coup d'œil sur le *Coffee Pot.* Laurence et le directeur se tenaient derrière le comptoir.

— Tu es d'accord pour retourner travailler lundi ? demanda doucement Rosie.

Sortant du vaste centre commercial, elles se retrouvèrent dans la partie la plus calme de la rue principale. Il y avait beaucoup moins de monde, bien que la circulation fût encore lente, les voitures coincées derrière les bus. Elles passèrent devant une boutique qui vendait des animaux familiers, devant des librairies et un magasin de bricolage qui affichait depuis plusieurs mois : « Soldes avant fermeture ».

— J'ai hâte d'y retourner, répondit Alice.

Elle était restée une semaine à la maison. Rosie avait insisté, disant qu'elle ne semblait pas en forme, qu'elle était très pâle et qu'elle avait besoin de repos. Alice avait joué le jeu, tout en sachant très bien, au fond d'elle, qu'elle se cachait. Elle n'avait pas parlé à Rosie de la carte d'anniversaire. C'était son secret. Elle avait le droit d'avoir un secret maintenant qu'elle était de retour dans le monde réel. Cependant, c'était perturbant de savoir que sa mère avait indiqué à quelqu'un l'endroit où elle pouvait se trouver. Cette idée lui trottait sans cesse dans la tête, obsédante.

— Attends-moi, je vais acheter les journaux, dit Rosie quand elles furent devant la maison de la presse, au coin de leur rue.

– Je vous attends ici.

Elle ne voulait pas entrer dans la boutique. Chaque fois qu'elle y allait, le fils du marchand de journaux, un gars petit et râblé, essayait d'engager la conversation avec elle. Elle fit quelques pas et s'appuya contre un réverbère. Un vieux chien se traîna près d'elle, s'arrêta pour lui renifler les jambes et poursuivit son chemin. La vitrine de la maison de la presse était remplie d'affiches et de petites annonces. Alice entrevoyait Rosie, de dos, et le vendeur, de profil, qui discutait et riait avec elle. Il devait être en train de lui rendre sa monnaie pendant que Rosie lui demandait des nouvelles de sa femme qui venait d'être opérée. Alice poussa un petit soupir.

Frankie devait passer la prendre vers vingt heures. Ils iraient au club de l'université, où il y avait un disc-jockey que Frankie aimait bien. Il y connaissait un tas de gens, et les boissons n'étaient pas chères. Alice sourit. C'était une bonne soirée en perspective. Elle ressentit brusquement, montant du fond d'elle, une bouffée d'excitation en pensant au visage rude et barbu de Frankie contre son cou et son épaule, à la sensation que lui procuraient ses mains sur sa peau, et ses bras qui la serraient si fort contre lui qu'elle sentait ses côtes et ses hanches. Il n'avait pas un gros effort à fournir pour la soulever dans ses bras et l'emporter sur le lit. Même s'ils restaient sages, Frankie aimait qu'elle soit là, dans le fouillis des draps, sa tête sur l'oreiller. Elle se ressaisit, elle s'était laissé distraire en pensant à lui. Elle avait dû paraître stupide, plantée là à rêvasser. Faisant un effort, elle reporta ses pensées sur Rosie. Il lui en fallait, du temps, pour payer ses journaux ! Elle regarda les affiches dans la vitrine, puis les petites annonces. Se détachant nettement des autres, l'une d'elles posait une question en lettres gigantesques :

AVEZ-VOUS VU CETTE JEUNE FILLE ?

En dessous était placardée une photographie qu'Alice ne voyait pas très bien d'où elle se trouvait. De l'autre côté de la vitrine, Rosie s'éloigna un peu du comptoir, tandis que le marchand de journaux continuait à lui parler. Il semblait compter quelque chose sur ses doigts.

« Avez-vous vu cette jeune fille ? » En lisant ces mots, Alice eut un choc. Tant d'années avaient passé depuis Berwick. Le lendemain du jour fatal, les murs de la petite ville s'étaient couverts de photographies. En réalité, c'était toujours la même, qu'on avait sortie d'un album, agrandie puis photocopiée en plusieurs exemplaires. Elles avaient été glissées dans des pochettes en plastique du même format qu'un classeur, puis collées sur les troncs d'arbres, les réverbères, les fenêtres des maisons. À cette époque, Alice restait chez elle, elle n'avait pas pu les voir, sauf à la télévision. Un journaliste avait dû en montrer une en demandant : « Avez-vous vu cette fillette ? » Tout le monde la recherchait.

Seule JJ savait où elle se trouvait.

Alice arpenta un instant le trottoir avant de rebrousser chemin, telle une sentinelle faisant les cent pas. Elle essaya de se reprendre. Il valait mieux qu'elle oublie tout ça, qu'elle efface ces souvenirs. D'un pas vif, elle retourna vers la maison de la presse pour voir où en était Rosie. Elle allait bien finir par sortir... Arrachant son regard de la petite annonce perturbante, elle fit un effort pour se concentrer sur une affiche qui annonçait l'arrivée d'un cirque. Une femme vêtue d'une peau de léopard collée au corps et couverte de paillettes marchait sur une corde en portant un long balancier. Cependant, Alice n'arrivait pas à se concentrer. L'annonce était là, elle la devinait du coin de l'œil.

AVEZ-VOUS VU CETTE JEUNE FILLE ?

Finalement, alors que Rosie se dirigeait vers la sortie, elle se décida à regarder la photo de plus près.

Ce qu'elle vit lui glaça le sang. Il n'y avait que le visage d'une jeune fille d'environ seize ans, découpé dans une photographie, photocopié puis collé sur une carte postale. Et ce visage, c'était le sien.

Elle avait les cheveux plus longs que maintenant, à hauteur du menton. Les bords de l'image étaient un peu flous. Ce cliché avait dû être pris l'année précédente par l'un des employés de Monksgrove, ou par un visiteur qui avait photographié un groupe de résidents. Elle n'avait pas posé, elle n'était pas stupide, mais sans savoir comment, elle s'était retrouvée sur la pellicule. Et voilà que maintenant quelqu'un s'en servait pour la rechercher.

– Cet homme est un vrai moulin à paroles !

C'était la voix de Rosie. Alice l'entendit tout près d'elle, mais elle était obnubilée par l'annonce. Sous les traits familiers était inscrit : « Sa famille languit de la revoir. La dernière fois qu'elle a été aperçue, c'était dans la région de Croydon. Une récompense de cent livres est offerte pour toute information sur l'endroit où elle se trouve. »

Suivait un numéro de téléphone.

Le regard attiré par ce qui retenait son attention, Rosie demanda :

– Qu'est-ce que c'est ? Oh Seigneur ! Oh non !

Sa voix se brisa.

Alice comprit. Rosie l'avait reconnue, elle voyait la ressemblance. Alice se sentit paralysée, ses jambes se raidirent comme des baguettes de bois. Si elle fléchissait les genoux, ils se casseraient. Incapable de faire un mouvement, elle resta plantée devant la reproduction de son visage.

– Rentrons à la maison, dit Rosie en lui saisissant le bras. Nous allons contacter Jill. Elle mettra un terme à cette histoire.

5

Jill Newton leur donna rendez-vous la semaine suivante, dans une librairie de Londres. Alice ne put s'empêcher de jeter des coups d'œil inquiets autour d'elle en marchant dans les rues animées. C'était comme dans un roman d'espionnage, comme si quelqu'un la suivait sans la quitter des yeux dans le flot ininterrompu des passants. Dès qu'elle avait vu sa photo dans la vitrine, elle avait compris qu'il y en aurait d'autres. Rosie avait admis en avoir vu au moins trois (probablement plus, mais elle avait dû dire trois pour ne pas trop l'inquiéter). Elles parsemaient la ville comme des points de repère. Quelqu'un, peut-être le détective à la veste de cuir graisseuse, tournait autour d'elle comme un vautour, attendant le jour où il lui poserait une main accusatrice sur l'épaule. Avant d'entrer dans la librairie, elle jeta encore un coup d'œil derrière elle.

Il était un peu plus de cinq heures de l'après-midi. La librairie comptait quatre étages. Alice se hissa par l'Escalator jusqu'au café. Elle n'avait jamais vu autant de livres. Quand elle arriva, Jill Newton était déjà installée à une table. Les épaules droites, la tête haute, elle tournait le dos à la fenêtre. Ses cheveux blonds étaient raides et elle avait changé de lunettes. Celles-ci étaient cerclées de noir et lui donnaient l'air d'une secrétaire. En s'approchant, Alice voulut lui faire signe, mais Jill était plongée dans un magazine, et elle dut lui tapoter le poignet pour qu'elle lève les yeux.

— Alice, je suis heureuse de te voir. Assieds-toi ! Est-ce que tu veux du café ?

Alice secoua la tête. Elle avait bu assez de café, de lait et de chocolat chaud pour le restant de ses jours.

— Comment ça se passe à ton travail ? s'enquit Jill en refermant le magazine, qu'elle glissa dans un sac posé près de sa chaise.

— Ça va. J'ai passé deux semaines pénibles, mais maintenant tout va bien.

Jill serra sa tasse de café entre ses mains. Elle paraissait très calme. Alice faisait de son mieux pour rester tranquille, mais elle était agitée. Elle croisait et décroisait les jambes, tirait sur les manches de la veste en suédine qu'elle venait d'acheter.

– Alice, dit Jill après un court silence. J'ai reçu un message de Pat Coffey. Elle me dit que ta mère l'a contactée. Il paraît que tu as envoyé une carte d'anniversaire à ta mère. C'est vrai ?

Alice prit une profonde inspiration. Même en étant libre maintenant, elle ne pouvait pas avoir de secret. Elle hocha la tête.

– Ta mère a cru que tu voulais rétablir le contact avec elle. As-tu envie de la revoir ?

Alice secoua la tête. Elle n'aurait su dire exactement pourquoi elle avait envoyé cette carte, mais elle ne voulait pas revoir sa mère. Jill Newton parut satisfaite de sa réponse.

– C'est ce que j'ai pensé et c'est ce que j'ai dit à Pat. Cette carte, ce n'est pas la meilleure idée que tu aies pu avoir. Tu l'as libellée à une ancienne adresse, et ce sont des amis de ta mère qui la lui ont transmise.

Jill termina son café, puis elle repoussa la tasse et la soucoupe avant de poser une main sur celle d'Alice.

– Ma chérie, nous avions décidé que tu vivrais quelques années dans le secret absolu. Pour que tu puisses mener une vie normale, renouer avec la société, aller à l'université, trouver du travail. Rencontrer un compagnon, et peut-être fonder une famille. Pour cela, il faut que tu sois complètement anonyme. Il n'y a que trois personnes qui sont au courant…

— Vous, Pat et Rosie, acheva Alice.

Elle avait la gorge serrée. Tout ça était si tentant. Une nouvelle vie, une nouvelle naissance. Mais elle apportait un lourd fardeau dans cette nouvelle vie, de lourds bagages venus du passé, qui l'écrasaient.

— Il y a des gens qui se soucient de toi, tu peux leur faire confiance.

Alice hocha la tête. Jill disait la vérité, mais ce qui était vrai aussi, c'est qu'elle ne pouvait pas faire confiance à certaines personnes. À sa mère, par exemple.

— Cela signifie qu'il faut laisser derrière toi ceux qui appartiennent à ton passé. Pas définitivement, peut-être pour une dizaine d'années, jusqu'à ce que tu sois établie et que tu vives ta vie. Tu pourras alors envisager de renouer avec ta mère.

Dans dix ans, elle aurait vingt-sept ans.

— Pour le moment, avec cette histoire à Croydon, nous avons deux solutions possibles. Nous pouvons contacter le juge pour qu'il ordonne au détective de ne pas s'approcher de toi. Dans ce cas, cela conduira sans aucun doute aux parents de la petite fille décédée.

Alice avait la bouche sèche. « La petite fille décédée »… comme ces mots étaient sortis naturellement de la bouche de Jill ! C'était si facile pour elle de parler de choses dans lesquelles elle n'était pas impliquée. « La petite fille décédée. » Ces mots, Alice n'aurait pas pu les prononcer.

Elle aurait eu l'impression d'avoir la bouche pleine de ciment.

– Si nous contactons un juge, la presse aura certainement vent de l'histoire, et elle découvrira où tu te trouves. Ce qui risquerait de t'obliger à quitter Croydon. Il faudrait te trouver un nouveau foyer d'accueil.

Alice secoua encore la tête. Elle ne voulait pas quitter Rosie. Jamais.

– La seconde possibilité, c'est que nous ignorions tout simplement la présence de ce détective. Si tu ne réagis pas, il croira qu'il s'est trompé, et il finira par repartir. Il se dira que la carte envoyée à ta mère a été postée par quelqu'un d'autre, loin de l'endroit où tu vis.

– Je suis vraiment désolée, dit Alice en la regardant.

Elle créait des problèmes à tout le monde. Elle n'était qu'une source d'ennuis. Jill avait dû quitter son bureau pour venir la voir. Pat Coffey recevait des appels téléphoniques de sa mère. Rosie avait des insomnies. Alice l'avait vue assise à la table de la cuisine, à quatre heures du matin, attendant que la bouilloire chauffe. Ce qui avait provoqué en elle une légère panique. Dans combien de temps Jill, Pat et Rosie en auraient-elles assez ? Peut-être qu'un jour, elles la laisseraient tomber en lui disant de se débrouiller. Elle n'aurait plus qu'à affronter toute seule la télévision et les journaux. Et un jour, elle devrait probablement affronter les parents de la fillette.

Elle secoua la tête. Cette idée lui était insupportable. Elle préférerait se laisser mourir dans un coin plutôt que de se trouver dans cette situation.

Mais bon sang, qu'est-ce qui m'a pris d'envoyer cette carte d'anniversaire ?

Plus tard, quand elles eurent quitté la librairie et qu'elles arrivèrent à la gare, Jill lui parla du téléphone portable.

– J'ai eu les crédits pour l'acheter. Ainsi, tu pourras me contacter s'il arrive quelque chose. Personnellement, je n'y crois pas. Ce détective va se fatiguer de chercher. Il abandonnera la partie quand il verra qu'il n'est plus payé. À ce moment-là, tu pourras retrouver une vie normale.

Jill lui donna une petite accolade avant de s'éloigner vers un autre quai. Alice attendit son train. Elle sentit encore, longtemps après, la chaleur que Jill lui avait communiquée. Quand les portes du train s'ouvrirent, elle monta rapidement et s'assit près d'une fenêtre. Pendant que la voiture se remplissait, elle regarda dehors, la tête appuyée contre la vitre. La voie d'en face était vide, mais des gens attendaient sur le quai. Quand le train s'ébranla, elle essaya de se remémorer tout ce que Jill lui avait dit : les deux options possibles, la carte d'anniversaire, le téléphone portable. Cependant, elle avait du mal à se concentrer. Ses pensées dérivaient au rythme du train. Elle n'avait conscience que du roulis qui la berçait, de la proximité des voyageurs, de la fenêtre et du paysage qui défilait. Elle avait même dû fermer les yeux quelques instants.

Une journée sombre de janvier à Norwich, six ans plus tôt. Le sol était couvert de neige sale tandis qu'elles sortaient leurs valises et leurs sacs en plastique de l'immeuble. Jennifer et sa mère, Carole Jones. Moitié marchant moitié courant vers le vieux camion blanc crème qui attendait au bord du trottoir. Jennifer jeta ses sacs à l'arrière, près des lits démantelés et des vieux fauteuils qu'elles avaient fait descendre par l'ascenseur. Elle garda son petit sac à dos et s'installa sur le siège du passager pendant que Carole retournait dans l'appartement chercher les dernières bricoles. Danny, un homme gigantesque, un copain, avait dit sa mère, était avachi sur le volant, un minuscule mégot coincé entre le pouce et l'index. Quand Carole réapparut, elle portait un sac noir et la petite télévision qu'elle regardait dans sa chambre avec Perry. Gênée, Jennifer remua sur son siège et tira sur son pantalon. Glissant une main dans son sac, elle trouva Macy, sa vieille poupée, dont elle se mit à caresser les cheveux soyeux. Elle avait hâte que le camion démarre au lieu de rester là, devant l'immeuble. Quand les portières furent fermées, Danny se redressa brusquement et s'éclaircit la gorge en jetant son mégot par la vitre. Jennifer vit le bout de cigarette atterrir sur un flocon de neige et s'éteindre complètement après avoir lancé un dernier ruban de fumée.

– Vite, dit Carole en s'installant à l'avant, coinçant Jennifer entre elle et Danny. Allons-y !

Il mit le contact, et le moteur crachota mais refusa de démarrer. Danny essaya plusieurs fois. Jennifer sentit sa mère se raidir, tout près d'elle. Danny se tourna vers Carole, qui lui adressa un sourire étincelant, ses lèvres peintes avec soin découvrant une rangée de dents blanches bien alignées.

Elles n'emportaient pas grand-chose de l'appartement : rien que leurs lits, quelques chaises, de petits ustensiles de cuisine, des serviettes et des vêtements. Perry était à son travail, il ignorait qu'elles étaient en train de déménager, ce qui désolait Jennifer. Elle l'aimait beaucoup. Perry n'avait que vingt-quatre ans, mais il était gentil avec elle. Il lui parlait souvent, et il lui ouvrait des boîtes de soupe à la tomate, les après-midi où il faisait froid, quand elle rentrait de l'école. C'était un fan de *Star Wars*. Il avait un placard rempli de ses jouets d'enfant. Carole l'incitait toujours à les vendre. « Tu en tireras un peu de fric », disait-elle en faisant courir ses doigts sur Dark Vador, mais il ne voulait se séparer d'aucun d'eux.

C'est pourquoi sa mère avait décidé qu'elles devaient partir.

– Il est trop envahissant, avait-elle décrété quand la lettre au sujet de la nouvelle maison était arrivée. On n'a pas besoin d'un poids mort comme lui !

Ils arrivèrent enfin à Berwick.

– Je ne savais pas que c'était si loin, grommela Danny en se garant, les deux roues de droite empiétant sur l'herbe.

Sur le mur du dernier cottage, un panneau indiquait « Water Lane ».

Carole descendit du camion et se dirigea vers le cottage central. Elle tenait à la main un trousseau de clés, sur lequel était attachée une étiquette en carton. Elle se tourna vers Danny, resté assis au volant.

– Tu viens ? Il y a tout un bazar à enlever ! dit-elle avec un air faussement sérieux.

Jennifer entendit Danny soupirer, puis couper le contact.

Ils restèrent tous les trois devant la porte d'entrée, leur haleine s'exhalant en petites volutes d'air chaud. Sur l'herbe gelée, tout autour de leurs pieds, s'étalaient des sacs fourre-tout, des caisses et des sacs en plastique remplis à la hâte le matin même. Jennifer vit Danny remonter la fermeture de sa veste jusqu'au cou et jeter un coup d'œil à sa montre, pendant que sa mère introduisait la clé dans la serrure. Quand la porte s'ouvrit sur un corridor sombre, elle s'empara de deux sacs et entra.

Le cottage était minuscule, plus petit qu'il ne paraissait de l'extérieur. Sa mère semblait occuper tout le couloir. Jennifer racla le mur avec ses bagages. Derrière elle, Danny baissa la tête pour éviter l'ampoule électrique.

– L'électricité est branchée ? interrogea-t-il.

– Elle le sera à midi. C'est l'heure officielle de notre arrivée, répondit Carole.

Une porte ouvrait sur un salon plongé dans la pénombre. La mère de Jennifer se dirigea vers la fenêtre et tira une paire de rideaux poussiéreux. La faible lueur qui entra fit paraître la pièce à la fois plus grande et plus froide.

– Ce n'est pas si petit, dit Carole. C'est assez grand pour nous deux, hein, Jen ?

Jennifer hocha la tête. Rien qu'elles deux, de nouveau.

– Il fait un froid de canard ici ! s'exclama Danny, un peu désemparé. Carole, j'ai besoin de me réchauffer…

Il lui passa les bras autour du cou, mais Carole se tortilla pour se libérer. Toujours avec le sourire aux lèvres, elle dit d'une voix glaciale :

– Chaque chose en son temps, Danny. Patience ! Il faut installer les meubles, et ensuite on fera ce qu'on pourra pour réchauffer un peu l'atmosphère.

Plus tard, quand les lits furent réassemblés, les caisses et les sacs déballés, et que les deux fauteuils se retrouvèrent côte à côte dans le salon, l'électricité fut branchée. L'ampoule répandit une faible lueur qui ne fit rien pour donner à la pièce une ambiance plus chaleureuse. Quelques minutes plus tard, Jennifer entendit le doux ronronnement du chauffage central. Elle ôta son manteau et s'assit au bord d'un fauteuil. Elle posa sur ses genoux Macy, sa poupée préférée, qu'elle avait depuis des années. Ce n'était pas un jouet. Elle ne jouait pas avec Macy. Elle aimait simplement l'avoir près d'elle et toucher ses cheveux. Elle entendit la voix de sa mère et celle de Danny, à l'étage, et le bruit des meubles qu'ils traînaient sur le plancher. La petite télévision était posée par terre, juste en face d'elle. Perry serait-il furieux en voyant qu'elles l'avaient emportée ? Et qu'allait-il dire quand il se rendrait compte qu'elles étaient parties ? Il avait déjà traité sa mère de voleuse, mais ensuite, ils s'étaient réconciliés et ils avaient passé tout l'après-midi dans leur chambre pendant qu'elle regardait une vidéo, *Le Livre de la jungle*.

Au bout de quelques minutes, Jennifer n'entendit plus aucun bruit. Elle se rendit dans la cuisine exiguë et observa le jardin de derrière par la fenêtre située au-dessus de l'évier.

Il était long et inégal. Dans l'herbe très haute, quelques buissons se courbaient sous le ciel gris. Au milieu, un abri dont la porte sortait à moitié de ses gonds était posé dans le sens de la longueur, et à côté, quelques seaux renversés évoquaient de petits tabourets. Des flocons de neige se mirent à tomber lentement. Jennifer sourit. C'était leur premier jardin. Elle leva les yeux sur celui des voisins, de l'autre côté de la clôture. Très différent, il paraissait plus long et plus large, comme si un bulldozer l'avait aplati et étiré. Il avait une petite aire de jeux, avec des balançoires et un portique. Une fillette sortit de la maison et courut vers les balançoires. Elle devait avoir le même âge que

Jennifer, une dizaine d'années environ. Elle était vêtue d'un jean et d'une veste zippée, avec une capuche bordée de fourrure. Elle courut jusqu'à l'autre bout du jardin, toucha la clôture et repartit en courant. Elle semblait faire la course avec une personne invisible. Puis, se retournant, elle s'arrêta soudain et regarda dans la direction de Jennifer. Elle avait dû voir de la lumière, et le visage de Jennifer à la fenêtre. Elle rejeta sa capuche et secoua la tête, faisant jaillir ses épais cheveux roux. Ne sachant trop que faire, Jennifer leva la main qui caressait la tête de Macy et lui fit signe, mais la fillette reprit sa course et disparut à l'intérieur de sa maison.

Jennifer resta un long moment seule dans le salon. Elle finit par ranger Macy dans son sac, puis elle grimpa doucement l'escalier. Par la porte légèrement entrouverte de la chambre de sa mère, des sons s'échappaient : un petit rire, la voix grave de Danny, quelques mots avant qu'il s'éclaircisse la gorge bruyamment. Sa mère lui dit de ne pas faire de bruit, et il y eut un petit craquement, le lit qui remuait. Jennifer avait déjà entendu ce craquement, elle en connaissait la signification. Très souvent, elle avait partagé la chambre de sa mère et de Perry, et elle était restée allongée en tendant l'oreille. Parfois, elle s'était tournée vers eux pour regarder les silhouettes qui remuaient sous les couvertures. Un jour, il n'y avait pas de couverture, et elle avait plissé les yeux pour ne voir que quelques bribes de ce qui se passait. Après, pendant des jours, elle s'était sentie horriblement mal à l'aise.

Elle resta devant la porte, épiant par l'interstice. Elle ne voyait pas grand-chose, rien que le papier peint. Cependant, elle entendait le souffle saccadé de Danny, et le lit qui gémissait sous leur poids. Elle aurait dû redescendre, elle le savait bien, mais au lieu de ça, elle tendit la main et, sans bruit, elle poussa la porte de quelques centimètres.

Ils étaient tous les deux sur le lit ; le jean de sa mère était par terre, le pantalon de Danny descendu autour de ses chevilles. Son dos puissant se souleva et s'affaissa, ses épaules parurent s'enfoncer dans le matelas. Quelque part sous lui, il y avait sa mère. Jennifer espérait qu'elle n'était pas écrasée.

– Qu'est-ce que tu fous là ?

La voix de Danny la fit sursauter.

À moitié assis, il tirait son pantalon, faisant tinter des pièces de monnaie dans ses poches.

– Qu'est-ce qu'elle fait là ?

Carole bondit du lit et repoussa son jean du pied. S'approchant de Jennifer, elle l'attrapa par le bras et l'entraîna dans le couloir.

– Je t'avais dit de rester en bas ! dit-elle doucement en fermant la porte derrière elle.

Jennifer regarda son corps menu, ses petits seins dans un soutien-gorge noir un peu distendu, la rose tatouée sur son épaule, son ventre plat et ses jambes minces. Elle était grande, surtout en talons hauts, mais son corps paraissait léger comme une plume.

– Écoute-moi, dit-elle. Tu vas redescendre, et moi, je vais me débarrasser de lui. On ira acheter un plat préparé pour le déjeuner, d'accord ?

Elle disparut dans la chambre, et Jennifer redescendit l'escalier.

En bas gisait le dernier sac noir que sa mère avait transporté jusqu'au camion avant leur départ. Elle le souleva et l'emporta dans le salon. Bientôt, des pas lourds résonnèrent dans l'escalier et Danny cria « Salut ! ». Elle ne répondit pas. Quand la porte d'entrée se fut refermée en claquant, elle ouvrit le sac. À l'intérieur, il n'y avait qu'une figurine en plastique : Luke Skywalker. Sa mère l'avait volée.

Brusquement, Alice ouvrit les yeux et se rappela où elle était. Dans le train, qui sortait d'une gare. Elle descendait à la gare suivante. S'était-elle endormie ou avait-elle seulement fait un rêve éveillé, perdue dans ses pensées ?

Il y avait moins de monde dans le compartiment. Tous les gens étaient assis et semblaient un peu plus à l'aise, blottis sur leur siège, le visage serein, impatients de se retrouver chez eux.

Une sensation de manque s'empara brièvement d'elle. Elle revit le visage de sa mère. Carole avait éclaté de rire quand elle lui avait parlé de Luke Skywalker. « Ce satané jouet ! » avait-elle dit pour toute réponse.

Quand l'avait-elle vue pour la dernière fois ? Quatre ans, cinq ans plus tôt ?

C'était aussi long qu'une vie entière.

6

Le détective se nommait Derek Corker.

C'est ce qu'Alice découvrit une semaine plus tard, quand elle retrouva Frankie au bar de son université pour une fête de fin d'année. Les examens étaient terminés et les étudiants se préparaient à rentrer chez eux. Frankie allait retourner à Brighton, chez ses parents.

Alice vit le nom de l'homme, imprimé sur une petite carte affichée au panneau de l'association des étudiants. « Derek Corker, détective privé. » En dessous, la copie de la photographie qui avait été exposée chez les marchands de journaux.

CETTE JEUNE FILLE A DISPARU.
LES PARENTS SONT BOULEVERSÉS.
RÉCOMPENSE.

En regardant cette annonce, Alice se sentit étrangement détachée. Cette photographie ne la dérangeait pas du tout, comme si elle concernait non pas elle-même mais une autre personne qu'elle aurait connue.

– Qu'est-ce que c'est ? demanda Frankie en glissant un bras autour de sa taille et en l'attirant contre lui.

Elle haussa les épaules.

– C'est ce type. Il rôde autour du collège depuis plusieurs jours. Il cherche une fille. Il doit avoir des tonnes de fric, il n'arrête pas d'acheter à boire au *Coffee Pot*.

Frankie l'entraîna vers le bar. Elle éprouva un immense soulagement, presque un vertige. La photographie ne disait rien du tout à Frankie. Le visage de la fille, sur le cliché, n'était pas celui de sa petite amie. Heureuse, elle lui pressa le bras et se haussa sur la pointe des pieds pour l'embrasser sur la joue. Il se tourna vers elle. Ignorant les autres étudiants, il lui donna un baiser brûlant sur les lèvres, envoyant au plus profond d'elle une onde de désir.

Était-ce cela, l'amour ?

La veille, il lui avait offert un cadeau, une mince chaîne en or avec un pendentif en forme de cœur. Au revers du cœur était gravé « Alice », en italique. Elle n'avait jamais rien possédé de tel.

– Merci, avait-elle dit, les larmes aux yeux, effarée par ses sentiments.

– Tu as un cou adorable, avait-il murmuré en la rejoignant sur son lit. Tu devrais porter des vêtements qui le mettent plus en valeur !

Ils avaient passé une bonne partie de l'après-midi chez Rosie. Le matin, Frankie avait emballé ses affaires. Il devait partir pour Brighton le week-end suivant. Couvert de poussière, éreinté, il avait débarqué à l'improviste chez Rosie. Les copains qui partageaient son appartement avaient utilisé toute l'eau chaude, et il avait besoin de prendre une douche. De plus, il désirait faire un cadeau à Alice, tout simplement. Après avoir sorti deux serviettes de toilette, elle avait détourné les yeux, gênée, quand il avait retiré ses vêtements devant elle. Il avait ri en allant dans la salle de bains, laissant sa serviette traîner par terre.

Elle avait passé la chaîne autour de son cou et s'était regardée dans la glace. Ses cheveux coupés court faisaient paraître son visage plus petit ; son cou était long et fin. Comme elle était pâle et sérieuse ! Qu'est-ce que Frankie pouvait bien lui trouver d'attirant ? Il était sorti de la salle de bains avec une serviette de toilette nouée autour de la taille, et elle avait éprouvé un frisson de désir pour lui. Il s'était assis près d'elle sur le lit. Apparemment, il n'avait pas la moindre intention de s'habiller.

– Elle est magnifique ! avait-elle dit en montrant la chaîne.

Glissant une main sous son T-shirt, il lui avait caressé le dos. Puis il avait tripoté son soutien-gorge et l'avait doucement poussée sur le lit pour qu'elle se retrouve sous lui.

– Je parle de la chaîne, avait-elle dit en humant l'odeur de savonnette et de shampoing qu'il dégageait.

– Mmm.

Il lui embrassait l'épaule.

Elle avait posé sa tête sur l'oreiller et s'était laissé caresser et embrasser, le dos arqué sous l'effet du plaisir. Quand Frankie s'était déplacé pour s'étendre sur elle, elle avait relevé la tête et l'avait repoussé.

– Non, pas ici ! Rosie va arriver.

Frankie avait poussé un long soupir d'exaspération. Puis il s'était assis, les épaules rentrées.

– Pas ici à cause de Rosie. Pas chez moi à cause de mes colocataires ! Où, alors ? Est-ce que tu es en train de me faire comprendre quelque chose ? Que tu ne m'aimes plus ?

Elle s'était redressée. Frankie avait prononcé ces paroles simplement. Il l'appelait souvent « amour ». Mais « amour » au sens le plus important du mot ? Avec un A majuscule ? Cet amour-là n'avait jamais été mentionné.

– Tu es mon numéro un, avait-elle dit en essayant de prendre un ton léger. Ce n'est pas toi, c'est moi... En fait...

Elle voulait être franche, pour une fois.

– La vérité absolue, c'est que je n'ai encore jamais fait ça.

En plissant le front, Frankie lui avait demandé sur le ton de la plaisanterie :

– Tu es vierge ?

Elle avait hoché la tête.

– Mais tu as eu d'autres petits amis ?

Elle avait encore acquiescé. Maintenant, elle était de nouveau obligée de mentir.

– Et tu n'as jamais… ?

– Non.

– Bon. Tu as raison, il vaut mieux attendre le bon moment. C'est vraiment trop important.

Il s'était levé en serrant la serviette autour de ses hanches.

– Mais maintenant, j'ai besoin de retourner sous la douche. Une bonne douche froide.

En marmonnant, il était retourné dans la salle de bains, pendant qu'elle débarrassait le lit de ses vêtements poussiéreux qu'elle avait mis en pile. La sonnerie de l'Interphone l'avait fait sursauter.

Elle avait tout de suite pensé que c'était Rosie. Et Frankie était sous la douche ! Cependant, Rosie avait sa clé. Alice était allée décrocher l'Interphone.

– Alice ? C'est Sara, la voisine du rez-de-chaussée. J'ai un paquet pour Rosie, il a été livré ce matin de bonne heure, elle était déjà partie au travail. Je viens juste de me rendre compte que vous étiez de retour. Pouvez-vous le récupérer ? Je vais bientôt partir.

– J'arrive !

Elle avait jeté un coup d'œil vers la salle de bains. La porte était fermée, la douche coulait encore. Elle avait dégringolé l'escalier jusqu'au rez-de-chaussée. Sara portait une boîte oblongue sur laquelle le nom et l'adresse de Rosie étaient inscrits.

– Merci, avait dit Alice. Vous n'aviez pas cours aujourd'hui ?

– J'ai eu une journée stressante. J'ai vu suffisamment d'enfants mal élevés pour le restant de mes jours, avait répondu Sara avec un soupir excessif.

Elle restait sur le palier en souriant. Ses lunettes de soleil étaient coincées sur le haut de sa tête, et elle portait un grand sac en toile à l'épaule. Elle paraissait de guingois. Alice brûlait de remonter chez Rosie, mais elle n'osait pas. Après tout, Sara était la nouvelle amie de Rosie. Alice avait examiné son pantacourt et son haut flottant. Sara donnait l'impression qu'elle allait partir à la plage.

– Je comprends, dit-elle.

– Vous allez bien ? avait interrogé Sara. Rosie m'a dit que vous n'étiez pas très en forme, la semaine dernière.

– Je vais mieux maintenant.

– Vous êtes si mince ! Comme je dis toujours à Rosie, la vie est injuste. Regardez-moi ! Je n'arrive pas à me débarrasser des kilos que j'ai en trop. Pourtant, je devrais être mince, je n'arrête pas de courir. Je veux dire… à l'école !

D'un air déterminé, Alice s'était tournée vers l'escalier.

– Bon, il faut que je vous laisse.

– Dites à Rosie que je l'appellerai.

Sara lui avait adressé un sourire rayonnant avant de sortir pour rejoindre sa voiture. Alice avait grimpé l'escalier quatre à quatre. Une fois dans l'appartement, elle avait posé la boîte en carton sur la table de la cuisine.

Frankie était apparu sur le seuil de la chambre. Il était habillé. Ses cheveux encore humides avaient mouillé son T-shirt.

– Je dois partir, avait-il annoncé.

Se penchant vers elle, il avait posé les mains sur ses épaules et l'avait embrassée doucement sur la bouche, l'explorant brièvement de la langue.

– À demain, avait-il murmuré.

Le bar de l'association était plein à craquer. Les étudiants, par petits groupes, étaient venus pour la soirée d'adieu. Frankie lui prit la main et ils se faufilèrent à travers la foule. Dans un coin de la salle, ils trouvèrent les copains qui partageaient son appartement. Leur table débordait de verres vides.

– Ali ! s'exclama un des garçons.

Alice hocha la tête en souriant. À en juger par leurs regards troubles, les colocataires de Frankie avaient bu trop de bière. Frankie alla chercher une chaise et Alice s'assit, les yeux tournés vers le bar. Bien qu'écœurée par le sol gluant et l'odeur d'alcool et de cigarette, elle était contente d'être là.

– Tu es étudiante ? demanda le copain de Frankie.

– Pas encore, j'entre à l'université en septembre.

Il fit un petit signe de tête, mais il ne paraissait pas l'écouter vraiment. Frankie était au bar. Elle s'appuya au dossier de sa chaise en pensant aux cours qu'elle allait suivre à la rentrée.

En septembre, elle déménagerait dans un foyer d'étudiants du Sussex. Elle mettrait toutes ses affaires dans le coffre de la voiture de Rosie, qui l'emmènerait là-bas. Elle serait une étudiante parmi les milliers qui allaient commencer un cursus. Elle allait faire de nouvelles connaissances, passer des examens. Pour de nombreux étudiants, ce serait la première fois qu'ils vivraient dans une petite chambre, loin de leur famille. Rien qu'un lit étroit, un bureau et des étagères ; une chaise, une télévision, une penderie, quelques tiroirs ; un évier et, s'ils étaient chanceux, une douche et des toilettes attenantes. Mais elle, elle avait déjà connu ça. À Monksgrove. En prison.

Elle ne devait pas se laisser envahir par cette pensée. La situation serait complètement différente. Elle serait libre d'aller et venir comme elle voudrait. Elle vivrait parmi des gens normaux. Des jeunes gens et des jeunes filles dont le pire crime serait de fumer de la drogue ou de voler un CD chez Virgin.

Frankie revint et posa les bières sur la table. Ses copains le remercièrent d'un petit hochement de tête. Alice fit glisser son verre près d'elle et se mit à siroter la bière glacée.

– Ma mère aimerait que tu viennes une semaine chez nous, dit brusquement Frankie.

– Quoi ?

– À Brighton. Au mois d'août. Je te montrerais les environs. On pourrait même aller voir le campus du Sussex. Ce n'est pas très loin.

– C'est vraiment gentil de sa part.

– J'aimerais que tu viennes, on passera beaucoup de temps ensemble, tu rencontreras ma petite sœur Sophie et mes parents. J'ai une chambre indépendante dans le grenier, avec un grand lit. C'est comme un petit appartement. À mon avis, mes parents l'ont fait installer pour se débarrasser de moi !

Un grand lit. Alice était mal à l'aise. Ce n'était qu'un meuble, mais il avait une signification tellement plus importante.

– Hé, voilà le type plein de fric, s'écria un copain de Frankie en l'attrapant par le bras.

Alice suivit son regard vers le bar, à quelques mètres. C'était l'homme à la queue-de-cheval. Il portait toujours sa veste de cuir avachie, malgré la température étouffante.

– C'est le détective, dit Frankie.

Elle l'observa. Il était accoudé au comptoir. Dans une main, il tenait un morceau de papier roulé comme une cigarette. Derrière le comptoir, la serveuse lui adressa un large sourire en prenant sa commande. Alice ne pouvait pas entendre. Il lui sembla que la serveuse le remerciait. Le détective lui avait peut-être offert à boire.

– Qui cherche-t-il ? demanda un des garçons.

– Une fille. Comme elle sortait avec un étudiant, les parents croient qu'elle habite par ici.

– Ça la regarde. Moi, je ne lui dirais rien, à ce type, même si je savais où elle est.

– Même s'il t'offrait de l'argent ?

– Même.

– Combien il offre, d'ailleurs ? Je le vois toujours sortir des gros billets.

– C'est une question intéressante, dit Frankie en se redressant sur son siège. À partir de combien vous commenceriez à balancer quelqu'un ?

– Il y a quand même un vrai problème, dit un autre garçon. Les parents ont le droit de savoir où elle est.

– Si tu savais où elle est, et si la récompense en valait la peine, tu le dirais ?

La discussion continua, mais Alice n'écoutait plus. Elle buvait sa bière, gardant le verre devant son visage. Le détective tendit de l'argent à la serveuse, qui lui rendit sa monnaie. Il se pencha vers elle pour lui parler tandis qu'un morceau de papier apparaissait comme par magie dans son autre main. Il le lui montra. La photographie de JJ, Alice en était certaine.

La serveuse l'examina quelques instants et secoua la tête. L'homme reprit la photo, qu'il fourra dans une poche. Puis il se tourna dans la direction d'Alice. Il portait trois pintes de bière, qui formaient un triangle entre ses mains. Leurs regards se croisèrent l'espace d'une seconde, et elle reporta le sien sur Frankie. Il continuait à discuter ferme avec les autres.

Du coin de l'œil, elle vit le détective mettre les chopes de bière sur une table voisine. Elle posa la sienne et regarda de son côté.

L'air un peu troublé, les sourcils froncés, il avait les yeux rivés sur elle.

Détournant le regard, elle retint son souffle. Puis elle saisit sa chope et la tint fermement, sans boire. Son regard glissa de Frankie à ses copains. Détendus, ils se demandaient encore quelle somme serait capable de pousser quelqu'un à trahir. Trois cents livres, peut-être ?

L'avait-il reconnue ? Avait-il examiné sa photo si longtemps qu'elle était devenue pour lui une personne en chair et en os ? Même si elle s'était fait couper les cheveux et avait perdu du poids depuis que le cliché avait été pris, elle avait toujours les mêmes yeux, la même bouche, la même peau claire. Elle était toujours JJ.

Soudain, elle se sentit incapable de rester là une minute de plus. Elle se leva, heurtant légèrement la table ; les verres oscillèrent, la bière déborda un peu. Tous les garçons levèrent les yeux sur elle.

– Hé, fais gaffe, dit Frankie.

– Je vais aux toilettes, dit-elle.

Le bruit semblait amplifié, les odeurs plus fortes, le plancher plus collant. Elle ne se sentait pas bien, elle avait besoin de sortir, de respirer l'air frais. Mais tandis qu'elle s'éloignait de la table, le détective s'avança et lui bloqua le passage. Elle n'avait pas le choix. Elle s'arrêta et l'affronta.

– Excusez-moi, dit-il, je vous connais ?

Elle resta sans bouger, sans répondre, se concentrant sur ses joues rondes, ses cheveux aplatis et retenus en queue-de-cheval.

– Oui, j'en suis sûr, je vous ai déjà vue quelque part.

Elle ouvrit la bouche pour parler. Est-ce que cela pouvait être aussi simple ? Qu'on la retrouve ici, les pieds rivés au plancher de ce bar miteux, devant des dizaines d'étudiants ivres ? Qu'elle voie sa nouvelle vie prendre fin en quelques secondes ?

– Je... je...

Il sourit brusquement et fit claquer ses doigts dans un geste emphatique.

– J'y suis ! Vous travaillez à la cafétéria près de la gare. Un jour, vous avez trouvé des papiers qui m'appartenaient.

– Oui.

Soudain détendue, elle eut l'impression de se mettre à flotter. La tête lui tournait.

– J'y retournerai un de ces jours, dit-il.

Puis il regagna sa table, et elle partit en titubant vers les toilettes. Elle s'aspergea le visage d'eau froide et resta penchée au-dessus du lavabo, laissant les gouttes couler, ignorant les gens qui allaient et venaient derrière elle. Ils pouvaient bien penser qu'elle était ivre, elle s'en moquait.

Quand elle revint, la discussion était terminée, et les jeunes gens étaient tranquillement assis devant leur bière. L'un d'eux passait un joint à la ronde. Chacun tirait une bouffée avant de le tendre à son voisin.

– Il faut que j'y aille, chuchota-t-elle à Frankie.

Elle n'avait pas du tout l'intention de rester avec des gens qui fumaient de la drogue. C'était trop grave, elle risquait d'avoir des ennuis avec le juge d'application des peines. Rien qu'une broutille comme celle-là risquait de la faire renvoyer en prison.

Frankie l'accompagna à l'arrêt du bus.

– Est-ce que tu viendras à Brighton au mois d'août ?

– Bien sûr, si Rosie le permet.

– Oh...

– Elle sera d'accord. Tu n'es peut-être pas la personne qu'elle préfère, mais elle sait ce que je ressens pour toi.

– Elle n'est pas marrante, ta mère.

Puis, comme si une pensée venait juste de lui traverser l'esprit :

– Et ta vraie mère, comment était-elle ?

Elle resta sidérée. Il n'avait presque jamais mentionné ni sa famille ni son environnement. Il semblait avoir compris qu'elle ne voulait pas en parler.

– Elle était mannequin, dit Alice en voyant un bus tourner au coin de la rue. Vraiment très belle. Elle l'est toujours, je suppose, mais je ne la vois plus.

C'était une réponse sincère. Cette fois encore, elle n'avait pas été obligée de mentir.

7

De retour dans sa chambre, Alice sortit du dernier tiroir de sa commode une photographie de sa mère. Elle en possédait cinq. Celle-ci avait été prise par un photographe professionnel. Carole était assise sur une chaise en fer forgé dans un jardin luxuriant. Elle se tenait un genou, le menton appuyé sur le dos de la main, les yeux rivés sur l'appareil photo, un sourire découvrant ses dents étincelantes.

Elle était belle, indiscutablement. Dès son plus jeune âge, Alice avait toujours aimé son physique, son odeur et la texture de ses vêtements. Regardant le cliché de plus près, elle se concentra sur sa peau claire et son sourire éblouissant. Son chapeau de paille était rejeté en arrière, laissant s'échapper de petites mèches folles. Ses dents blanches et régulières contrastaient avec ses lèvres, peintes à la perfection. Comment rester indifférent devant un tel visage ? Alice leva les yeux. La voix de Rosie lui parvenait de l'autre pièce. Rosie prenait un verre avec Sara. Les deux femmes étaient déjà là quand elle était rentrée. Sara avait tenté de bavarder avec elle, mais elle n'avait pas eu envie de parler et elle les avait laissées en tête à tête.

Il y avait d'autres photos, mais elle ne voulait pas les voir. Elle déglutit plusieurs fois ; cette vieille douleur était revenue dans sa gorge. « Ne t'appesantis pas sur ta relation avec ta mère », lui avait conseillé la juge. Mais comment ne pas y penser ? Elle avait été si fière, si heureuse que Carole soit sa mère. Peu importait ce qu'elle avait fait.

Carole Jones n'avait aucun effort à fournir pour être belle. Quand elle se levait le matin, ses cheveux blonds semblaient se mettre en place comme par magie. Elle avait les yeux brillants, la peau laiteuse. Il lui suffisait de se glisser dans un jean et un T-shirt, d'accrocher de grosses boucles à ses oreilles et de se maquiller les lèvres. Et voilà, elle était prête. Elle mettait toujours ses chaussures à talons hauts au dernier moment. En général, toutes ses chaussures étaient alignées près de la porte d'entrée, elle n'avait qu'à choisir. Pour l'été, des chaussures à talons fins avec une petite bride, et pour l'hiver des bottines agressivement pointues.

Quand Jennifer avait commencé à aller à l'école maternelle, Carole avait pris des cours pour devenir mannequin. Elle avait un press-book plein de photographies et, pendant une année environ, elle avait posé pour un catalogue de vêtements, participé à des défilés de mode pour des chaînes de grands magasins, et fait de la publicité pour présenter des expositions. Quelques photographies d'elle étaient accrochées au mur du salon : de grands clichés brillants, où elle posait en maillot de bain sur la plage, en robe du soir dans un jardin, en costume élégant et fausses lunettes de vue dans un centre commercial. Carole les montrait à ses invités. « Je suis mannequin », disait-elle fièrement. Jennifer s'asseyait et les contemplait. Elle voyait invariablement un visage souriant ; la couleur des cheveux et les vêtements changeaient, mais en dessous c'était toujours le sourire de sa mère.

Pendant un temps, l'argent était rentré, permettant de payer le loyer d'un appartement dans une rue bordée d'arbres, d'acheter de nouveaux meubles, des vêtements et, pour elle, des tas de jouets (son favori était une poupée mannequin appelée Macy). Elles avaient même pu s'offrir des vacances en Espagne, où sa mère portait un Bikini différent chaque jour de la semaine. Cependant, le métier de mannequin était très prenant et Jennifer avait commencé à se sentir exclue. Elle passait beaucoup de temps chez d'autres personnes. Parfois, c'était Simone qui allait la chercher à l'école et la ramenait chez elle. Grande femme à la démarche très lente, Simone s'arrêtait à tous les coins de rue pour reprendre son souffle. Elle parlait si peu que, la plupart du temps, Jennifer devait tenir une conversation avec elle-même. En général, elle sortait sa poupée Macy de son sac à dos et lui demandait :

– Qu'as-tu fait aujourd'hui, Macy ?

– J'ai fait une présentation de mode dans un palais.

– As-tu vu la reine ?

– Oui, je l'ai vue !

Parfois, c'était sa grand-mère qui la gardait. C'était pire que chez Simone. Sa grand-mère vivait dans un appartement situé à deux arrêts de bus du sien. Elle avait un petit chien nommé Nelson, qui restait sur ses genoux et qui grondait dès qu'il la voyait. Jennifer était obligée de rester tranquille, car sa grand-mère faisait de la couture et elle aimait regarder la télévision en travaillant.

De temps en temps, Jennifer restait dans la salle de classe avec le professeur.

Assise à son bureau, elle laissait son regard traîner sur la cour de récréation, ou elle dessinait. Et sa mère finissait enfin par arriver. Elle franchissait le portail de l'école comme une flèche, et quand elle entrait dans la salle, elle était tout essoufflée, et elle s'excusait.

Quand Carole ne travaillait pas, il lui arrivait de venir la chercher à la sortie de l'école. Jennifer était enchantée de la voir. Beaucoup plus grande que les autres mamans, elle les dépassait de la tête et des épaules. Parfois, elle laissait danser librement ses mèches blondes autour de son visage. Au milieu de toutes ces femmes ternes, elle parlait avec animation. L'été, elle s'habillait le plus légèrement possible : un haut à bretelles qui laissait voir son tatouage, un short qui exposait ses longues jambes, et autour de la cheville une chaîne très fine. Quand elle voyait Jennifer traverser la cour de récréation, elle lui adressait un sourire radieux. Elle aurait aussi bien pu se trouver devant un photographe important.

Tous ceux qui les voyaient ensemble étaient impressionnés. Quand Carole Jones s'accroupissait pour l'embrasser, les autres mamans paraissaient les envier. Jennifer lui donnait la main pour retourner à la maison, et elle savait que les gens les regardaient. Les hommes, surtout. Les femmes leur jetaient des coups d'œil en biais. Jennifer le savait : sa mère était quelqu'un d'important. Pendant tout le trajet, Carole la tenait par la main. Elle marchait le nez en l'air, le corps se balançant légèrement comme si elle s'entraînait pour un défilé de mode, tandis que ses talons aiguilles martelaient le sol.

Il y avait aussi de mauvais jours. Parfois, sa mère avait des maux de tête et elle devait rester étendue dans l'obscurité, ou alors elle se sentait malade, ou elle avait des douleurs, et il fallait la laisser tranquille. Elle était souvent de mauvaise humeur : un taxi n'était pas arrivé à l'heure, ou ses photographies n'étaient pas parfaites.

À ces moments-là, Jennifer prenait Macy et allait dans sa chambre.

– Qu'est-ce que tu vas faire aujourd'hui, Macy ?

– Je vais participer à un défilé de mode.

– C'est merveilleux !

Macy avait une pleine boîte de vêtements, des tenues différentes pour chaque saison, pour la journée, la soirée, pour travailler ou jouer. Entre toutes, Jennifer préférait sa tenue de ski. D'une seule pièce, elle était d'un rose électrique, avec des skis assortis et de minuscules lunettes de soleil. Jennifer avait l'impression de passer des heures et des heures à jouer toute seule. Quand elle n'en pouvait plus, elle entrait sur la pointe des pieds dans la chambre de sa mère, s'approchait du lit et se couchait à côté d'elle. Si sa mère se sentait mieux, elle se tournait et la serrait dans ses bras en dormant à moitié. Sinon, elle restait immobile, respirant à peine. Alors Jennifer la laissait pour le reste de la journée, parfois toute la nuit. Sa mère réapparaissait le lendemain matin, quand Jennifer prenait son petit déjeuner avec Macy.

– Quelle heure est-il ? disait-elle. J'ai dû dormir pendant des heures !

Elle bâillait et se penchait pour l'embrasser.

– Merci de ne pas avoir réveillé maman, ma chérie. Maintenant, c'est trop tard pour que tu ailles à l'école, tu vas rester à la maison.

Jennifer était heureuse. Ces jours-là, elle l'avait pour elle toute seule. Elle l'aidait à trier ses vêtements et à ranger son maquillage. Elle feuilletait son press-book, mettait de l'ordre dans les belles photographies brillantes. Elle jouait dans la salle de bains pendant que sa mère se prélassait dans l'eau pleine de bulles. Parfois sa mère la laissait mettre Macy dans la baignoire et lui laver les cheveux. Après, elles regardaient la télévision ensemble, sa mère sentait bon le shampoing et la crème, et ses cheveux humides pendaient en fines mèches autour de son visage.

Au bout d'un certain temps, le travail se raréfia. Il y avait d'autres mannequins. Elles étaient plus originales que Carole, elles avaient de plus beaux cheveux ou un air plus mystérieux. Ce n'était pas contre elle, c'était le métier qui voulait ça. Les photographes cessèrent de l'appeler et les agences prirent l'habitude de lui laisser des messages : « Nous vous rappellerons », disaient-elles, mais elles ne le faisaient jamais.

Sa mère s'était remise à chercher du travail, montrant ses photographies aux agences. Pendant ce temps, elle la laissait chez Simone ou chez sa grand-mère, quelquefois chez ses voisins. C'étaient de mauvaises périodes.

Un matin, de bonne heure, alors qu'il faisait encore nuit, Carole avait emmené Jennifer chez Simone. Simone était vêtue d'un gigantesque peignoir rose et ses cheveux se dressaient tout droit sur sa tête. Carole était dans le couloir, prête à partir. À côté de Simone, elle était épous-touflante dans son jean moulant et sa petite veste dc cuir, les cheveux séparés par une raie de côté et attachés derrière la tête en une petite touffe bien serrée, qui lui donnait un air sévère ; ses lèvres étaient roses et humides. Elle avait enroulé plusieurs fois autour de son cou une écharpe scin-tillante, et Simone, entre deux bâillements, lui fit une re-marque.

– Je l'ai achetée dans Bond Street, répondit Carole. Bon, je dois y aller...

Mais, quand elle se tourna vers la porte, Simone tendit vers elle son bras rouge et potelé. De ses petits doigts courts, boudinés, elle la retint par la veste.

– Entre dans la chambre, Jen, dit Carole.

Jennifer obéit mais elle les entendit parler.

– Je vous paierai.

La voix de sa mère était devenue un murmure.

– J'attends une rentrée d'argent cette semaine, d'accord ?

Le lendemain, quand Simone vint la chercher à l'école, elle portait l'écharpe scintillante qui venait de Bond Street. Elle l'avait enroulée maladroitement autour de son cou grassouillet. L'écharpe ne s'accordait pas du tout avec sa veste sale. Elle avait dû garder le parfum de sa mère.

Il y avait eu de nombreux maux de tête à cette époque-là. Carole passait beaucoup de temps dans sa chambre, les rideaux tirés.

Alice entendit la porte de l'appartement se refermer. L'instant d'après, les pas de Rosie résonnèrent dans le couloir, en direction de sa chambre. Elle cacha la photographie sous son oreiller. Rosie frappa légèrement et entra. C'était comme ça depuis le début. Rosie savait qu'elle pouvait entrer dans sa chambre quand elle voulait. Alice n'y voyait pas d'inconvénient, elle avait vu suffisamment de portes fermées à clé dans sa vie.

– Tu vas bien, Alice ? Tu m'as paru un peu nerveuse en rentrant.

Elle s'assit au bord du lit. Alice sentit le matelas s'enfoncer.

– Non, ça va. C'est juste... enfin, je ne suis pas très emballée par...

Elle indiqua le sol du doigt pour faire allusion à Sara.

– Elle est très bien, objecta Rosie. Elle va emmener sa classe au théâtre, elle m'a demandé si je voulais les accompagner. J'ai dit oui. Après tout, c'est gratuit. Veux-tu boire quelque chose ? Du thé ? Du café ?

Alice secoua la tête.

– J'ai envie de me reposer un moment.

Rosie acquiesça et sortit de la chambre sur la pointe des pieds, exagérant son attitude silencieuse. Arrivée à la porte, elle lui adressa un petit signe, comme si elle partait loin et s'absentait pour longtemps.

Alice extirpa la photographie de dessous son oreiller. Elle se rendit compte qu'elle n'avait jamais montré les photos de sa mère à Rosie. *Qu'en penserait-elle ? Trouverait-elle qu'elle lui ressemblait ?* Alice secoua la tête. Excepté le fait qu'elles étaient minces toutes les deux, elles se ressemblaient très peu. Elle-même était petite, et toute simple. Sa mère était grande, et superbe.

Un brusque accès de tristesse l'envahit. Où était-elle maintenant, à cette minute précise ? Était-elle étendue sur un lit, pensait-elle à Jennifer, sa fille, qu'elle n'avait pas vue depuis des années ? À une époque, elles vivaient ensemble. Comment pouvaient-elles être si éloignées l'une de l'autre ?

Personne n'avait vraiment compris. « Est-ce que ta mère abusait de toi ? » avaient demandé les psychologues. « Est-ce qu'elle te frappait ? Est-ce qu'elle te faisait du mal ? Et tous les hommes qu'elle connaissait ? Y en avait-t-il qui te touchaient ? »

Dès que Jennifer eut six ans, Simone refusa de s'occuper d'elle. À la place de sa face lunaire, Jennifer voyait de nouveau sa mère à la sortie de l'école. Ses cheveux blonds s'agitaient dans le vent. Elle n'était pas toujours joyeuse, et parfois elle oubliait de mettre son rouge à lèvres, mais Jennifer était toujours heureuse qu'elle vienne la chercher.

Un jour, un photographe avait téléphoné. Il avait du travail à lui proposer. Le récepteur avait fait un petit bruit de sonnette quand sa mère avait raccroché. Ensuite, elle s'était mise à danser dans le couloir, sous le regard de Jennifer et de Macy.

– Il suffit de remettre le pied à l'étrier, avait-elle dit en se déshabillant, restant nue comme un ver à la porte de la salle de bains.

Le pied à l'étrier. C'était une image bizarre. Jennifer réfléchit quelques minutes. Puis elle emmena Macy dans la chambre de sa mère et s'assit sur le lit pendant qu'elle se préparait. Carole s'aspergea d'eau de toilette, se passa de la crème sur les jambes, les bras, le ventre et le dos, et sur ses petits seins. Elle fredonnait en posant devant le grand miroir, comme avant, quand elle avait beaucoup de contrats de mannequin. Elle brandissait ses vêtements, une tenue après l'autre. Elle en avait presque autant que Macy.

– Le studio se trouve à dix minutes d'ici. Je ne m'absenterai pas plus de deux ou trois heures.

Jennifer pensa alors à Simone et commença à s'inquiéter.

– Est-ce qu'il faut que j'aille chez Simone ? demanda-t-elle.

Sa mère détourna son attention de ses vêtements pour la regarder.

– Non, ma chérie, pas aujourd'hui.

Jennifer fit la moue. Cela signifiait-il qu'elle devrait aller chez sa grand-mère ?

– Je veux que tu te conduises vraiment comme une grande fille aujourd'hui et que tu restes seule. Ce sera bien, non ?

Jennifer fut étonnée.

– Toute seule ?

– Comme une grande fille, répéta-t-elle. Tu regarderas une vidéo dans le salon. J'ai acheté des jus de fruits et des biscuits. Juste avant de partir, je mettrai le film en route, et je parie que je serai revenue avant la fin.

– J'ai le droit de regarder une vidéo toute seule ?

– Rien qu'aujourd'hui. Juste une fois, parce que ce rendez-vous est vraiment très important pour moi.

Carole mit de l'ordre dans le salon et tira le gros fauteuil devant la télévision. Elle posa un verre de soda et un bol de chips sur la table basse. Et deux petites barres de chocolat.

– Tu n'ouvriras la porte à personne. Absolument personne. Tu as bien compris ?

Jennifer hocha la tête d'un air très grave.

– Tu ne répondras pas non plus au téléphone. Laisse-le sonner. Le répondeur se déclenchera. Et puis…

Sa mère regarda autour d'elle d'un air hésitant.

– Ne touche à rien. Il y a des choses que tu ne devrais pas…

Elle ne termina pas sa phrase et consulta sa montre.

– Il faut que je me dépêche. Tout ira bien. Il est déjà deux heures. Je vais revenir dans deux ou trois heures, probablement, à cinq heures au plus tard… Regarde la vidéo, puis la télévision, si tu veux. Tout ira bien.

Et elle partit. Elle ne revint qu'à huit heures du soir. Jennifer resta seule pendant six heures. L'appartement s'obscurcit, mais elle resta assise sur le canapé en serrant Macy contre elle. La lumière du poste de télévision teintait le salon d'une lueur bleutée.

Après, ce fut facile. Sa mère la laissait seule pendant quelques heures, une matinée ou un après-midi entier, voire toute une journée, qui semblait s'étirer à n'en plus finir. Cela n'arriva d'abord que de temps à autre. Puis une fois par semaine ; ensuite, deux ou trois fois par semaine et, finalement, chaque après-midi après l'école.

Jennifer s'habitua à rester seule. Elle n'avait pas le choix.

Étendue sur les coussins, Alice tenait la photographie du bout des doigts. L'odeur de la viande grillée pénétra dans la chambre, accompagnée du grésillement de la poêle à frire. Rosie préparait quelque chose de bon. Alice entendit des couverts cliqueter, des portes de placard s'ouvrir et se refermer. Il lui sembla même entendre de la musique en sourdine. Rosie fredonnait.

Alice s'assit. Elle avait envie d'être près d'elle. Laissant la photo sur le duvet, elle sortit de sa chambre. La gorge sèche, les paupières lourdes, elle traversa le couloir. Il faisait chaud dans la cuisine, où flottait aussi une odeur d'oignons. Alice se laissa absorber par cette atmosphère. Quand la musique s'arrêta, Rosie dut sentir qu'elle était là, car elle se retourna et l'observa d'un air inquiet. Alice franchit les deux pas qui les séparaient et se jeta dans ses

bras. Posant la tête sur sa poitrine généreuse, elle s'accrocha littéralement à elle.

Les psychologues n'avaient jamais vraiment compris. À
cette époque, sa mère n'avait pas réellement abusé d'elle.
Elle l'avait simplement délaissée, rejetée. Abandonnée.

8

Les bonnes nouvelles arrivèrent par un coup de téléphone de Jill Newton.

Alice aidait Frankie à emballer ses derniers livres et vêtements. Les cartons étaient alignés dans le couloir, attendant que le père de Frankie les emporte à Brighton.

Les autres étudiants étant déjà rentrés chez eux, l'appartement était presque vide. Alice entendait ses pas résonner quand elle allait et venait d'une pièce à l'autre pour ramasser les derniers objets. Il ne restait plus que les meubles de base : les lits et les armoires, le canapé et la table de salon, la table et les chaises de cuisine. Il fallait vérifier que rien ne manquait dans la cuisine pour que les étudiants récupèrent leur caution. Debout devant les placards, Alice compta les couverts. Il y avait huit couverts complets et huit assiettes. Elle compta aussi les casseroles, les plats allant au four, puis elle les cocha sur la liste.

Dans la chambre, Frankie jetait des papiers dans un sac-poubelle.

– Tu as fini ?

– Hmmm, marmonna-t-il.

Il était de mauvaise humeur. Comme elle était arrivée plus tard que prévu, il avait voulu savoir où elle était passée, ce qu'elle avait fait. Quand elle lui avait dit qu'elle avait aidé ses collègues de travail à faire l'inventaire, il l'avait regardée d'un air sceptique. Détestant les petits boulots, il s'attendait à ce qu'elle déteste le sien. Mais ce n'était pas le cas. Elle aimait bien travailler au café. Tout était si simple. Servir les gens, préparer des boissons, couper des parts de gâteau, prendre les beignets avec les pinces argentées. Cela lui était égal que le directeur lui demande parfois de rester plus longtemps, ou de faire d'autres tâches. Mais Frankie l'avait attendue, et il exigeait qu'elle lui dise ce qui était arrivé. Ses questions étaient pleines de sous-entendus. Apparemment, il croyait qu'elle n'était pas allée travailler.

– Dans combien de temps ton père va-t-il arriver ? dit-elle, essayant d'ignorer son air grognon.

Passant derrière lui, elle lui enlaça le dos. Il avait une large carrure. Elle sentit ses muscles se tendre, et elle le serra fort en frottant sa joue contre son T-shirt. Il était si chaud, si solide. Elle aimait le sentir contre son corps, elle aimait qu'il soit fort et qu'il puisse se débarrasser d'elle en une seconde si l'envie l'en prenait.

Il se radoucit.

– Dans une heure environ, répondit-il.

Faisant volte-face, il la prit dans ses bras et la souleva du sol. Elle rejeta la tête en arrière et le regarda. Ses yeux s'embuèrent quand il se pencha pour l'embrasser. Elle ferma les paupières et entrouvrit les lèvres dans l'attente de son baiser.

La sonnerie de son mobile la fit sursauter. Elle se libéra. Elle n'était pas encore habituée à cet appareil, et encore moins à recevoir des appels. Frankie prit une expression boudeuse.

– Qui est-ce ? dit-elle, comme s'il pouvait lui donner la réponse.

Elle alla dans le couloir chercher son sac, dans lequel elle fouilla quelques secondes avant de trouver son téléphone. Le nom de Jill apparut sur l'écran. Elle entendit Frankie traîner les sacs en plastique jusqu'à la porte de la chambre.

– Allô ? dit-elle d'une voix hésitante.

– Alice ! dit Jill. Comment vas-tu ?

– Bien. Il y a un problème ?

Ce fut sa première pensée. Debout dans le couloir, le téléphone collé à l'oreille, elle imagina le pire. On l'avait retrouvée. Son secret était dévoilé. Cette idée lui donna froid

dans le dos, malgré la chaleur de cette journée et l'atmosphère étouffante de l'appartement. Frankie sortit de la
chambre et lui adressa un regard patient. Imitant quelqu'un
qui parlait au téléphone, il articula silencieusement :

– Qui est-ce ?

Mais elle était trop absorbée par Jill pour le voir.

– J'ai de bonnes nouvelles, Alice !

De bonnes nouvelles ? Voilà une phrase qu'elle n'avait
pas entendue souvent.

– Nous avons joué un bon tour à la presse, continua Jill.
Je ne sais pas si tu te souviens de Michael Forrester, qui
travaillait à Monksgrove ? Probablement pas, tu n'as pra-
tiquement jamais eu affaire à lui. En tout cas, Patricia
Coffey avait appris qu'il devait rencontrer un journaliste.
Sa première idée a été de le congédier, mais nous avons
discuté et nous avons décidé de faire une tentative. Nous
avons laissé traîner de faux documents indiquant que
Jennifer Jones venait d'être placée à l'étranger, aux Pays-Bas
plus précisément, dans une famille anglaise.

Aux Pays-Bas ?

Frankie était derrière elle. Il était assez près pour entendre. Elle se tourna vers lui et leva la main pour garder
une distance.

– J'en ai pour une minute, dit-elle à voix basse en essayant
de retrouver le fil de ce que Jill lui expliquait. Pardon, Jill,
je n'ai pas bien entendu.

Frankie poussa un gros soupir et tourna les talons pour sortir de la pièce. La porte se referma lentement, comme au ralenti.

– L'idée, c'est que Jennifer a été placée pour trois ans dans une famille anglaise aux Pays-Bas, où elle fréquente l'université et où elle a une vie privée. Ensuite, elle pourra rester aux Pays-Bas ou choisir de revenir en Grande-Bretagne. Patricia Coffey a fait cette annonce comme si c'était l'application d'un accord international : le Programme européen de réinsertion des criminels. C'était très convaincant.

Alice se dirigea vers la porte, le téléphone collé à l'oreille. Frankie était retourné dans la chambre. Elle l'entendait ouvrir et fermer des tiroirs. Aux Pays-Bas, pour trois ans. Cette information avait vraiment un accent de vérité.

– On a laissé traîner ces papiers pendant que Forrester était dans le bureau. Patricia a prétendu qu'elle avait quelque chose d'urgent à faire et elle l'a laissé seul.

Jill Newton parlait d'une voix triomphante.

– Devine qui a téléphoné quelques jours après ? Un journal national ! Il voulait avoir la confirmation que Jennifer Jones vivait aux Pays-Bas dans une famille anglaise. Naturellement, Patricia a nié, mais nous espérons que la nouvelle va être bientôt publiée.

– Publiée ? répéta Alice, affolée. Mon histoire va de nouveau paraître dans les journaux ?

Sa voix n'était plus qu'un murmure. Elle traversa la pièce, aussi loin que possible de Frankie.

– C'est une très bonne nouvelle, Alice. Tout est terminé. Quand les journaux auront assimilé le fait que tu es sortie du pays, ils cesseront de te traquer. Ce détective repartira. Tu pourras te détendre et mener une vie normale. Et quand tu commenceras l'université, en septembre, personne au monde ne se doutera que tu es quelqu'un d'autre qu'Alice Tully. Crois-moi, c'est la meilleure nouvelle qu'on puisse apprendre.

Après quelques autres déclarations optimistes, Jill raccrocha. Alice était perplexe. Tout allait être publié dans les journaux. Chaque détail allait ressortir. Elle n'avait aucun mal à imaginer les manchettes : « La meurtrière de Berwick Waters, Jennifer Jones, échappe à la justice ! » Jill Newton était sûre que ce serait terminé. Quand les journalistes croiraient que JJ était sortie du pays, ils arrêteraient leurs recherches. Et ils l'oublieraient.

Alice s'assit pesamment sur le bras d'un fauteuil. Oublier. C'était un mot magique, qui pouvait faire croire qu'une partie du cerveau était capable de faire le vide elle-même, d'effacer une information à tout jamais. Oubliées, les petites idioties de la vie : une carte d'anniversaire, un livre à rendre à la bibliothèque, un tube de dentifrice à acheter au supermarché. Cependant, les choses importantes de la vie, elles, restaient enracinées. Elles subsistaient dans les

fibres du cerveau, dans les tissus et dans le sang. Elles seraient toujours là, lovées, endormies dans l'inconscient,
jusqu'à ce que quelqu'un vienne les dénicher. Des souvenirs
qui refaisaient surface et qui remplissaient sa tête d'images.
Trois enfants en promenade. Une promenade qui allait
hanter Alice jusqu'à la fin de ses jours. Un trou creusé dans
le sol, la tête squelettique d'un chat sauvage, l'eau qui
éclaboussait, la vue du sang, comme une rose rouge, cho-
quante, qui aurait éclos sur la tête d'un enfant. Comment
pouvait-elle penser que la presse oublierait, alors qu'elle-
même en était incapable ? Elle resta assise plusieurs minutes, agrippée à son téléphone. Sous ses pieds, la moquette
était usée jusqu'à la corde. Par endroits, elle était si mince
qu'on pouvait voir au travers.

Elle retrouva Frankie étendu sur le lit. Il avait le visage
tendu. Il n'avait pas toujours été ainsi. Au début, il la
faisait toujours rire.

– Qu'est-ce qu'il y a ? demanda-t-elle en s'asseyant près
de lui.

Il se détourna et, enfonçant son visage dans le matelas,
il dit d'une voix étouffée :

– Tu vois quelqu'un d'autre.

– Quoi ? Bien sûr que non ! rétorqua-t-elle d'un ton las.

Ils avaient déjà eu ce genre de conversation. Frankie la
harcelait pour savoir avec qui elle sortait, où elle allait
quand elle n'était pas avec lui. Il ne comprenait pas qu'elle

était heureuse de rester seule de temps à autre, ou d'être avec Rosie, tout simplement. Parfois, elle était obligée de mentir, comme lorsqu'elle rencontrait Jill Newton. Il ne lui faisait pas confiance, et elle ne voyait pas comment elle pouvait y remédier.

Elle s'allongea contre lui, lui enlaça la taille en lui embrassant les épaules.

– Je ne vois personne d'autre, dit-elle entre deux baisers. Il n'y a que toi.

Comme il se retournait, elle attendit qu'ils soient face à face.

– Je n'ai jamais rencontré quelqu'un comme toi, dit-elle d'une voix rauque.

Il la regardait d'un œil sombre, inclinant légèrement la tête d'un côté et de l'autre comme s'il cherchait le moindre signe prouvant qu'elle mentait.

– Excuse-moi, dit-il au bout d'une minute.

Ses grands bras l'attirèrent contre lui.

– Je te veux pour moi tout seul. C'est plus fort que moi.

Elle sentit sa bouche sur son cou, ses lèvres dures sur sa peau, comme s'il voulait lui faire des suçons. Elle prit son visage entre les mains et leva la tête pour qu'il l'embrasse.

Pauvre Frankie. Ce n'était pas possible d'avoir quelqu'un pour soi, rien que pour soi. Alice le savait. Et il y avait longtemps que JJ l'avait appris d'une façon brutale.

Quand sa mère n'obtint plus de contrats, elle s'enferma dans sa chambre pendant des jours, des semaines. Jennifer dut aller vivre chez sa grand-mère. Elle dormait dans l'atelier de couture, sur un petit lit de camp installé dans un coin. Il n'y avait pas beaucoup de place, à cause de la gigantesque machine à coudre et des nombreuses boîtes en plastique pleines de patrons, de fils et d'autres matériaux.

– Ne touche à rien, Jenny, recommandait sa grand-mère. C'est mon travail, ça, c'est mon gagne-pain !

Jennifer savait déjà qu'elle confectionnait des vêtements pour enfants. Elle avait vu des piles de pantalons, de chemises, de jupes et de petits jeans qu'elle avait cousus. Sa grand-mère lui en avait même donné quelques-uns.

Pendant la journée, elle devait sortir de la minuscule pièce pour que la vieille dame puisse travailler. Ce qui voulait dire qu'elle restait assise sur le canapé ; elle changeait les vêtements de Macy, regardait la télévision, qui semblait être allumée toute la journée, même quand sa grand-mère ne la regardait pas.

Nelson occupait un fauteuil à lui tout seul, et parfois, elle le surprenait à la fixer d'un air hargneux. Elle essayait de l'ignorer et passait son temps à parler à Macy.

Au bout d'une semaine, sa grand-mère lui avait annoncé qu'elle resterait chez elle plus longtemps que prévu. Il faudrait lui trouver une nouvelle école, la sienne étant trop éloignée.

— Quand est-ce que maman va venir ?

— Je n'en sais rien, Jenny, j'aimerais bien le savoir, répondait sa grand-mère en allumant une cigarette.

Il y avait beaucoup d'appels téléphoniques, qui arrivaient le soir, la plupart du temps. Jennifer entendait la vieille dame parler impatiemment, à voix basse. Elle disait des mots durs, terribles. Une fois, Jennifer était sortie de son lit pour se glisser dans le couloir. Les épaules voûtées, sa grand-mère lui tournait le dos. Jennifer avait compris qu'elle était en colère en la voyant lever un bras indigné, comme si elle indiquait quelqu'un du doigt, et ses jambes étaient aussi raides que celles d'une sentinelle ou d'un vigile. Jennifer avait imaginé son visage tout plissé, ses lèvres serrées.

— Je n'en suis pas responsable ! Elle est là depuis trop longtemps. Tu ne peux pas la déposer chez moi chaque fois que ça t'arrange… Je me fiche pas mal du travail que tu… Je vais être obligée de contacter les services sociaux… Je ne peux pas garder cette enfant chez moi. Je te préviens. Continue comme ça, et tu ne la retrouveras pas ici quand tu reviendras…

Un grondement avait fait sursauter Jennifer. Sa grand-mère s'était retournée, et elle l'avait vue. Nelson était sur le seuil du salon, montrant les crocs.

— Il faut que je te laisse, s'était-elle empressée de dire d'une voix sèche avant de poser le téléphone. Jenny, tu devrais être au lit !

Elle avait traversé le couloir et chassé le chien du bout du pied pour entrer dans le salon.

– C'était maman ?

– Oui. Elle t'embrasse. Elle va bientôt venir te chercher. Allons, va te coucher maintenant !

La prenant par la main, elle l'avait conduite vers le petit lit et l'avait bordée. Puis elle s'était relevée et avait hésité avant de sortir de la pièce. Finalement, elle s'était penchée sur Jennifer pour lui donner un baiser sur la joue, laissant en même temps l'arôme de ses cigarettes. La porte s'était refermée et Jennifer avait entendu la télévision dans le salon, et sa grand-mère qui parlait à Nelson d'une voix plus légère, presque joyeuse.

Toutes les écoles étaient pleines, avait dit sa grand-mère quand elle lui avait demandé où elle irait. De toute façon, ce n'était pas très important qu'elle change d'école puisque sa mère allait bientôt venir la chercher et l'emmener vivre ailleurs. Il faudrait qu'elle recommence dans une autre école. C'est ainsi qu'elle passa ses journées dans le salon, à regarder la télévision sur fond de bourdonnement de machine à coudre, avec près d'elle, dans le fauteuil, un Nelson qui la regardait d'un air réprobateur, les pattes croisées en signe de résignation.

Un mardi, alors qu'elle se trouvait chez sa grand-mère depuis plusieurs semaines, sa mère arriva à l'improviste. La sonnerie de la porte retentit, et quand sa grand-mère alla ouvrir, Jennifer entendit la voix familière. En quelques secondes, comme si elle avait volé, sa mère était devant elle dans le salon.

– Jennifer, ma chérie, dit-elle en s'asseyant sur ses talons. Tu as tellement manqué à maman !

Incapable de parler, Jennifer la regardait, ébahie. Après tous ces jours passés dans cet appartement lugubre et enfumé, en compagnie d'un chien hargneux, elle avait l'impression de voir une apparition.

– Tu ne m'embrasses pas ?

Jennifer se jeta à son cou et la serra très fort contre elle, entrelaçant ses doigts pour la garder plus sûrement. Puis elle enfouit son visage dans ses cheveux et respira son parfum. Ses cheveux la chatouillaient, et elle sentit sur sa peau le contact froid de ses boucles d'oreilles.

– Regarde, chuchota sa mère en essayant de se libérer. Je t'ai apporté un cadeau.

Mais elle ne voulait pas la lâcher. Par-dessus son épaule, elle voyait sa grand-mère, debout près de la télévision, qui les regardait d'un air revêche.

– J'ai quelque chose pour toi ! répéta sa mère en tournant la tête vers la vieille dame, dont l'expression ne changeait pas.

Jennifer ressentit un petit pincement au cœur. Pourquoi sa mère se souciait-elle encore de sa grand-mère ? Ne lui avait-elle pas parlé au téléphone pendant des semaines ?

N'était-ce pas à son tour, maintenant ? Elle ferma les yeux un instant pour ne plus voir la tête carrée de la vieille dame, et le petit filet de fumée qui montait en spirales au plafond. Plus tard, quand sa mère dénoua doucement ses mains de son cou, elles s'assirent toutes les deux sur le canapé. Sa mère posa un cadeau sur ses genoux. Jennifer avait la tête qui tournait. Elle laissa le paquet où il était, et le tâta avec les doigts.

– On rentre à la maison ? demanda-t-elle.

– Pas tout de suite, ma chérie. Mamie a dû t'expliquer que j'ai eu quelques problèmes. Mais j'ai trouvé du travail et j'ai un appartement en vue. Dès que tout sera rentré dans l'ordre, je viendrai te chercher. Tu auras de nouveau une chambre indépendante, et nous la peindrons de la couleur que tu choisiras. Ce sera bien, non ?

Jennifer hocha la tête. Elle avait tant de questions à poser ! Mais sa mère était agitée, elle restait assise quelques minutes et elle se levait pour faire les cent pas, puis elle se posait sur l'accoudoir du fauteuil de Nelson. Elle avait enlevé son manteau, mais il était resté à portée de sa main sur le dossier d'une chaise. Elle n'allait pas rester long-temps. Jennifer le savait, elle ne la quittait pas des yeux, contemplant son visage, ses cheveux. Si elle continuait à la regarder, peut-être l'empêcherait-elle de partir ? Sa grand-mère continuait à caresser Nelson d'un air satisfait. Au bout d'un moment, elle apporta une tasse de thé à sa mère, qui la prit et souffla dessus, mais qu'elle ne but pas. Elle finit par se lever et par prendre son manteau.

Jennifer eut un accès de panique. Un être minuscule semblait sauter à pieds joints dans sa poitrine. Sur le canapé, à côté de Macy, il y avait le cadeau, qu'elle n'avait pas eu le temps d'ouvrir. Elle devait rester vigilante, trouver des choses à dire à sa mère pour la garder avec elle. Mais les mots ne venaient pas, et l'être minuscule, dans sa poitrine, semblait se moquer d'elle avec un rire hystérique : *Tu ne peux rien faire pour l'empêcher de partir !*

Alors elle retourna s'asseoir sur le canapé et resta là, complètement figée. Elle leva les yeux sur sa mère. Ses cheveux blonds étaient coupés court, et elle portait un long manteau de cuir sur un pantalon blanc. Ses chaussures brillaient, on aurait dit que quelqu'un les avait saupoudrées de poussière d'or. Elle ressemblait à une princesse.

– Et la petite ? demanda sa grand-mère en pointant sa cigarette dans sa direction.

Ignorant la question, sa mère fouilla dans son sac, d'où elle sortit une enveloppe, qu'elle lui tendit. Sa grand-mère la prit avec un petit ricanement et la plaça derrière un pot de fleurs sur la cheminée.

– Dès que j'ai des nouvelles pour l'appartement, je viens te chercher, alors ne t'installe pas trop confortablement ici ! dit Carole.

Elle se pencha pour lui caresser les cheveux.

Jennifer n'arrivait pas à parler. Sa langue était pâteuse, et bien qu'elle voulût aller vers la porte pour dire au revoir, elle était incapable de bouger. Ses yeux s'embuèrent. Était-ce possible ? Cette visite était déjà terminée ? Sa mère allait encore disparaître ?

Elle avait envie de crier : « Ne pars pas ! », mais c'était trop tard, elle entendait déjà le bruissement du long manteau de cuir tandis que sa mère sortait du salon en lançant un dernier : « Au revoir, ma chérie ! » Puis le déclic de la porte d'entrée qui se refermait. Elle resta sur le canapé, aussi immobile que possible, les yeux brouillés de larmes. Quelques secondes plus tard, sa grand-mère revint dans la pièce et se dirigea tout droit vers la cheminée. Elle ouvrit l'enveloppe, dont elle sortit des billets de banque. Elle les compta en remuant silencieusement les lèvres. Puis elle posa les yeux sur Jennifer et surprit son regard.

– Eh bien, tu l'as vue, ta maman. Elle est belle, hein ?

Jennifer hocha la tête, la gorge trop sèche pour articuler un mot. Sa mère était resplendissante, où qu'elle aille. Il était un temps où elle restait toujours avec elle. Maintenant, c'était différent. Elle n'était qu'une visiteuse, et elle, elle devait vivre dans cette minuscule pièce, et tout ce qu'elle avait à regarder, c'était ce méchant petit chien vautré dans son fauteuil.

– Pourquoi n'ouvres-tu pas ton cadeau ? demanda sa grand-mère.

Elle paraissait plus heureuse.

Les mains engourdies, Jennifer déchira le papier.

C'était une poupée, dans une boîte. Une poupée mannequin. C'était « Macy, mannequin international ». Mais elle en avait déjà une ! Jennifer était abasourdie. Tournant la tête, elle vit sa chère vieille Macy assise contre l'accoudoir du fauteuil, vêtue de sa robe du soir, son diadème sur la tête. Pourquoi voudrait-elle une autre Macy ? Elle déchira la boîte pour en extraire la seconde poupée.

Il y eut un bruit bizarre. Il ne venait pas de sa grand-mère. Celle-ci avait fourré l'argent dans la poche de son pantalon, et elle emportait la tasse de thé. Puis elle disparut dans la cuisine, et Jennifer l'entendit fredonner.

C'était Nelson. Sous la frange de poils qui cachait presque ses yeux, il la regardait, les crocs découverts, en émettant un lent grognement qui évoquait le bruit éloigné d'une perceuse.

Qu'est-ce qu'il avait ? Ne savait-il pas qu'elle venait de perdre sa mère une fois de plus ? Était-il stupide à ce point ? Dans sa main, la poupée la regardait fixement. Elle ressemblait à l'autre comme une jumelle muette, mais ce n'était qu'une forme en plastique, ce n'était pas sa Macy. Elle portait un jean et un T-shirt très échancré. Des habits ordinaires que sa Macy ne portait jamais. Le petit chien stupide continuait à grogner d'un air méchant. Se tournant vers lui, elle dit assez fort :

– Chut !

Mais il ne s'arrêta pas. On aurait dit une radio que quelqu'un aurait oublié d'éteindre. Bien qu'il restât sans bouger et sans desserrer les mâchoires, le son de perceuse qu'il émettait semblait s'amplifier encore et encore. Jennifer jeta un coup d'œil vers la porte. Sa grand-mère devait coudre à la machine. Mais non, la pièce était silencieuse. Ce n'est que lorsqu'elle tourna de nouveau la tête que le grondement parut devenir de plus en plus fort, et que quelque chose de très étrange se produisit : Nelson sembla grossir sous ses yeux, et sa tête occupa tout le fauteuil.

C'est alors qu'elle la vit. Sur le plancher, une paillette dorée. Tombée de la chaussure de sa mère. Telle de la poussière d'étoile, elle était là, seul témoin de sa visite éclair, outre la poupée. Elle baissa les yeux sur son horrible visage. Rien à voir avec sa Macy. Elle la saisit d'une main comme s'il s'agissait d'une canne et pas du tout d'une poupée. Elle regarda le chien géant, dans son fauteuil, qui ne voulait tout simplement pas rester tranquille. Puis elle leva la poupée de plastique au-dessus de sa tête et en frappa le dos de l'animal. Après un court silence, il y eut un cri terrible. Un hurlement. Sans hésiter, elle frappa de toutes ses forces avec la poupée, jusqu'à ce que le hurlement soit plus fort que le bruit de perceuse, jusqu'à ce qu'elle sente des mains s'emparer de ses épaules, la secouer, la prendre par la peau du cou et la tirer violemment en arrière, de telle sorte qu'elle alla se cogner contre le côté du canapé.

La perceuse s'était tue.

On n'entendit plus qu'un gémissement en trémolos. Le chien était étendu par terre, et la grand-mère de Jennifer se penchait sur lui.

– Espèce de monstre ! Sors d'ici ! Sors d'ici, va dans ta chambre ! Je ne veux plus te voir de toute la journée !

Jennifer se leva, prit sa vraie Macy dans ses bras et partit dans la pièce-atelier. Elle sortit le duvet du petit lit, se glissa dans le coin de la pièce et se l'enroula autour d'elle.

Ce n'était pas possible d'avoir des gens rien que pour soi. C'était quelque chose que Frankie devait apprendre.

Son père arriva vers seize heures. Alice ne l'avait pas imaginé comme ça. De petite taille, il avait le crâne chauve et luisant. Il lui serra la main, comme si elle était quelqu'un d'important. Puis il alla ouvrir le coffre de la voiture et rabattre la banquette arrière pour pouvoir caser les cartons de son fils. Tous les trois, ils firent des allées et venues dans l'escalier. Chaque fois qu'Alice se trouvait en face du père de Frankie, il faisait un petit commentaire : « Voilà qui va vous faire les muscles ! Ça va lui faire pousser les poils du menton ! Mais qu'est-ce que tu as mis dans celui-ci, Frank ? Des lingots d'or ? »

Quand ils eurent fini de charger la voiture, Frankie ferma la porte à clé. Avec un petit signe de la main, son père se glissa sur le siège du conducteur et attendit. Alice et Frankie s'arrêtèrent sur le trottoir.

– Le 14 août, tu viendras chez moi, et tu resteras quelques jours.

Alice hocha la tête. Ils s'étaient déjà mis d'accord, mais Frankie le lui répétait par sécurité.

– Rosie m'a dit qu'elle m'emmènerait.

Frankie se mit à râler :

– Tu veux dire qu'elle va venir pour me surveiller.

– Elle veut être sûre que tu ne vas pas abuser de moi !

– Alors il vaut mieux ne pas le lui dire.

– Quoi ?

Il se pencha et lui embrassa le cou. Puis il lui murmura à l'oreille :

– Que c'est exactement ce que j'ai l'intention de faire. Abuser de toi.

Alice leur fit signe pendant qu'ils démarraient. Immobile, elle attendit que la voiture disparaisse au coin de la rue. Puis elle sortit son portable de son sac et appuya sur la touche *Rosie*.

9

Frankie était parti depuis une dizaine de jours quand l'article fut publié. La veille, Jill Newton avait téléphoné à Alice à onze heures du soir, pour lui dire qu'il allait paraître le lendemain dans deux journaux, au moins, qui en feraient leurs gros titres.

Alice eut un choc. Plusieurs jours étant passés sans qu'il y ait la moindre ligne sur Jennifer Jones, elle avait fini par espérer que la presse ne s'intéresserait plus à elle ni à l'endroit où elle se trouvait. Les journalistes avaient dû ignorer la nouvelle, la trouvant anodine. Après tout, qu'est-ce que ça pouvait leur faire qu'elle soit allée vivre aux Pays-Bas ?

Du coup, elle s'était sentie insouciante. Elle marchait dans la rue d'un pas dansant, elle souriait au facteur, et elle passait même quelques minutes à bavarder avec Sara. Elle allait à la maison de la presse, au coin de la rue, acheter des bonbons à la menthe. Elle jetait un coup d'œil aux journaux, transportée de joie en voyant que son nom n'était pas mentionné. Stuart, le fils du gérant, lui parlait des bus, de la circulation, de la météo, de son travail au *Coffee Pot*. Cela ne la dérangeait pas. Elle sortait du magasin le cœur léger, et elle se sentait si bien qu'elle avait l'impression d'être en apesanteur.

Et voilà que, le lendemain du jour où Jill Newton l'avait appelée, le journal tomba par terre avec un petit bruit sourd par la fente de la porte d'entrée. Elles l'entendirent toutes les deux. Poussant un soupir, Rosie alla le chercher. Assise à la table de la cuisine, les genoux et les pieds serrés, Alice mangeait ses céréales. Elle mâchait, avalait, sans remarquer la musique qui s'échappait de la radio. Comme tous les matins, elle s'était levée tôt, s'était douchée, lavé les cheveux et préparée pour aller au travail. Rosie s'était agitée autour d'elle, mais elle avait essayé de s'en débarrasser. « Je vais bien », avait-elle dit plusieurs fois, bien que tout son poids semblât se retrouver dans ses jambes, tant elle se déplaçait lourdement. Mettant son bol de côté, elle perçut les pas de Rosie au bas de l'escalier et le bruissement du journal qu'elle ouvrait. Quelques pas résonnèrent, puis seul le bruit du papier froissé. Rosie s'était arrêtée, plongée dans l'article. Les pas reprirent et Rosie apparut, soufflant un peu, le journal grand ouvert devant elle.

– Ce n'est pas si terrible, commenta-t-elle.

Mais c'était le journal auquel elle était abonnée. Elles savaient toutes les deux que dans les autres, les journaux à scandales, l'article serait pire, mille fois pire.

JENNIFER JONES FERAIT L'OBJET D'UN PLAN EUROPÉEN DE RÉINSERTION POUR LES DÉLINQUANTS

C'était le titre, en petites lettres capitales, au bas de la première page. Rosie étala le journal sur la table et tourna les pages. Page 6, un bref article récapitulait l'affaire, avec les principaux détails accompagnés d'une citation de Patricia Coffey, directrice du centre pénitentiaire de Monksgrove : « Je ne puis ni confirmer ni infirmer l'endroit où se trouve Jennifer Jones. Je n'ai pas la liberté de faire des commentaires sur les résidents de Monksgrove, qu'ils soient anciens ou actuels. »

Plus bas, une citation des autorités de mise en liberté surveillée néerlandaises. « Nous ne commentons pas les cas individuels. Nous pouvons seulement dire qu'aux Pays-Bas les anciens délinquants ont la possibilité de démarrer une nouvelle vie et de devenir des membres responsables de la société. »

– C'est à peine si on remarque cet article, dit Rosie.

Alice resta silencieuse. Elle pressa le bras de Rosie, prit sa veste et partit travailler. Dieu merci, il n'y avait aucune trace de Sara au bas de l'escalier. La tête baissée, elle passa devant la maison de la presse et remonta la rue en direction du *Coffee Pot*. Une fois arrivée là, elle ne pourrait pas échapper aux journaux, elle le savait.

Il n'était guère plus de sept heures du matin, mais Laurence et Julien avaient déjà commencé leur service. Une petite file de banlieusards mal réveillés attendaient devant le comptoir, et deux ou trois personnes assises soufflaient sur des tasses fumantes. Tout le monde paraissait un peu distrait. Un homme et une femme, un couple apparemment, avaient chacun un journal sous le bras. Sur une étagère, les journaux du café étaient encore pliés. Personne n'y avait touché, et apparemment, personne n'était perturbé.

Alice se sentit mieux. Pour la première fois depuis la veille, son moral remonta. Elle jeta un coup d'œil autour d'elle. La file avait disparu. Julien et Laurence discutaient tranquillement, tout en travaillant. Julien astiquait la plaque de verre qui couvrait le comptoir, tandis que Laurence empilait les tasses et les chopes à portée de main. Derrière eux, la machine à café sifflait comme une locomotive. Tout était si normal !

Alice attendit de prendre sa pause, à onze heures trente, pour ouvrir le journal. Elle alla s'asseoir à côté de la fenêtre.

Le gros titre était exactement comme elle l'avait imaginé :

UNE MEURTRIÈRE D'ENFANT
COMMENCE UNE NOUVELLE VIE
AUX PAYS-BAS

Bizarrement, cela la laissait indifférente. Elle n'avait pas l'impression d'être assise là, à lire cet article, mais de se regarder elle-même, à distance, comme elle aurait regardé une actrice dans un film. Il ne lui fallut pas longtemps pour parcourir le premier article. Les mêmes mots revenaient invariablement. « Berwick Waters », « petite fille morte », « prostitution », « top modèle », « corps dissimulé »…

– Qu'est-ce que tu lis ?

C'était Laurence. Debout, elle regardait par la fenêtre du café, son portable à l'oreille.

« Les nouvelles », allait répondre Alice, mais Laurence se mit à parler dans son téléphone en s'écartant légèrement.

Alice feuilleta les pages, à la recherche d'autres articles faisant référence à l'affaire.

En ouvrant le journal à la page 4, elle eut un petit choc. Le visage de sa mère semblait la regarder. La photographie avait été prise la veille, chez elle, « dans le nord de l'Angleterre ». Les yeux rivés sur le cliché, Alice retint son souffle. Derrière elle s'élevaient la voix de Laurence et le son clair des tasses et des assiettes qui s'entrechoquaient.

De l'autre côté de la vitre, le bruit de la circulation enfla brusquement lorsqu'un client entra dans le café. Alice laissa tous ces sons s'évanouir au fond de son esprit tout en continuant à examiner la photo. Sa mère, sous ses yeux, pour la première fois depuis quatre ans.

Elle n'éprouva pas grand-chose. À peine un frisson d'émotion. Ses sentiments semblaient piégés à l'intérieur de sa poitrine, devenue soudain dure comme la pierre.

Un peu joufflue, Carole Jones paraissait plus âgée. Ses cheveux étaient toujours blonds, mais ils avaient l'air fatigués, comme s'ils avaient été peignés trop souvent. Elle arborait un large sourire, et ces lèvres peintes étaient bien les mêmes. Son profond décolleté formait une ligne sombre à la naissance des seins. Derrière elle, sur une étagère judicieusement installée, était exposée une photographie de Jennifer quand elle était bébé.

Alice en détourna le regard pour revenir au texte. Le titre adoptait un accent mélodramatique :

ELLE N'A PAS LE DROIT DE VOIR SA FILLE

« Séduisante jeune femme de 34 ans, Carole Jones, ancien mannequin, avait les larmes aux yeux, hier, en parlant de la longue séparation d'avec sa fille, Jennifer Jones, qui s'est rendue tristement célèbre, il y a six ans, en tuant une fillette de dix ans à Berwick Waters.

« Je sais que ma Jenny a fait une chose horrible, et que certaines personnes pensent qu'elle devrait rester plus long-temps en prison. Mais pour moi, c'est comme si elle était encore en prison, car je n'ai pas le droit d'avoir le moindre contact avec elle. Je ne sais pas où elle est, ni ce qu'elle fait. Je n'ai même pas le droit d'avoir une photographie d'elle. »

Carole Jones, qui s'est remariée récemment, s'est inter-rompue souvent pour maîtriser son émotion. Son mari, un conseiller commercial âgé de 40 ans, lui tenait la main en nous parlant.

Carole pense sans arrêt à sa fille. Elle est horrifiée que les autorités l'aient envoyée à l'étranger. Carole a besoin de sa fille. Et Jennifer a besoin de sa mère. Elle lui a même envoyé une carte d'anniversaire. « Ici, c'est son foyer, elle sera toujours chez elle. Elle n'a pas besoin d'aller vivre en Hollande. » »

Alice cessa de lire. Elle jeta un coup d'œil sur la salle de la cafétéria avant de découper la page qui reproduisait la photo de sa mère. Elle la plia et la mit dans la poche de son tablier. Puis elle jeta le reste du journal dans la pou-belle. La page du journal crissa dans sa poche. Elle la frotta du bout des doigts. Elle souriait presque. Son « foyer ». Avec Carole et son nouveau mari. Un foyer avec sa mère. Tout ce qu'elle avait toujours désiré.

Et qu'elle n'avait jamais eu.

Au cours des premières années à Monksgrove, elle avait souvent vu Patricia Coffey.

– Appelle-moi Pat, avait dit cette dernière dès leur première rencontre.

C'était une femme grande et forte, dont les cheveux descendaient plus bas que les épaules, et qui portait ses lunettes attachées à un cordon autour du cou.

Cependant, Jennifer n'avait jamais pu l'appeler Pat. Elle disait toujours « mademoiselle ».

Jennifer était assise dans un bureau, au bout d'un canapé. À côté d'elle, un assortiment d'animaux en peluche : une girafe, un hippopotame, un éléphant, un lion et un singe. Tout en parlant, elle en prenait un sur ses genoux et faisait bouger ses pattes.

Patricia Coffey voulait qu'elles parlent de sa vie. Elle lui versa du soda dans un grand verre avant de s'asseoir dans un fauteuil en face d'elle.

– Je n'ai pas assisté au procès, Jennifer, c'est pourquoi j'aimerais que quelques détails soient précisés.

Jennifer hocha la tête et tendit la main vers le lion pour lui caresser le dos.

– Tu as vécu avec ta maman jusqu'à l'âge de six ans, puis un an avec ta grand-mère, c'est bien ça ?

– Oui, mademoiselle. Un an.

– Et tu n'es presque jamais allée à l'école pendant cette année-là ?

– Non.

Le lion était très doux. Le séparant des autres animaux, elle le serra contre elle comme un gros coussin.

– Ensuite, tu es retournée vivre avec ta maman pendant six mois ?

Elle hocha la tête tout en coiffant la crinière du lion avec ses doigts. C'était peut-être six mois, peut-être moins.

– Tu as vécu dans un foyer pendant une courte durée, et tu passais des week-ends avec ta mère. Finalement, tu es retournée vivre avec elle. Tu avais huit ans, je crois ?

– Oui, mademoiselle.

– Apparemment, ta maman et toi changiez souvent d'adresse, vous ne passiez que quelques mois au même endroit. C'était à l'époque où ta maman avait plusieurs amis.

Jennifer changea d'avis au sujet du lion et le remit à sa place. Le singe était bien plus gentil. Et il avait des bras qu'elle pouvait actionner.

– Puis ta mère a eu une relation plus stable à Norwich, et vous avez vécu là-bas, jusqu'à ce qu'on vous propose la maison de Berwick.

Jennifer leva les yeux sur Patricia Coffey. Elle avait mis ses lunettes, dont le cordon pendait de chaque côté de son visage. Elle ressemblait un peu à un cheval.

– On peut donc raisonnablement dire que tu as eu une enfance très instable ? dit Patricia.

Jennifer hocha la tête.

– Mais on n'a jamais abusé de toi, on ne t'a jamais fait de mal physiquement ?

Elle secoua la tête et enfonça ses incisives dans sa lèvre. Non, elle n'avait jamais été vraiment violentée. Elle berça le singe pendant que Patricia Coffey continuait à parler. Sa fourrure était douce et ses yeux luisaient. Il avait des mains et des pieds minuscules, comme un bébé.

– Tu peux garder ce singe, si tu veux, finit par dire Patricia. Emporte-le dans ta chambre.

Elle partit, moitié marchant, moitié courant dans les couloirs brillamment éclairés. Ses pieds rebondissaient sur la moquette. Le singe sous le bras, elle passa devant un petit groupe d'enfants qui discutaient. Ils levèrent les yeux, mais leurs visages restèrent fermés. Elle était célèbre. Elle avait tué son amie. Tout le monde le savait.

Dans sa chambre, elle posa le singe sur son oreiller et recula pour le contempler.

Elle n'était toujours pas habituée à cet environnement. Les murs étaient rose et gris, assortis au duvet. Elle avait une commode, un bureau et un fauteuil. C'était cossu, ça ne ressemblait pas du tout à ce qu'elle avait imaginé. La porte restait grande ouverte. C'était obligatoire. La nuit, elle était fermée, mais pas à clé. Dans un coin, comme un oiseau sur son perchoir, il y avait une minuscule caméra vidéo.

C'était très confortable, et cependant elle se sentait mal à l'aise, comme si elle se trouvait dans une espèce de salle d'attente. Pas dans une chambre. Le singe était tombé en avant. Elle le posa sur la commode, contre le mur, et le regarda tandis qu'il basculait sur le côté. Il était beaucoup trop mou. C'est pour ça qu'elle ne trouvait pas la bonne place où le mettre.

Elle se laissa lourdement tomber sur le lit, le singe sur ses genoux, ses doigts caressant la fourrure. Les mots « enfance instable » lui passaient par la tête, et elle revoyait le drôle de visage de Patricia Coffey, qui ressemblait à une tête de cheval.

Pourquoi tout le monde s'intéressait-il à elle maintenant ? Quand il était trop tard pour changer quoi que ce soit ? Qu'est-ce que cela voulait dire ? Les yeux du singe semblaient rivés sur elle, ce qui lui donna un brusque accès d'impatience. Quel jouet imbécile ! Pourquoi l'avait-elle voulu ? Elle le prit par un bras et l'envoya voltiger de l'autre côté de la pièce. Puis elle tira le duvet sur elle et s'assit sur le coin du lit.

Alice se retrouva dans la salle des réserves. Il y avait peu de monde dans la cafétéria, ce qui lui laissait le temps de ranger les paquets de café, de thé, de chocolat et de biscottes. La pièce était très petite, laissant à peine à deux personnes la place de se croiser. Mais peu importait. Elle aimait trier les denrées, les classer par date de péremption, puis vérifier le nombre de tasses et de couvercles en carton, de cuillères, couteaux et fourchettes en plastique. Elle les comptait, puis elle cochait sur la liste pour s'assurer qu'il ne manquait rien. C'était une question d'organisation. Sans stocks bien gérés, la cafétéria risquait de faire faillite, et alors que deviendraient-ils, Laurence, Julien et elle ? Elle se redressa, satisfaite. C'était bon de savoir que tout était en ordre.

Faisant tomber la poussière de son tablier, elle perçut le froissement du papier journal. Dans cet espace exigu, elle réussit à s'asseoir en tailleur et tira la photo de sa poche. Elle étendit la page devant elle. De nouveau, le sourire de sa mère. Un « foyer ». Sa mère y croyait, elle en était certaine.

Comment expliquer cela ? Elle n'avait pas été battue, tabassée, enfermée. Personne ne lui avait crié après, ne lui avait donné des ordres ou ne l'avait insultée. Elle avait seulement été mise de côté, oubliée. On l'avait laissée chez des amis et dans la famille, dans les services sociaux, de complets étrangers. Puis, quand rien de tout cela n'était plus possible, on l'avait laissée toute seule. Ce sourire étincelant, cette bouche peinte de rouge à lèvres, ces yeux scintillants avaient été entièrement pour elle à une époque mais, quand elle avait grandi, ils s'étaient tournés vers autre chose. Jennifer était devenue un problème, et chaque fois que sa mère avait de nouveaux amis, un nouveau petit ami ou un nouveau contrat de mannequin, elle l'avait tout simplement rejetée.

Elle faisait cela en beauté, avec des promesses, des jouets et des baisers. Et chaque fois, Jennifer la croyait. C'était la dernière fois qu'elle allait rester chez sa grand-mère, ou dans un service social, ou chez Perry. Ensuite, tout rentrerait dans l'ordre, et elles se retrouveraient toutes les deux. Rien que toutes les deux.

Mais à chaque fois c'était le même choc. Les journées qu'elles passaient ensemble étaient lumineuses et pleines de couleurs. Puis, lentement, par un simple regard, un coup de téléphone, une heure de trop passée dans la salle de bains, Jennifer comprenait que tout était en train de basculer. Les journées multicolores viraient au noir et blanc, et elle se retrouvait seule ; sourires figés d'un autre service social, lassitude de sa grand-mère. Chaque séparation envoyait un souffle glacé au plus profond d'elle. Elle ne pouvait pas se mettre en colère. Elle n'avait qu'à attendre qu'un jour la porte s'ouvre et que sa mère apparaisse, resplendissante, les cheveux coiffés en mèches fines, la peau brillante, la bouche formant une petite moue qui signifiait que Jennifer devait lui pardonner, qu'elle en avait besoin.

Sauf à Berwick. Là, c'était différent. Sa mère ne l'avait pas abandonnée. Elle avait fait bien pire. Elle l'avait utilisée, et Jennifer l'avait haïe.

Alice replia la page. Elle allait la remettre dans sa poche quand elle se demanda soudain : « Pourquoi ? » Elle en fit une boule qu'elle jeta dans la poubelle, avec tous les conditionnements vides et les denrées périmées.

Plus tard, juste avant la fin de sa journée de travail, elle fut surprise de voir l'homme à la veste de cuir, le détective Derek Corker. Encombré d'un ordinateur portable, d'un sac à dos et de plusieurs journaux coincés sous un bras, il se débattait avec la porte d'entrée. Patricia voulut le servir, mais Alice s'interposa.

– Je m'en occupe, dit-elle. C'est ta pause.

Derek Corker lui adressa un sourire. Il l'avait reconnue.

– Nous allons cesser de nous rencontrer comme ça, dit-il. Donnez-moi un grand verre de lait et un beignet à emporter.

– À emporter ?

– Oui, je repars aujourd'hui. Mon enquête… Vous vous rappelez cette fille dont je vous ai parlé ? Cela n'a rien donné.

– Oh, dit Alice avec un sourire.

Les journaux étaient froissés, le détective avait dû les lire.

– Mais je suis encore payé. Ça ne me coûte rien.

– Faites un bon voyage, dit-elle en lui rendant sa monnaie.

– Parfois, les gens préfèrent qu'on ne les retrouve pas.

Hochant la tête, elle le regarda se bagarrer avec la porte pour sortir de la cafétéria et prendre le chemin de la gare.

10

L'appartement fleurait bon les épices. Alice humait les arômes en montant l'escalier à toute vitesse, impatiente d'annoncer à Rosie le départ du détective. Elle entra dans la cuisine. Rosie était assise à la table, en face de Kathy, sa mère. Les deux femmes serraient une tasse de café entre leurs mains.

– Bonjour Kathy, dit Alice en souriant.

Son cœur battait très fort. Elle tira une chaise et s'assit.

– Bonjour, Alice !

– Comment allez-vous ?

– Je ne me suis jamais mieux sentie, ma chérie.

C'était ce qu'elle avait l'habitude de répondre. Kathy était toujours joyeuse, elle ne médisait jamais de qui que ce soit. Rosie l'adorait, elle lui téléphonait presque quotidiennement et lui parlait pendant des heures, puis elle reprenait sa conversation avec Alice, l'informant des achats de vêtements de sa mère et de sa nouvelle coiffure.

Kathy était très différente de Rosie. Plus petite et plus mince, elle s'habillait chaque jour comme si elle allait poser pour un photographe. Elle portait des ensembles pantalon de chez Marks & Spencer, et ses cheveux, d'un roux flamboyant, étaient toujours impeccablement coiffés. Elle passait de nombreux séjours sur l'île de Majorque, où elle avait un appartement, ce qui lui permettait d'être toujours bronzée.

— Ma voisine part aux Maldives pour ses vacances, dit-elle d'un air légèrement choqué. C'est un voyage un peu long pour aller se coucher sur une plage.

— Mais c'est magnifique, maman ! J'aimerais beaucoup y aller.

— Franchement, dit Kathy en se tournant vers Alice pour la faire participer à la conversation, cela fait cinq ans que j'essaie de la faire aller à Majorque. Tu crois qu'elle finira par venir ?

— Moi, je viendrai, dit Alice.

Elle plaisantait, pour s'adapter à l'ambiance, mais soudain un sentiment d'exaltation s'empara d'elle. Elle pourrait y aller ! Pourquoi pas ?

— Tu peux venir quand tu veux, ma chérie, dit Kathy en prenant sa tasse dans laquelle elle plongea son regard. Tu pourrais peut-être convaincre ma Rose de se joindre à nous. Bon, j'ai bu assez de café. Je vais être obligée d'aller aux toilettes pendant tout le trajet du retour.

– Je te ramènerai, dit Rosie en emportant les tasses dans l'évier. Tu peux rester seule, Alice ? Ça ira ?

Alice hocha la tête, luttant contre la déception qu'elle éprouvait. Elle avait eu hâte de se retrouver avec Rosie. Elle s'était imaginé lui parlant de l'article, bavardant avec elle au sujet de Derek Corker et de son enquête qui avait échoué. Elle s'était sentie de nouveau pleine d'assurance. Derek Corker s'était trouvé près d'elle, il lui avait parlé à trois reprises sans jamais comprendre qui elle était.

Ensuite, l'idée qu'elle pourrait partir à Majorque avec Kathy lui avait trotté dans la tête. Elle n'avait fait que plaisanter, mais pourquoi pas ? Elle avait tant envie d'en parler à Rosie, d'entendre ses paroles apaisantes et de sentir qu'enfin, après ces longs mois, tout allait s'arranger.

Malheureusement, les clés de la voiture de Rosie se balançaient déjà au bout de ses doigts.

– Je ne suis pas invalide, dit Kathy. Alice, dis-lui que je suis capable de prendre le bus !

Alice haussa les épaules.

– Elle aime vous ramener chez vous, dit-elle en roulant les yeux comme si elle trouvait elle aussi que Rosie avait une attitude trop protectrice envers sa mère.

– Je suppose.

Kathy soupira, prenant un air faussement résigné.

Alice l'embrassa sur une joue. Kathy s'était poudrée. Alice les écouta descendre l'escalier. Elle devait être patiente, elle avait toute la soirée pour parler à Rosie.

Elle se rendit dans sa chambre et ôta son T-shirt. Elle allait prendre une douche. Par terre, près du lit, gisait son sac fourre-tout, qu'elle avait commencé à remplir pendant le week-end en vue de son séjour chez Frankie à Brighton, et qui n'était toujours pas terminé. Maintenant, il faudrait qu'elle se dépêche, et qu'elle s'assure que les vêtements à emporter étaient propres et repassés. Au fond, cela n'avait pas d'importance. Le principal, c'était de partir. Elle s'assit sur son lit et enleva son jean en se renversant en arrière. Les jambes levées et tendues, elle pensa à Frankie. Il lui avait téléphoné tous les jours depuis qu'il était chez ses parents. Elle lui manquait, il l'aimait, avait-il dit, et elle s'était sentie un peu embarrassée.

Elle avait vraiment de la chance. Elle avait Rosie, Frankie, une place à l'université. Un sac à remplir et un voyage à Brighton en perspective. Elle envisageait même d'aller à Majorque, dans l'appartement de Kathy. Est-ce que tout ça n'était pas très normal ? Sa nouvelle vie s'avérait confortable, comme un fauteuil préféré dans lequel elle aurait pu se blottir.

Et cependant, le passé était toujours là. Il serait toujours là. « Tu ne peux pas changer ce qui est arrivé », avait dit et répété Patricia Coffey.

– Peu importe que tu y penses souvent ou que tu pleures, tu ne peux absolument rien y changer. La seule chose que tu peux changer, c'est ton avenir.

– Je ne mérite pas d'avenir, avait-elle dit. Je ne peux pas reprendre une vie normale alors que j'ai tué quelqu'un. Ce n'est pas possible.

– Il le faut. Sinon, il y aura deux vies gaspillées. Tu dois continuer et avoir une vie exemplaire, pour racheter ce que tu as fait.

Était-ce cela que Patricia entendait par « avoir une vie exemplaire » ? se demanda Alice. Était-ce suffisant ? Aller travailler chaque jour ? Avoir des amis ? Faire des études ? Dans quel but, finalement ? Pour devenir une épouse, une mère ? Ne vaudrait-il pas mieux qu'elle parte à l'étranger aider les affamés et les désespérés ? Si elle pouvait empêcher que d'autres souffrent ou meurent, est-ce qu'elle paierait pour ce qu'elle avait fait six ans auparavant à Berwick Waters ? Sa vie rachèterait-elle celle qu'elle avait supprimée ?

Se couchant sur le côté, elle se mit en chien de fusil. De plus en plus tendue, elle ferma les yeux et se laissa envahir par le souvenir de cette journée. C'était un jour de mai, froid mais ensoleillé. Elle était toujours obligée de poser la main devant ses yeux pour les protéger. Les deux autres fillettes marchaient devant elle en bavardant, leur sweat-shirt noué autour de la taille. Elles étaient parties toutes les trois en promenade, pour la journée. En passant sur le barrage, Michelle avait dit à Lucy de faire attention aux chats.

– Ils détestent les gens, avait-elle affirmé avec son air de tout savoir. Ils leur reprochent d'avoir inondé la terre et de les avoir presque tous noyés. Si tu en vois un, ne le regarde pas en face, il pourrait t'arracher les yeux.

Alice se couvrit avec le coin du duvet. Elle avait trop chaud, mais cela ne faisait rien. Elle laissa le chat sauvage s'insinuer dans sa mémoire. Son image se profilait sous ses paupières fermées. Il avait une tête osseuse, la peau tendue sur le crâne. Ce jour-là, il avait surgi de nulle part et s'était assis par terre en la regardant fixement. Elle avait reculé, effrayée par l'éclat de ses yeux. Il avait tout vu et n'avait pas sourcillé. Il s'était contenté de lever une patte pour faire sa toilette, en ignorant tout le reste, sans même jeter un coup d'œil sur le corps de la fillette étendu sur le sol.

Elle ravala un sanglot et tira le duvet sur son visage. Trois fillettes étaient parties à l'aventure. Deux seules étaient revenues. Cette certitude la ramènerait toujours en arrière. Quel que soit le nombre d'années qui passeraient, cette certitude serait toujours là, attachée à elle par un fil invisible. Elle essaya de se mettre en boule et de se couvrir complètement avec le duvet qui l'étouffait. À ces moments-là, elle avait envie de disparaître, et aucun témoignage de tendresse de Rosie, aucun message de Frankie ne pouvait rien y changer.

Elle aurait dû mourir, ce jour-là. Peut-être était-elle déjà morte, d'une certaine façon.

Plus tard, après une longue douche froide, elle sortit la planche à repasser dans la cuisine et se mit à trier ses vêtements. Elle entendit la porte d'entrée s'ouvrir. Elle allait bientôt percevoir les pas de Rosie, et la voir apparaître à la porte de la cuisine, riant d'une histoire au sujet de sa mère, puis elle viendrait l'embrasser.

Elle serait enjouée, délibérément, pour lui faire oublier les articles des journaux, puis elle lui montrerait le repas qu'elle avait mijoté, probablement un plat spécial pour compenser la semaine pourrie qu'elles avaient passée.

Tandis qu'Alice faisait aller et venir la semelle du fer sur la planche, elle éprouva le besoin douloureux de la présence de Rosie. Où était-elle ? Pourquoi prenait-elle tout ce temps pour monter l'escalier ? Des pas résonnèrent, mais pas ceux de Rosie. Quelqu'un d'autre arrivait. Était-ce Kathy, qui revenait pour une raison quelconque ? Une seconde après, elle entendit des voix. Celles de Rosie et de Sara. La moutarde lui monta au nez. Pourquoi Sara était-elle si pot de colle ? Elle les guettait toujours pour bavarder, quand elle ne montait pas chez Rosie pour s'asseoir dans la cuisine, comme si elle était chez elle.

— Regarde qui j'amène avec moi ! s'exclama Rosie en entrant dans la pièce.

Elle arborait une espèce de rictus en guise de sourire, mais Sara, qui était derrière elle, ne pouvait pas le voir. Alice se calma immédiatement. Ce n'était pas la faute de Rosie, et Sara n'allait certainement pas rester plus d'une demi-heure.

— Bonjour, Alice, je suis contente de vous voir. Je voulais vous parler à toutes les deux.

— Vous voulez une tasse de thé ? proposa Rosie.

— Non, merci.

Alice trouva un air bizarre à Sara. Elle n'était pas comme d'habitude. Elle était vêtue d'un tailleur noir, et elle n'avait pas de sac. Dans une main, elle portait un énorme trousseau de clés, comme si elle s'apprêtait à ouvrir une grande quantité de portes.

— Vous devriez vous asseoir, dit Sara d'un ton autoritaire.

— Que se passe-t-il ? interrogea Rosie, son regard faisant le va-et-vient entre Sara et Alice.

Leur voisine paraissait plus grande, c'était ça le changement. Alice regarda ses pieds. Sara avait mis des chaussures à talons hauts et un collant clair. Son tailleur serré à la taille l'amincissait. Elle avait dû le payer cher. Alice ne l'avait jamais vue habillée de cette façon.

— Vous êtes très élégante, dit Rosie en s'asseyant. Vous allez dans un endroit chic ?

– Vous feriez bien de vous asseoir, Alice, répéta Sara en ignorant sa question.

D'après le ton qu'elle prenait, elle devait avoir l'habitude d'être obéie. Elle n'était peut-être pas aussi mauvais professeur qu'elle le laissait croire. Alice se baissa pour débrancher la prise du fer à repasser, puis elle approcha une chaise de celle de Rosie et s'assit. Elle jeta un coup d'œil à l'horloge de la cuisine. Il était six heures. Il fallait espérer que Sara serait brève.

Rosie arqua les sourcils et adressa un sourire aimable à sa voisine.

– De quoi s'agit-il ?

Sara resta debout. Les mains jointes dans le dos, elle semblait se préparer à faire un discours. Brusquement, Alice eut un mauvais pressentiment.

– Autant être franche avec vous. Je me nomme Sara Wright, et je travaille pour un journal dominical. Il y a quelques mois, nous avons eu un tuyau : Jennifer Jones avait été libérée plus tôt que prévu et vivait au sud de Londres. Grâce à d'autres contacts, nous avons pu savoir où étaient placées un certain nombre de délinquantes dans cette région, et il n'a pas fallu longtemps pour découvrir laquelle d'entre elles était Jennifer Jones.

– Quoi ? bredouilla Rosie, vous êtes journaliste ?

Alice regarda Rosie, puis Sara, puis de nouveau Rosie. Apparemment, Rosie n'en croyait pas ses oreilles. Elle saisit Alice par un bras. Sara parut un peu mal à l'aise, mais elle continua à parler précipitamment, de l'air de quelqu'un qui a beaucoup à dire en peu de temps.

— Quand nous avons été convaincus que Jennifer Jones avait été envoyée ici, nous avons décidé de faire une enquête. J'ai loué l'appartement du rez-de-chaussée, et depuis six semaines je réunis des informations.

— Vous nous avez espionnées ? s'exclama Rosie.

Alice était sans voix. Elle fixait Sara sans cligner des paupières. Ses yeux semblaient transformés en billes prêtes à rouler par terre si elle n'y prenait garde.

— Je travaille pour un journal de qualité. Quand nous avons su que Jennifer vivait ici, nous avons préféré attendre pour avoir une approche plus analytique, au lieu de faire un scoop. Nous voulions voir quel genre de fille était Jennifer… ou plutôt, Alice. Comment elle s'adaptait à la communauté, etc.

— Vous nous avez dit que vous étiez professeur, fit remarquer Rosie d'une voix trahissant sa déception.

— Nous avons prévu d'écrire un article sur Jen… euh, Alice. Ce devait être un préambule au livre que je vais publier sur cette affaire. Sur le… l'accident de Berwick, le procès et la suite, la nouvelle vie d'Alice. C'est pour cela que j'ai emménagé au rez-de-chaussée. Ce n'était pas pour vous faire courir un risque, Alice, j'aurais pu le faire il y a six semaines. Non non, au contraire, je voulais apprendre à vous connaître. Et être capable d'écrire un livre sérieux sur vous et votre nouvelle vie. Pour montrer au public que les gens peuvent changer.

– Pourquoi ne m'avez-vous pas demandé mon avis ? dit Alice.

L'expression de Sara s'adoucit. Elle s'appuya de la main au dossier de la chaise.

– Je savais que vous refuseriez. J'ai pensé que si je me faisais connaître, vous alliez partir, et disparaître.

C'était la vérité, Alice devait bien l'admettre. Mais elle ne se sentait pas mieux pour autant. Elle examina les chaussures et les vêtements élégants de Sara. C'était ça, la différence. Avant, Sara s'habillait comme un professeur. Avec des hauts flottants, des jeans, des bijoux, et elle portait un gigantesque sac dans lequel elle aurait pu emporter plusieurs livres scolaires. Elle s'était déguisée pour les tromper. Rosie lui avait témoigné de la sympathie, l'avait invitée chez elle, lui avait offert des boissons et des biscuits confectionnés de ses mains. Elle lui avait fait confiance, elle avait prévu d'aller au théâtre avec elle, et pendant ce temps, Sara se faisait passer pour quelqu'un qu'elle n'était pas. Comme elle, exactement comme elle. Pauvre Rosie, elle était entourée de faux-jetons.

– Je veux écrire quelque chose de sérieux sur vous, Alice… Jennifer…

Et voilà, c'était la goutte qui faisait déborder le vase.

— Mon nom est Alice Tully. Je ne suis pas Jennifer Jones. Je ne le suis plus. C'est ce que les gens comme vous ne comprennent pas. Je suis une nouvelle personne.

— Tout à fait. C'est précisément ce qui m'intéresse.

Rosie lâcha la main d'Alice et se leva brusquement en heurtant la table.

— Pourquoi nous raconter ça maintenant ? Pourquoi maintenant ? Alors que plus personne n'en parle.

Sara parut moins sûre d'elle. Elle se mit à lisser sa jupe et à tripoter les boutons de sa veste.

— En fait, je n'avais pas l'intention de vous en parler si tôt. Je peux encore garder l'appartement pendant un mois. Le problème, c'est que mon éditeur me demande d'écrire cette histoire maintenant. Après l'annonce que Jennifer est aux Pays-Bas, ce serait une nouvelle du tonnerre.

— Vous mettriez Alice en danger ? dit Rosie d'une voix cassée.

— Non non. C'est pourquoi je suis venue vous parler. Je pense que si nous trouvions un accord, toutes les trois, si nous pouvions travailler ensemble sur ce livre, j'arriverais à convaincre mon éditeur de le publier plus tard. Pas avant qu'Alice soit entrée à l'université. Elle éviterait ainsi la… notoriété. De plus, si elle… si vous étiez prête à collaborer, cette publication vous permettrait de vous exprimer. De donner votre point de vue. Cela vaut la peine d'y réfléchir, vous ne trouvez pas ?

Alice s'affaissa sur son siège. Tout avait été trop beau pour être vrai. Le départ du détective, les journaux qui se trompaient. Ce n'étaient que des jeux cruels pour qu'elle baisse sa garde. En réalité, ils avaient toujours su où elle vivait.

– Même si Alice acceptait, le juge qui s'occupe d'elle ne le permettrait jamais. Cela pourrait mettre Alice en danger, vous ne comprenez donc pas, pour l'amour du ciel !

– Vous faites allusion aux parents de la fillette ? dit Sara.

– Et à d'autres. Vous savez comment ça s'est passé pendant le procès. Non, non, ce n'est pas possible. Vous ne pouvez pas mettre Alice dans cette situation.

– Je crains qu'elle n'ait pas le choix. Je vous répète que mon éditeur veut publier cette histoire, avec ou sans la participation d'Alice. Il me semble que ce serait mieux si elle avait son mot à dire.

Le silence s'installa dans la cuisine. Rosie s'assit lourdement. Alice jeta un coup d'œil sur la planche à repasser. Le fer était en face d'elle, une manche de chemise pendait dans le vide. Les larmes lui montèrent aux yeux. Et voilà. C'était la fin. Il n'y aurait pas de séjour à Brighton, pas de voyage en avion vers Majorque, pas de chambre à l'université. Tout cela n'avait été qu'un mirage, parce que ces gens ne la laisseraient jamais tranquille. Rosie intercepta son regard. Ses sourcils frémirent de tristesse, puis elle parut se ressaisir.

– Nous ne sommes pas obligées de nous décider à l'instant ? demanda-t-elle doucement.

– Non, répondit Sara d'un petit ton impatient. Mais nous devons connaître votre décision rapidement. Mon éditeur veut que je commence dès ce week-end, mais si vous acceptez de coopérer, je crois pouvoir le convaincre de patienter. Il me fait confiance. Il sait que je ferai du bon travail.

Rosie hocha la tête.

– Et pendant ce temps vous ne direz à personne qu'Alice est ici ?

– Vous avez ma parole.

Alice en aurait presque ri. La parole d'une menteuse !

– Nous vous donnerons notre réponse dans deux ou trois jours, dit Rosie. Maintenant, j'aimerais que vous nous laissiez.

Sara fit un signe de tête solennel, comme si elle venait de signer le contrat du siècle. Elle se tourna vivement et sortit à grands pas de la cuisine, ses talons hauts résonnant faiblement sur le sol. Quand Alice entendit la porte du rez-de-chaussée se refermer, elle eut une brusque sensation de nausée. Elle se leva et voulut se diriger vers l'évier, mais, avant qu'elle en ait le temps, Rosie la prit dans ses bras et la maintint fermement serrée contre elle. Alice enfouit son visage dans son chemisier.

– C'est fini, dit-elle d'une voix brisée.

– Non, ce n'est pas fini. Nous allons affronter la situation.

Hochant la tête, Alice se laissa aller contre la poitrine moelleuse de Rosie. Rosie avait parlé à voix basse, d'une voix redevenue calme. Mais ses paroles étaient sans substance, elles risquaient de s'envoler au moindre coup de vent.

DEUXIÈME PARTIE
JENNIFER JONES

11

La fillette aux cheveux roux s'appelait Michelle Livingstone. Elles avaient fait connaissance le lendemain du jour où Jennifer était arrivée à Water Lane. Michelle était venue frapper à sa porte à dix heures du matin. Jennifer était levée et habillée, mais sa mère dormait encore.

– J'habite à côté. Je m'appelle Michelle. Ma mère est secrétaire, elle travaille à mon école. Je vous ai vus arriver hier. Ce gros type, c'est ton père ?

Jennifer avait marmonné « Non », les yeux fixés sur les cheveux orange de sa voisine, qui jaillissaient de chaque côté de sa tête. Ils étaient partagés au milieu, en une ligne droite parfaite, et maintenus devant par deux ou trois barrettes. Ils semblaient sur le point de se libérer à tout moment.

– J'ai une salle de jeux, et des tas de trucs pour me déguiser. C'est mon anniversaire dans deux semaines. Et toi, qu'est-ce que tu as ? demanda Michelle en se tordant le cou pour essayer de voir ce que le minuscule couloir de la maison pouvait bien recéler.

– Un tas de choses, répondit Jennifer. Mais nous n'avons pas encore tout déballé.

– Ma meilleure amie s'appelle Lucy. Elle habite au numéro 2. Enfin, ce n'est pas vraiment ma meilleure amie. C'est elle qui veut toujours être avec moi, mais ça va. En général, elle fait ce que je lui dis. Et toi, c'est qui ta meilleure amie ?

Jennifer la regarda d'un air consterné. Elle n'avait pas de meilleure amie.

– Ma mère est mannequin, dit-elle en guise de réponse. Si tu veux, tu peux revenir tout à l'heure et je te montrerai ses photographies.

L'expression de Michelle devint un mélange d'irritation et d'intérêt.

– Il faut que j'y aille, ma mère m'attend, mentit Jennifer en refermant la porte d'entrée.

Plus tard, avant que sa mère se lève, elle sortit Luke Skywalker, que Carole avait volé, et pensa à Perry, tout seul dans l'appartement. Il devait se demander ce qui leur était arrivé. Il avait dû voir qu'elles avaient emporté toutes leurs affaires, les lits, les fauteuils, les ustensiles de cuisine et la vaisselle. Il avait dû remarquer tout de suite que son poste de télévision manquait. Pauvre Perry ! Il allait certainement demander aux voisins s'ils savaient quelque chose, peut-être même appellerait-il la police. La journée serait terminée avant qu'il se rende compte que Luke Skywalker avait disparu. Jennifer brandit la figurine devant elle. Ses membres étaient raides, comme si personne n'avait jamais joué avec elle. Elle l'emporta dans le salon et la posa sur la cheminée. Luke était brillant, il paraissait tout neuf, contrairement à Macy. Elle, elle était vieille et abîmée, et ses vêtements étaient râpés et démodés. Mais ce n'était pas grave. Jennifer la gardait. Qui sait, dans quelques années, Macy vaudrait peut-être beaucoup d'argent, comme Luke Skywalker ?

Quand sa mère finit par se lever, Jennifer lui prépara une tasse de thé.

– Crois-tu que Perry va nous retrouver ? demanda-t-elle.

Sa mère secoua la tête.

– Non, je ne crois pas. Perry se débrouillera très bien tout seul. Il était beaucoup trop jeune pour moi.

– Et ton travail ?

Entre deux contrats de mannequin, Carole avait pris un travail dans un bar. Ce qui signifiait qu'elle rentrait très tard la nuit, et Perry n'aimait pas ça du tout. Jennifer non plus.

– Je cherche des défilés de mode. De toute façon, avec toute cette fumée au bar… c'était mauvais pour mon teint.

Jennifer ne parla pas de l'argent. Elle ne demanda pas comment elles paieraient le loyer et achèteraient de quoi vivre. Sa mère avait peut-être raison. Cette fois, sa photo serait publiée sur la couverture d'un magazine. Elle jeta un coup d'œil désœuvré par la fenêtre. Il y avait du mouvement dans le jardin des voisins. Michelle était avec une autre fillette. Jennifer voyait ses boucles rousses s'agiter en tous sens. Comme elles avaient toutes les deux le dos tourné, Jennifer ne pouvait pas voir ce qu'elles faisaient.

– Que regardes-tu, Jen ?

– À côté, il y a une fille qui s'appelle Michelle.

– Juste à côté ? Les gens pleins de fric ?

Jennifer haussa les épaules.

– Pourquoi ne l'invites-tu pas à jouer avec toi ?

– Je ne joue plus, répondit Jennifer, vexée.

Elle avait presque onze ans. En septembre, elle allait entrer au collège. Elle ne jouait plus.

– Alors, invite-la à prendre le thé. Ou juste pour bavarder. Les filles aiment bien ça, non ? Je pourrais aussi préparer quelque chose à manger, ce serait une façon de faire connaissance avec nos voisins.

– Et l'autre fille ?

Jennifer aperçut Lucy Bussell au même instant. Elle transportait une grosse pile de cailloux à l'autre bout du jardin. Derrière elle, Michelle parlait en gesticulant et, à un moment donné, Lucy se tourna vers elle pour lui répondre. Elle était beaucoup plus petite que Michelle. Elle paraissait aussi plus jeune, elle devait avoir huit ans environ. Elle était mince et Jennifer ne voyait pas ses cheveux. Elle portait un anorak à fermeture Éclair qui devait avoir une ou deux tailles de trop. Elle semblait frigorifiée.

– Quoi qu'il en soit, dit sa mère en buvant son thé, est-ce que tu veux venir faire du shopping avec moi ? Faire un tour en ville ?

Jennifer lava la tasse pendant que sa mère se préparait. Elle la vit bientôt réapparaître au bas de l'escalier, vêtue d'un jean serré, de bottes et d'une petite veste de cuir qui lui cachait à peine les fesses. Elle avait mis autour de son cou une écharpe rose vif incrustée de verroterie. Elle s'était maquillée et s'était fait une queue-de-cheval serrée.

– Je n'ai pas envie de ressembler à un monstre, j'ai peut-être un loyer à payer mais cela ne veut pas dire que je ne peux pas m'habiller convenablement.

Il y avait encore de la neige par terre quand Jennifer referma la porte derrière elles. Sa mère marchait avec précaution sur le sentier gelé. Elle frissonnait déjà en arrivant au bout de la route.

– Un appartement en Espagne, voilà ce qu'il nous faudrait, dit-elle en passant son bras sous celui de sa fille.

La rue principale n'était qu'à dix minutes à pied. Il y avait un pub, un garage, et une demi-douzaine de boutiques : un minuscule supermarché, deux marchands de journaux, une laverie automatique, un restaurant chinois et un magasin de vêtements.

– Évidemment, ce n'est pas Bond Street, commenta-t-elle.

Quelques flocons de neige se mirent à voltiger quand elles entrèrent dans le supermarché. Elles en ressortirent peu de temps après, chargées de quatre sacs en plastique. Pour rentrer chez elles, il fallait grimper sur la colline, et Jennifer marchait tête baissée pour se protéger le visage du vent glacé.

– J'espère que Danny va venir. Il nous emmènera au grand supermarché, c'est horriblement cher ici, dit sa mère.

Elle avait les cheveux parsemés de neige.

Plus tard, après qu'elles eurent déballé les provisions, Michelle était revenue la voir. Cette fois, Lucy Bussell l'accompagnait. C'était une fillette pâle, de très petite taille. De près, elle avait une tête de souris, il ne lui manquait que les moustaches. Michelle parla tout de suite d'un air important.

– Tu peux venir chez moi si tu veux. Lucy et moi, on a creusé une tombe dans le jardin de derrière.

Instinctivement, Jennifer eut envie de dire non. Elle n'aimait pas le ton autoritaire de Michelle. Et elle était choquée par cette histoire de tombe.

Elle entendit le pas de sa mère dans le couloir.

– Il fait un froid de canard. Pourquoi ne fais-tu pas entrer tes amies ? dit Carole en s'approchant de la porte et en leur adressant son plus beau sourire de mannequin.

Jennifer attrapa son manteau, qu'elle avait posé sur la rampe.

– Je vais chez Michelle, répondit-elle en refermant la porte.

Michelle annonça à Lucy :

– C'est sa mère, elle est mannequin.

Arrivée devant sa maison, Michelle prit une clé attachée avec d'autres objets miniatures : une minuscule chaussure, un dé, un lutin et une planche à roulettes en plastique.

Dès qu'elles entrèrent, Jennifer sentit la chaleur. Elle resta un instant immobile, la laissant pénétrer en elle. Bien que la maison fût la même que la sienne, elle paraissait très différente. Avec son éclairage indirect, le couloir paraissait plus long et plus haut. Le salon aussi. C'est la cuisine qui l'étonna le plus. Elle avait été élargie et formait une pièce gigantesque, meublée d'éléments intégrés et d'une vieille cuisinière à l'ancienne. Jennifer s'arrêta pour examiner les pots et casseroles suspendus aux murs, les terrines et les bols, les assiettes et les chopes qui semblaient occuper tout l'espace. Cette pièce fourmillait d'activité.

Devant un plan de travail, une femme mesurait des ingrédients. Elle portait un tablier décoré de lapins, et ses cheveux roux et bouclés, comme ceux de Michelle, étaient tirés en arrière. Jetant un coup d'œil par-dessus son épaule, elle sourit.

– Bonjour, tu habites à côté ?

– Bonjour, dit Jennifer.

– Nous sommes pressées, maman.

Michelle attrapa Jennifer par la manche et l'entraîna dans le jardin. Jennifer reçut de plein fouet l'air glacé dans le nez et les oreilles. Ses voisines traversèrent rapidement le jardin, mais elle ralentit, regrettant de ne pas être restée plus longtemps dans la cuisine. Elle se frotta les mains l'une contre l'autre pour les réchauffer. Michelle se retourna et lui fit signe de se dépêcher. À contrecœur, Jennifer les rejoignit. Quand elles arrivèrent au bout du jardin, Michelle lui fit comprendre qu'elle ne devait pas faire de bruit et pointa un doigt vers le sol. Jennifer vit un amoncellement de pierres, une petite colline de cailloux et de morceaux de roche.

– Qu'est-ce que c'est ? interrogea-t-elle.

– Tu vois bien que c'est une tombe.

– La tombe de qui ?

– Tu es bête, ce n'est pas la tombe de quelqu'un, c'est celle d'un oiseau.

– Le mien, dit Lucy.

Jennifer sursauta. C'était la première fois que la fillette parlait.

– Elle l'a trouvé dans son jardin, dit Michelle en indiquant Lucy du pouce.

– Il vivait dans mon arbre, maintenant il est mort.

La voix de Lucy grinçait comme une porte ayant besoin d'être un peu huilée.

– Tu peux regarder, si tu veux, dit Michelle.

Elle se baissa pour écarter les pierres. En dessous, un petit oiseau beige était couché sur le côté. Ses plumes devaient être douces et soyeuses. Il donnait l'impression de dormir.

– Tu es sûre qu'il est mort ? demanda Jennifer.

– Bien sûr qu'il est mort, c'est sûrement un chat sauvage qui l'a tué, répondit Michelle d'un air vexé.

– Nous avons fait une prière, dit calmement Lucy.

– Un chat sauvage ? répéta Jennifer, imaginant des tigres et des lions.

– Oui, près du barrage. Il y en a des tonnes. Ils viennent ici chercher leur nourriture. Ils mangent n'importe quoi et ils sont cruels.

– Il faut que je rentre, dit Jennifer.

Elle se sentait lugubre, elle n'aurait pas dû venir. Elle fit quelques pas mais Michelle la rattrapa et chuchota :

– Reviens après le déjeuner quand Lucy sera partie. Je te montrerai ma chambre et mes affaires. Et toi, apporte les photos de ta mère.

Jennifer regarda Lucy, qui fixait l'oiseau mort. Ce n'était pas bien de revenir quand elle serait rentrée chez elle. Mais d'un autre côté, elle avait dit à Michelle qu'elle lui montrerait les photos de sa mère.

– D'accord, murmura-t-elle.

Elle traversa le jardin en courant.

L'école, ce n'était pas un problème, elle était déjà allée dans six écoles différentes au cours des années passées. Une semaine après avoir emménagé à Water Lane, le professeur principal l'avait accompagnée dans la classe pour la présenter aux élèves. Elle avait déjà vécu ça. Au début, elle jetait des regards inquiets sur les rangées de visages inconnus, mais cette fois-ci, c'était différent. Il y avait Michelle, dans le coin, près de la bibliothèque ; elle lui avait gardé la place à côté d'elle. Le professeur principal sortit, et la leçon continua. Michelle sourit aux autres en posant une main possessive sur le bras de Jennifer. Elle connaissait déjà la nouvelle élève, elle connaissait aussi sa mère, un mannequin dont les photographies avaient été publiées dans des catalogues de vêtements. À l'heure du déjeuner, elle emmena Jennifer au bureau de sa mère pour prendre son déjeuner.

– Comment s'est passée ta première matinée ? demanda Mme Livingstone en levant le nez de son ordinateur.

– Très bien, répondit Jennifer avec un sourire.

Lucy étant dans une plus petite classe, Jennifer la chercha dans le réfectoire.

– Elle déjeune chez elle presque tous les jours. Quelquefois, elle va au club de lecture. En général, je ne la vois pas pendant la journée, à l'école, dit Michelle avec une note d'ennui dans la voix. De toute façon, elle est trop jeune pour être ma meilleure amie.

Jennifer se détendit. Elle se sentait un peu mieux. Mais depuis quelques jours, Lucy les regardait d'un air malheureux.

– Elle est très timide, dit-elle.

– Son père est parti… Elle vit avec sa mère et ses deux frères.

Jennifer l'avait déjà appris par sa propre mère, qui avait mené sa petite enquête sur le voisinage. Elle-même avait vu plusieurs fois la mère de Lucy. C'était une petite femme mince, qui portait généralement des vêtements de sport, ce qui lui donnait l'air d'être toujours prête à faire du jogging ou à jouer au tennis. Cependant, chaque fois que Jennifer l'avait vue, elle parlait avec des gens devant une boutique ou avec des voisins de Water Lane. Sa voix forte portait loin, et souvent Jennifer l'entendait avant de la voir.

– Stevie et Joe n'arrêtent pas de donner des ordres à Lucy, continua Michelle. Stevie n'a jamais travaillé, et Joe devrait aller dans une école spécialisée. Ma mère dit qu'ils finiront par tourner mal.

À coup sûr, les frères de Lucy étaient bizarres. Stevie, l'aîné, avait dix-neuf ans, mais il était petit, comme sa sœur. Il avait des cheveux très fins et des joues tombantes.

Joe n'avait que quatorze ans. Plus gros et plus large que son frère, il ressemblait déjà à un homme. Les deux garçons ne se quittaient jamais. Avec leurs vêtements de l'armée, on aurait dit qu'ils faisaient leur service militaire. Leur mère avait expliqué qu'en fait ils ne faisaient pas partie d'un groupe, mais qu'ils s'habillaient comme ça leur plaisait. La mère de Jennifer était allée chez Lucy, elle avait bavardé avec Mme Bussell, qui lui avait montré leur chambre, pleine d'objets militaires. « Il y avait même des fusils, des casques accrochés au mur, des bottes et des toiles de tente », avait raconté Carole.

Jennifer ne les aimait pas du tout. Quand elle passait près d'eux, ils la regardaient à travers leurs doigts, qu'ils arrondissaient comme si c'étaient des jumelles, et ils s'amusaient à la traquer comme une ennemie. Jennifer était désolée que Lucy soit obligée de vivre avec eux.

– Lucy est si petite. Elle me fait penser à une souris triste.

Michelle ouvrit la bouche pour parler, mais elle resta muette, apparemment frappée par cette image.

– Elle est très bien, finit-elle par dire. Personne ne peut l'embêter, avec les frères qu'elle a !

Après l'école, elles se promenèrent bras dessus bras dessous dans le village, et s'abritèrent sous l'auvent des boutiques quand il se mit à pleuvoir. Puis, évitant les flaques sombres et miroitantes, elles marchèrent jusqu'à Water Lane.

Un homme sortait du jardin de Jennifer. Il était vêtu d'une veste de sport, dont la capuche était rabattue sur sa tête. Il portait un gros sac sur l'épaule.

– Oh, regarde ! s'écria Michelle. Je me demande si c'est un photographe !

L'homme ouvrit une voiture et se débattit avec son sac pour l'introduire à l'arrière, puis il se releva et ôta son capuchon. C'était Perry. Jennifer leva aussitôt la main pour lui faire signe, mais il ne parut pas remarquer sa présence. Il se dépêcha de monter en voiture, dont il claqua la portière.

– Il vient peut-être de prendre quelques photographies de ta mère, dit Michelle.

– Il faut que je rentre.

– Je peux venir ?

– Plus tard, quand j'aurai fini mes devoirs. Je viendrai te chercher.

La maison était calme et sombre. Elle alluma la lumière de l'entrée, bien qu'il ne fût que trois heures et demie de l'après-midi. Elle ne trouva pas sa mère dans la cuisine, ni dans le salon. Elle monta l'escalier quatre à quatre. Carole était dans sa chambre, dont la porte était fermée.

– Maman, est-ce que Perry est venu ?

– J'ai la migraine, Jen.

– Je peux entrer ? demanda-t-elle en tournant le loquet.

– Je préfère être seule, répondit sa mère d'une voix rauque, comme si elle avait pleuré.

Jennifer redescendit l'escalier. Il régnait un tel silence !
Plus un seul mot ne semblait avoir été prononcé dans la
maison depuis des semaines. Elle alla s'asseoir dans le
salon. La petite télévision était toujours là. Perry ne l'avait
pas reprise. Cependant, le manteau de la cheminée était
vide. Perry avait sauvé Luke Skywalker, et l'avait ramené
parmi les jouets de *Star Wars*.

Jennifer était contente. Là-bas, il était à sa place.

12

Berwick Waters. Jennifer s'attendait à voir un lieu plein de mystère. Elle avait imaginé une forêt profonde et sombre bordant un lac aux eaux calmes et miroitantes. Un lieu d'intrigues, peut-être même un lieu dangereux.

Un voyage scolaire avait été organisé. Mlle Potts et deux ou trois autres professeurs avaient emmené leurs élèves passer la journée au barrage. Les enfants devaient faire une promenade de six kilomètres autour du lac. On leur avait demandé d'apporter leur repas et de s'équiper de chaussures de marche. Michelle n'était pas très emballée, mais Jennifer attendait ce moment avec impatience.

Ce jour-là, elle se réveilla de bonne heure. Curieusement, sa mère était déjà levée. Le bruit de la douche se faisait entendre à travers la porte de la salle de bains. Jennifer descendit prendre son petit déjeuner et préparer son pique-nique. Au bout d'un moment, Carole entra dans la cuisine, fin prête.

– Tu sors ? demanda Jennifer.

– Oui. Tu te souviens de ce photographe qui a téléphoné hier ? J'ai rendez-vous à son studio.

– C'est pour un magazine ?

– Peut-être.

Jennifer l'espérait bien. Depuis une semaine, sa mère était d'humeur sombre. Elle se levait tard, restait dans sa chambre ou, allongée sur la moquette du salon, regardait un programme télévisé sur le minuscule écran. Elle n'avait pas envie de cuisiner, ni d'aller à la laverie, ni de faire les courses. Une ou deux fois, elle avait même proposé à Jennifer de ne pas aller à l'école, afin qu'elles puissent prendre le bus pour Norwich et faire un peu de lèche-vitrine. Avant, Jennifer aurait sauté sur l'occasion. Une journée à se promener avec sa mère ! Rien ne lui aurait paru plus beau. Mais maintenant, c'était différent. Elle aimait l'école. Elle était assise près de Michelle, et elles faisaient souvent leur travail ensemble. Pendant l'heure du déjeuner, elles s'installaient dans les fauteuils du hall ou, s'il ne faisait pas trop froid, sur les bancs du terrain de jeux. Elles échangeaient des livres et des magazines et par-tageaient leurs repas. Elles étaient les meilleures amies du monde. Michelle lui avait même donné un petit porte-clés (auquel étaient attachés une planche à roulettes miniature et un cœur en peluche). Pour qu'elles soient pareilles, toutes les deux. Parfois, quand le professeur principal était sorti, Mme Livingstone les emmenait dans la salle des fournitures et leur demandait de ranger les cahiers d'exercices, les boîtes de stylos et de feutres. Après la classe, Michelle et Jennifer acceptaient généralement que Lucy marche à côté d'elles. La fillette écoutait leurs bavardages avec un mélange de crainte et d'admiration, et elles, elles avaient l'impression de revivre leur journée en la racontant.

Non, Jennifer n'avait pas du tout envie de manquer sa journée à l'école.

La veille de leur excursion à Berwick Waters, sa mère était revenue à la charge.

– Rien que cette fois ! Pour me tenir compagnie, avait-elle insisté en faisant une moue un peu excessive.

Heureusement, Michelle était venue la chercher juste à ce moment-là.

Jennifer s'était précipitée vers la porte.

– On pourrait y aller samedi ou dimanche ? avait-elle suggéré.

Mais apparemment, sa mère avait oublié sa proposition, et elle était partie à la cuisine en traînant les pieds. L'après-midi, Jennifer l'avait trouvée étendue en travers du lit, encore vêtue de son peignoir.

Comme elle était différente, le matin de l'excursion, dans son grand manteau beige et son pantalon noir ! Elle s'était fait boucler les cheveux, qui paraissaient plus vaporeux que d'habitude. Pour une fois, elle avait choisi un rouge à lèvres pâle, et elle s'était très légèrement maquillé les yeux.

– Croisons les doigts pour que ce soit mon jour de chance, dit-elle.

Depuis plus de six semaines qu'elles habitaient cette maison, Carole n'avait eu aucune proposition de travail. Elles n'étaient pas encore à court d'argent, mais Jennifer savait que si sa mère ne trouvait pas bientôt un emploi, leurs ressources ne tarderaient pas à se tarir.

– Je vais peut-être rentrer un peu plus tard. Mais ça ne te posera pas de problème ?

Ce n'était pas vraiment une question, aussi Jennifer ne prit-elle pas la peine de répondre. Elle enveloppa son sandwich dans un film alimentaire avant de l'enfermer dans une petite boîte en plastique. Elle était tout à fait capable de se débrouiller seule.

En arrivant au barrage, elle fut assez déçue. Autour du lac artificiel, il n'y avait qu'un parc boisé sillonné de nombreux sentiers, et balisé par des flèches qui indiquaient les différentes directions. C'était tout sauf un lieu sauvage.

Mlle Potts demanda aux élèves, aux autres professeurs et aux quelques mamans qui les accompagnaient de se réunir sur la principale aire de pique-nique. Debout sur une table, elle leur adressa un petit discours : quinze ans plus tôt, la Compagnie des eaux avait creusé le barrage et l'avait rempli afin qu'il approvisionne en eau les villes avoisinantes. Grâce à lui, les gens qui habitaient à des kilomètres autour de Berwick bénéficiaient désormais d'un important débit d'eau potable. Faisant une pause, elle parcourut l'assemblée du regard, espérant qu'on allait lui poser des questions. Mais personne ne leva la main. C'était comme ça. Pas d'histoire dramatique. Avant la création du barrage, il y avait des champs cultivés. Maintenant, c'était un lac artificiel entouré d'un petit bois.

Jennifer sentit sa bonne humeur s'envoler. Les professeurs étaient là, bras croisés, pendant que les mères d'élèves, regroupées, avaient le nez en l'air.

C'était une journée morne, avec un ciel lourd de nuages. Un vent fort soufflait, envoyant de temps à autre des gouttelettes de pluie. Les jonquilles qui bordaient les sentiers étaient presque pliées en deux, et les arbres agitaient désespérément leurs branches. La surface du lac était parcourue de petites vagues qui lui donnaient une teinte d'eau de vaisselle.

C'était trop tôt dans l'année pour que le bar soit ouvert, mais plusieurs élèves utilisèrent les toilettes pendant que les autres attendaient, assis sur les bancs de bois. Au bout de quelques minutes, Mlle Potts leur distribua des brassards rouges, bleus, jaunes et verts. Les élèves devaient se diviser en autant d'équipes et faire le tour du lac en collectant des informations sur les espèces naturelles, qu'elles noteraient dans le petit cahier préparé à cet effet par la Compagnie des eaux.

— Ne perdez jamais de vue l'adulte qui accompagne votre groupe, conseilla le professeur. Vous ne devez jamais vous écarter du chemin principal. Et surtout, ne vous approchez pas du lac.

Alors que son groupe allait se mettre en route, Jennifer vit que la classe de Lucy portait un brassard rouge.

— Lucy est dans notre équipe, dit-elle en donnant un petit coup de coude à Michelle. On pourrait lui demander de venir avec nous ? On formerait un trio.

— Sûrement pas. La souris peut trouver d'autres amis, rétorqua Michelle en emboîtant le pas à leur guide.

Fronçant les sourcils, Jennifer accéléra le pas. Michelle avait pris l'habitude de dire « la souris » en parlant de Lucy, quand la fillette avait le dos tourné. Ce qui mettait Jennifer très mal à l'aise. C'était sa faute si Michelle donnait ce sobriquet à Lucy. Elle avait envie de lui dire d'arrêter, mais elle n'y arrivait pas. Elle ouvrit la bouche pour l'appeler, mais son amie marchait en tête de l'équipe et parlait à un professeur, ses cheveux roux s'agitant au rythme animé de sa démarche. Autour d'elle, des élèves plus jeunes qu'elle arboraient leur brassard rouge, certains portaient un bloc-notes, d'autres le cahier recouvert de plastique. Lucy marchait seule derrière. Jennifer éprouva un petit sentiment de culpabilité. Avant qu'elle n'arrive à Water Lane, Lucy était l'amie de Michelle. Maintenant, elle était souvent seule, quand elle ne traînait pas avec un de ses frères à moitié fous. Aujourd'hui, elle paraissait fatiguée. Le vent agitait le cahier qu'elle tenait dans sa main. Apparemment, elle n'avait ni crayon ni sac. Devant elles, Michelle était rayonnante. Jennifer ralentit et attendit Lucy.

– Tu vas bien ? lui demanda-t-elle.

Lucy acquiesça d'un signe de tête. Elle portait encore son gigantesque anorak, et ses cheveux, partagés par une raie en zigzag, retombaient tristement autour de son visage.

– Tu n'as pas emporté de pique-nique ?

La fillette mit la main dans sa poche, d'où elle sortit un carré de papier d'aluminium.

– Ma mère m'a fait un sandwich.

– Tu veux un stylo pour remplir ça ? proposa Jennifer en indiquant le cahier.

– J'en ai un !

Lucy tira un stylo à bille de son autre poche.

Elles continuèrent à marcher, le plus souvent derrière les autres. À l'arrière, l'autre équipe entamait sa marche. Jennifer eut la curieuse impression d'être dans une espèce de no man's land. Ne remarquant rien, apparemment, Lucy bavardait de sa petite voix aiguë très modulée.

– Ma mère doit se faire opérer. Elle a une maladie du cœur. Stevie dit qu'elle est obligée d'attendre plusieurs mois. C'est injuste, non ?

Jennifer hocha la tête. Sa mère lui en avait parlé. Jennifer était désolée pour elle. Cette femme avait beaucoup de soucis. Son mari l'avait abandonnée, et on disait qu'elle n'arrivait plus à faire face. La mère de Michelle, qui n'avait aucune sympathie pour elle, considérait qu'elle était la seule responsable de sa maladie, parce qu'elle fumait trente cigarettes par jour.

Brusquement, Lucy indiqua les buissons du doigt en s'écriant :

– Regarde le chat !

Jennifer tourna la tête, mais trop tard. Un professeur du groupe qui les suivait les rattrapa et, prenant Lucy par un bras, l'attira vers elle.

– Vous l'avez vu ? dit Lucy.

– Non. Venez, les autres vont nous semer.

– Ma mère m'a dit que tous les chats ont été noyés, il y a plusieurs années. Avant, c'étaient des champs ici, et ils ont été inondés sans que personne en soit averti.

Lucy parlait de plus en plus vite.

– Les chats ne le savaient pas. Personne ne le savait. Un jour c'était un champ, et le lendemain c'était un lac. Ma mère m'a dit qu'il y avait des corps de chats qui flottaient sur l'eau. Elle en a repêché un. Il était tout raide, et sa fourrure était toute pelée.

Jennifer ne dit rien. Elle imaginait Mme Bussell, dans ses vêtements de sport, partant sur la pointe des pieds dans la boue et les roseaux pour extraire du lac un cadavre de chat.

– Stevie dit qu'ils n'aiment pas les humains. Ils nous évitent, et si je m'en approchais, ils m'attaqueraient.

– Non…

– C'est un secret. Il n'y a que les gens de l'armée qui les connaissent vraiment. C'est Stevie qui me l'a dit.

Jennifer n'avait jamais entendu parler de ça. Elle pensa à Joe, le plus jeune frère de Lucy. Il n'avait que quatorze ans, mais il paraissait assez costaud pour faire un travail d'homme.

– As-tu déjà vu un chat attaquer quelqu'un ? interrogea Jennifer.

– Non, mais Stevie en a vu un. Il vient la nuit, avec Joe, pour les chasser, mais normalement je ne dois en parler à personne. Ils prennent leurs fusils. Ils ont un repaire.

– Des fusils ? répéta Jennifer, horripilée.

– Stevie dit qu'il faut se débarrasser de ces chats.

– Quels chats ? cria Mlle Potts, qui était derrière elle.

– Les chats qui ont été noyés, répondit Lucy.

Mlle Potts poussa un petit soupir d'impatience. Elle tourna la tête à droite et à gauche comme si elle cherchait à voir quelque chose, puis elle prit le sifflet suspendu à son cou et le porta à ses lèvres. Avant qu'elle se mette à siffler, les quelques garçons qui couraient trop près du barrage virent son geste et s'écartèrent du bord. Elle laissa retomber son sifflet au bout de sa corde.

– Ils vivaient ici avant qu'il y ait le lac. Ensuite, quand l'eau est arrivée, ils se sont tous noyés.

– Lucy, ma chérie, cette histoire est une légende.

– Alors il n'y a pas de chats sauvages ? demanda Jennifer.

– Il y a des chats errants non domestiqués. La plupart vivent près des aires de pique-nique.

– Et aucun chat n'a été noyé ?

– Probablement que non. Mais je suis sûre que d'autres animaux sauvages ont souffert de l'arrivée du barrage… Non mais, regardez-le. Quel idiot !

Mlle Potts s'élança vers un garçon qui venait de grimper à un arbre. Il était déjà arrivé au milieu. Plusieurs enfants tiraient les branches, essayant de le déloger. Le son du sifflet retentit et, d'une dizaine de points autour du lac, de petits groupes d'enfants accoururent pour voir ce qui se passait. Michelle était un peu plus loin, de l'autre côté d'un bras d'eau assez glauque. Elle adressa un signe d'impatience à Jennifer pour qu'elle la rejoigne.

– On ferait mieux de se dépêcher, sinon on va être en retard, dit Jennifer en donnant le bras à Lucy.

Elle accéléra.

– Il faut arriver de l'autre côté du lac pour le déjeuner. Et il faut remplir ce cahier.

En marchant, Jennifer regarda autour d'elle, espérant voir au moins un chat. Elle dessina une fleur sauvage et aida Lucy à dessiner la sienne. Elle décrivit le temps qu'il faisait et cocha des réponses dans un questionnaire sur la faune et la flore. Elle aida Lucy à monter une pente raide en la tirant par la main, et elle l'encouragea sans arrêt à marcher plus vite pour rattraper Michelle. Soufflant et haletant, elle arriva en haut de la côte. Lucy se laissait traîner, lourde comme un sac de pommes de terre. Jennifer jeta un coup d'œil autour d'elle sur les enfants qui marchaient en petits groupes. Elle resta quelques instants sans bouger pour retrouver une respiration normale et scruta les bords du lac à travers les arbres. Il n'y avait pas le moindre chat en vue.

Le groupe aux brassards rouges était déjà arrivé sur l'aire de pique-nique. Michelle se trouvait à côté de Sonia. En général, les deux fillettes ne se considéraient pas comme des amies. Fronçant les sourcils, Jennifer avança, Lucy sur les talons. Les filles avaient déballé leur déjeuner sur la table en bois et posé leurs sacs sur les autres bancs, laissant peu de place pour Jennifer et Lucy.

– Désolée d'être en retard, dit Jennifer.

Évitant son regard, Michelle fixait tantôt son repas, tantôt le lac.

— Est-ce qu'on peut s'asseoir ? demanda Jennifer d'un ton joyeux.

Cependant, ses épaules se voûtaient de plus en plus sous le poids du sac, qui paraissait s'alourdir de minute en minute.

— Fais comme chez toi, dit Michelle, il y a de la place.

Sonia jeta un coup d'œil à Lucy.

— De toute façon, il y a assez de place pour une souris.

L'espace d'une seconde, Jennifer intercepta le regard de Michelle. C'était incroyable. Michelle avait dit à Sonia le surnom qu'elle avait donné à Lucy ! Comment avait-elle pu ?

— Une souris ? répéta Lucy en jetant un coup d'œil autour d'elle.

Les deux filles éclatèrent de rire.

— Couic-couic ! fit Sonia, les yeux plantés sur Lucy.

Jennifer la fusilla du regard avant de prendre Lucy par la main et de l'emmener à une autre table. Elles s'assirent en leur tournant le dos et déballèrent leur déjeuner. Elles mangèrent en silence, Lucy jouant avec le papier d'aluminium qui avait enveloppé son sandwich, auquel elle donnait différentes formes. Jennifer eut un pâle sourire, mais elle redressa les épaules, opposant son dos aux autres comme une porte blindée qui les laissait dehors, qui les rejetait. Quand elles eurent fini et que le professeur siffla pour qu'elles se remettent en route, Jennifer prit Lucy par le bras et se dépêcha de partir devant. Furieuse, elle entraîna la fillette, et elles couvrirent en moins d'une heure les quelques kilomètres qui leur restaient à faire.

– Nous avons gagné ! s'écria Lucy.

Ce n'était pas une course, mais elles étaient les premières à revenir au point de départ. Deux mères d'élèves prirent leurs cahiers. Jennifer alla aux toilettes.

Lucy la suivit. Elle soupira. Lucy allait-elle s'accrocher à elle toute la journée ? En sortant des toilettes, elle regarda au loin pendant une minute. Parmi les groupes qui arrivaient, elle distingua Michelle.

Brusquement, du coin de l'œil, elle aperçut quelque chose qui bougeait. Elle fit demi-tour et se retrouva face à un chat errant.

Il était perché sur un monticule, derrière les poubelles. Très long et maigre, les hanches saillantes, la fourrure terne et plate, il dressait les oreilles, paraissant guetter le moindre bruit. Il se mit à marcher à pattes de velours sur l'herbe, ses grands yeux noirs toujours à l'affût, les épaules courbées sous le poids de l'inquiétude. Jennifer s'approcha de lui et s'arrêta aussitôt. Le chat venait de river ses yeux sombres sur elle, ce qui la cloua sur place.

– Tu le vois ?

C'était Lucy, qui murmurait d'une voix un peu rauque derrière elle. Jennifer lui jeta un coup d'œil irrité. Ne pouvait-elle pas la laisser tranquille cinq minutes ? Quand elle tourna de nouveau la tête vers le chat efflanqué, il avait disparu.

– Il faut que j'y aille, dit-elle en filant vers les élèves qui arrivaient au bout de la promenade.

Elle évita de regarder Lucy, espérant qu'elle ne la suivrait pas.

Quelques minutes plus tard, elle rejoignit le premier groupe, dans lequel se trouvaient Michelle et Sonia.

– Salut ! dit-elle en se forçant à sourire.

Elle allait faire comme si de rien n'était. Pour que tout redevienne comme avant. Que Michelle et elle soient de nouveau les meilleures amies au monde.

– Veux-tu venir chez moi ce soir ? Ma mère a fait de nouvelles photos aujourd'hui. On pourrait les regarder.

– Non, dit Michelle en passant un bras sous celui de sa copine. Je vais chez Sonia. Tu ferais mieux de le proposer à la souris.

Sonia eut un petit rire suffisant. Interloquée, Jennifer les laissa s'éloigner, essayant d'avaler la grosse boule douloureuse qui lui obstruait la gorge. À quelques mètres, elle vit Lucy, appuyée à un arbre. Elle éprouva brusquement une forte antipathie pour cette fillette terne. Elle ne voulait plus la revoir cet après-midi. Elle ne voulait plus se trouver près d'elle, elle ne voulait plus voir son anorak miteux et ses cheveux mal peignés. Tournant les talons, elle se dirigea vers le sentier qui conduisait à la route. C'était interdit, elle le savait. Elle devait attendre les professeurs, mais elle en avait assez de Berwick Waters. Après tout, ce n'était qu'un parc minable.

Elle retint ses larmes jusqu'à Water Lane. Mais dès qu'elle tira son porte-clés de sa poche et qu'elle ouvrit la porte, la minuscule planche à roulettes et le petit cœur rose en peluche se brouillèrent sous ses yeux.

– C'est moi ! cria-t-elle d'une voix chevrotante.

Le grand manteau beige de sa mère était posé sur la rampe et ses chaussures se trouvaient au bas de l'escalier.

– Maman ?

Pas de réponse. Elle entra dans la cuisine. La table et le sol étaient jonchés de petits morceaux de papier. Elle les ramassa et s'accroupit pour en attraper deux autres qui avaient glissé sous un placard. Elle reconstitua les pages. « Agence de modèles. Superbes mannequins des quatre coins de la planète. »

Sa mère n'avait pas obtenu le contrat. Fallait-il monter la voir ? Lui apporter une tasse de thé ? Probablement pas. Mieux valait la laisser tranquille.

13

Jennifer n'avait parlé qu'une seule fois à la directrice, Mme Nettles, le premier jour où elle était allée dans cette école. Mme Nettles était une petite femme ronde aux cheveux gris et bouclés, qu'elle rejetait derrière les oreilles. Elle portait des robes en tissu léger qui flottaient, et des vestes qu'elle ne fermait généralement pas et qui se gonflaient comme des capes lorsqu'elle allait et venait dans le couloir. Sa voix puissante semblait emplir tout le hall d'entrée, et elle arborait toujours un visage joyeux, comme si elle passait son temps à se remémorer des histoires drôles.

Cependant, elle ne souriait pas, le lendemain du voyage à Berwick Waters.

– À quoi diable pensais-tu ? Partir toute seule, au milieu du barrage ! Laisser le groupe sans en avoir eu la permission ! Comment as-tu pu ? Comment as-tu osé ?

Jennifer était debout au milieu de la pièce. Elle avait été convoquée dès le début des cours, ce qui ne l'avait pas étonnée. Mlle Potts avait fait son apparition chez elle, la veille, juste après quatre heures de l'après-midi, et elle avait exigé de voir sa mère. Jennifer avait menti, disant qu'elle était à son travail. Incapable d'expliquer pourquoi elle s'était éloignée seule du barrage, elle s'était contentée de hausser les épaules. Mlle Potts était en colère. Elle avait été obligée de confier la responsabilité des groupes à quelqu'un d'autre. Elle ne portait plus le sifflet autour du cou. Elle avait dû le donner à un professeur afin qu'il s'en serve pour rappeler les élèves à l'ordre.

Quand Mme Nettles eut fini de parler, elle se leva et se dirigea vers un placard où elle prit un dossier en carton marron. Elle l'ouvrit, pendant que Jennifer restait là, mal à l'aise, les pieds joints, n'osant pas bouger le petit doigt. Elle avait l'impression d'être en équilibre sur une corde raide. Mme Nettles feuilleta une liasse de feuilles, qui produisirent de petits crissements. Jennifer tourna les yeux vers la fenêtre. Sa classe se dirigeait vers le terrain de sport. Michelle marchait au milieu, près de Sonia. Elle éprouva une sensation pénible, une oppression dans la poitrine. Entendant la voix de Mme Nettles, elle tourna la tête.

– Jennifer, ton dossier est enfin arrivé, ce qui me permet de voir que ton éducation a été quelque peu aléatoire.

Jennifer hocha la tête, bien qu'elle n'eût pas la moindre idée de ce que signifiait « aléatoire ».

– Tu as manqué l'école très souvent, ces dernières années. Et tu as vécu quelque temps avec ta grand-mère. Tu as aussi été placée dans des familles d'accueil. Mais maintenant, tu vis de nouveau avec ta maman, à ce que je vois. Comment va-t-elle, ta maman ? Et ta nouvelle maison ? Est-ce que tu t'y habitues ?

Jennifer hocha encore la tête pour lui être agréable. Elle n'avait qu'une hâte : sortir le plus vite possible de ce bureau et retourner dans sa classe.

– Cela ne te ressemble pas de partir toute seule comme tu l'as fait hier. Est-ce que quelqu'un t'a appelée ?

– Non, mademoiselle.

– Je ne comprends pas comment cela a pu se produire. Franchement, Jennifer, quand tu es hors de l'école, tu dois rester près des professeurs. Ne pars plus jamais seule, plus jamais. Il pourrait t'arriver quelque chose, et nous en serions responsables. Comprends-tu ?

– Oui.

Mme Nettles lui demanda de s'asseoir à un minuscule bureau, au fond de la salle des professeurs, et de remplir une page sur le thème : « Comment se comporter pendant un voyage scolaire ». De temps à autre, Jennifer levait les yeux sur Mme Livingstone, qui travaillait sur son ordinateur et mettait des lettres sous enveloppe. Quand Mme Livingstone alla chercher une tasse de thé pour Mme Nettles, elle lui adressa un petit sourire.

Après avoir terminé sa page, Jennifer jeta un coup d'œil par la fenêtre. Sa classe revenait du terrain de sport. Souriantes, les élèves avaient le visage tout rouge d'avoir couru. Elles avaient dû jouer au base-ball ou au football. Bras dessus bras dessous, Michelle et Sonia fermaient la marche. Jennifer sentit sa bouche se dessécher.

Sa mère n'était pas levée quand elle était partie, ce matin. C'était inquiétant. Cela s'était déjà produit avant, quand les choses avaient commencé à tourner mal. À ces moments-là, il n'y avait plus un sou pour acheter à manger, plus de billets de cinq ou dix livres pour faire du shopping, ni même de petite monnaie pour acheter des sucreries. Au début, c'était peu de chose, et puis tout s'était brusquement aggravé et il avait fallu faire appel aux services sociaux, et sa mère était en larmes. Parfois, Carole n'était plus à la maison, et Jennifer devait rester assise dans un bureau et sourire à une secrétaire (pas très différente de Mme Livingstone) qui travaillait sur un ordinateur et mettait des lettres sous enveloppe.

Tout en observant Mme Nettles, qui n'arrêtait pas de faire des allées et venues, elle posa un coude sur la table et appuya son menton sur sa main. Elle ne voulait pas que ça recommence. Maintenant, sa mère et elle avaient une maison, et elle allait à l'école. Et puis, elle avait Michelle. Une véritable amie, pour la première fois. Sauf que, depuis la veille, pour une raison incompréhensible, tout avait changé. Fourrant la main dans sa poche, elle en sortit son porte-clés. Elle passa un doigt sur la planche à roulettes, puis sur le cœur en peluche. Il ressemblait à un minuscule sac à main. Macy en avait eu un dans ce genre, à une époque. Maintenant, la vieille poupée restait couchée dans sa boîte en carton avec tous ses vêtements autour d'elle. Jennifer l'avait montrée à Michelle, qui l'avait trouvée bizarre, et elle avait dit que sa boîte ressemblait à un cercueil ; Macy paraissait morte et semblait attendre d'être enterrée. Soudain, cette pensée l'attrista, comme si Macy était réellement morte. Ses yeux s'embuèrent et elle ravala plusieurs fois ses larmes en se détournant de Mme Livingstone, qui, tout près, feuilletait une pile de papiers en marmonnant. Quelle erreur avait-elle commise ? Était-ce d'avoir pris le parti de Lucy ? Elle rapprocha le porte-clés de son visage et frotta le cœur velouté contre sa joue.

Après la récréation, elle eut l'autorisation de partir. Elle ramassa son sac, ferma doucement la porte du bureau et remonta le couloir jusqu'à sa salle de classe. Les cours avaient repris. Elle accéléra, pour ne pas arriver trop en retard. L'odeur du repas flottait dans l'air. Elle entendit le cliquetis des plateaux que l'équipe de cuisine préparait. Elle frappa légèrement à la porte. Personne ne répondit. Elle l'entrouvrit et se faufila à l'intérieur de la salle. C'était une leçon de musique. Soulagée, elle entra. Personne ne parut la remarquer. La moitié des bureaux étaient couverts de claviers électroniques. Écouteurs aux oreilles, les élèves lisaient des partitions et appuyaient timidement sur des touches. Dans un coin se trouvaient quelques percussions. Un groupe de garçons semblait se quereller à leur sujet. Le professeur était assis à côté de deux filles qui apprenaient la guitare classique, et apparemment il ne la vit pas entrer. Un assistant allait d'un élève à l'autre. À travers la vitre, Jennifer aperçut au fond du couloir une demi-douzaine de filles qui jouaient de la flûte. Michelle était parmi elles. Après une seconde d'hésitation, Jennifer posa son sac sur une chaise, prit une flûte dans la vitrine des instruments et les rejoignit.

Côte à côte, les filles lisaient une partition affichée au mur.

– Bonjour ! dit-elle en s'approchant de son amie.

– Hmm, marmonna Michelle, sa flûte en bouche.

Sonia ne dit rien, mais elle planta son regard dans celui de Jennifer.

– J'étais dans le bureau de Mme Nettles.

Michelle ne lâcha pas sa partition des yeux. Sonia éloigna la flûte de sa bouche.

– Veux-tu aller déjeuner avec moi à la pâtisserie ? J'ai un peu d'argent, proposa Jennifer.

Michelle ne répondit pas, elle ne donna même pas l'impression de l'avoir entendue. Elle recommença à jouer, ses doigts égrenant notes aiguës et notes graves. Figée sur place, Jennifer sentit sa poitrine se serrer d'angoisse. Portant la flûte à sa bouche, elle tourna les yeux vers la partition. Que pouvait-elle dire de plus ? Elle ne voyait pas. Elle souffla dans l'instrument, ses doigts trouvèrent les trous, mais elle avait la tête lourde.

– Elle pourrait aller à la pâtisserie avec la souris ?

C'était Sonia. Du coin de l'œil, Jennifer vit Michelle hocher la tête. Soufflant plus fort, elle fit une fausse note. Elle tressaillit et s'arrêta net. Les deux autres ricanaient, elle le sentait. Elle pouvait presque sentir Michelle secouée de rire. Les ignorant l'une et l'autre, elle fixa la vitre de la porte. De l'autre côté, les élèves bavardaient, souriaient, s'amusaient. Elle n'aurait pas dû venir ici. Elle aurait dû rester dans la salle de classe, éviter Michelle, lui donner le temps d'oublier la journée au barrage.

– Pauvre petite souris. Elle vit avec sa mère à moitié folle.

– Empêche-la de dire ça ! intervint Jennifer.

– Qu'est-ce que ça peut te faire ? demanda Sonia en lui faisant face.

– Ce n'est pas juste, répondit Jennifer en serrant très fort sa flûte et en redressant les épaules.

– Ne salis pas tes culottes pour elle, dit Sonia d'une voix de bébé.

Jennifer la détestait. Incapable de supporter une minute de plus son expression idiote, elle leva sa flûte et la lui asséna sur le crâne. Cela ne prit qu'une seule seconde. L'instrument était en plastique, mais il produisit un bruit sourd. Les mains tremblantes, Jennifer resta d'une immobilité de statue. Sonia rougit, puis son visage se crispa et un long gémissement sortit de son horrible bouche. En reculant, Jennifer laissa retomber ses bras, sans lâcher son arme.

Sonia couvrit de ses mains l'endroit où elle avait reçu le coup. Pendant un bref instant, elle parut sur le point de tomber à la renverse, mais Michelle la retint. Jennifer capta le regard de Michelle. Son amie avait une expression choquée, mais il y avait dans ses yeux une lueur que Jennifer fut incapable de comprendre.

Puis les adultes arrivèrent, la bousculèrent pour passer, la tirèrent en arrière, l'entraînant dans un coin, lui criant des paroles dont elle n'enregistra qu'une partie. Épuisée, elle ferma les yeux. Quelqu'un lui arracha la flûte, et quand elle ne l'eut plus en main, son bras et ses épaules se mirent à trembler. Elle regarda du côté de Sonia et Michelle, qu'on emmenait vers la salle de classe ; Mlle Potts soutenait Sonia, un autre adulte et des élèves surexcités les suivaient. Sur le mur, des partitions avaient été en partie arrachées lors de l'incident. Deux flûtes gisaient par terre. L'une d'elles était probablement celle de Sonia.

Jennifer se retrouva seule dans le couloir.

Entendant un bruit de pas, elle se retourna. Mme Nettles se dirigeait vers elle, l'air sombre, ses vêtements flottant autour d'elle. Jennifer détourna les yeux et regarda la salle de classe à travers la vitre. Michelle fixait sur elle un regard mêlé de crainte et d'admiration.

Cette expression dans les yeux de Michelle. Cette lueur étrange. C'était de l'*excitation*.

Sa mère fut convoquée par Mme Nettles. Jennifer dut attendre dans le bureau de Mme Livingstone pendant que la principale lui parlait. Elle s'assit devant la table minuscule sur laquelle elle avait écrit, environ une heure plus tôt. Mme Livingstone était encore là, mais cette fois, elle s'abstint de lui adresser le moindre sourire. Au bout d'un moment, la mère de Jennifer sortit du bureau de la principale en faisant la moue.

– Viens, dit-elle doucement.

Elle ne s'était donné aucun mal pour s'habiller. Elle avait passé un vieux pantalon de jogging que Jennifer avait vu en travers de la rampe d'escalier, le matin. Ses cheveux n'étaient pas attachés, et quelques mèches lui retombaient sur les yeux. Les épaules rentrées, elle paraissait excédée. Allait-elle lui faire des reproches, se mettre à crier ou l'envoyer dans sa chambre ? Non, rien de tout ça. C'était plutôt rare que sa mère réagisse ainsi.

À la maison, elle s'installa dans le salon devant la télévision. Un peu après quatre heures, quelqu'un frappa à la porte. Jennifer alla ouvrir. Michelle était sur le palier, seule. Elle lui rapportait son sac, qu'elle avait laissé à l'école. Pendant une seconde elle parut gênée, puis, comme si de rien n'était, elle entra et se mit à parler.

– Sonia va bien, elle a juste une bosse sur la tête. Mme Nettles l'a emmenée à l'hôpital dans sa voiture. Elle l'a fait monter à l'arrière. Il fallait voir Sonia ! Elle regardait autour d'elle, elle se prenait pour une princesse conduite par son chauffeur ! En réalité, elle a bien cherché ce qui lui est arrivé ! Elle est tellement bêcheuse. Je n'ai jamais eu l'intention de lui parler de Lucy. Mais elle arrive toujours à te faire dire ce qu'elle veut avant même que tu t'en rendes compte. Je ne l'aime pas. Surtout maintenant. Tout le monde la plaint !

– Bonjour, Michelle, dit Carole en passant dans le couloir.

– Bonjour, Mme Jones.

Oubliant presque de respirer, Michelle demanda à son amie :

– Et toi ? Qu'est-ce qu'elle a dit, Mme Nettles ? Elle t'a renvoyée ?

Jennifer secoua la tête.

– Je suis exclue pendant cinq jours. Après, il y aura un rendez-vous entre Sonia et moi, et je devrai écrire une lettre... Enfin, tu vois...

– Pense au bon côté : cinq jours sans école !

Jennifer hocha la tête. Oui, il y avait bien un bon côté à cette histoire : elles étaient de nouveau amies.

14

M. Cottis, le nouveau photographe, vint chez elles pour la première fois à la fin des vacances de Pâques. Il arriva au volant d'une camionnette noire flambant neuve, qui semblait sortir tout droit de chez le concessionnaire. Il en descendit et observa les maisons. Grand et mince, il était vêtu d'un jean serré et d'un pull noir, et il n'avait pas de manteau. Il était complètement chauve et portait des lunettes qui semblaient parfois devenir plus sombres.

Lassées de leurs jeux de vacances, Jennifer et Michelle traînaient par là. Michelle se précipita vers lui.

– Est-ce que vous cherchez Carole Jones, le mannequin ? s'enquit-elle.

Il hocha la tête, tandis qu'un sourire se formait sur ses lèvres.

– Elle habite ici, dit Michelle en pointant un doigt sur la maison. Et elle, c'est sa fille. Et c'est ma meilleure amie.

– Merci beaucoup, jeune fille, dit-il avec une petite révérence très vieux jeu.

– Viens, dit Jennifer, gênée que Michelle parle d'elle à un parfait inconnu.

Il n'y avait personne dans le petit parc près des boutiques, excepté les frères de Lucy, qui se trouvaient sur l'aire de jeu. Stevie, l'aîné, s'appuyait au portique, et Joe, le plus petit, tapait dans un ballon de foot. Comme d'habitude, ils portaient leur pantalon et leur veste de camouflage vert bouteille. Stevie avait un air distant, qui rappela aussitôt à Jennifer sa sœur Lucy.

Elle ne l'avait pas beaucoup vue au cours des dernières semaines. Souffrante, Lucy avait manqué l'école. Et pendant les vacances, elle était souvent restée chez elle. Michelle avait frappé à sa porte deux ou trois fois, mais elle n'était pas sortie, disant qu'elle s'occupait de sa mère. Jennifer avait été soulagée. Michelle et elle allaient être tranquilles, rien que toutes les deux.

Joe zigzaguait sur l'aire de jeu. Crispé, il jouait au ballon en le faisant rebondir sur un pied. Ses membres remuaient comme un mécanisme d'horlogerie, et ses traits étaient lourds de concentration. Stevie, lui, restait complètement immobile. Seule sa main bougeait quand il fumait sa cigarette.

Elles auraient pu les ignorer et aller s'asseoir sur un banc, de l'autre côté du parc. Mais Michelle avait d'autres idées en tête.

— Vous n'êtes pas censés être ici. C'est pour les enfants de moins de douze ans. Vous n'avez qu'à lire, dit-elle en indiquant un panneau délavé derrière les balançoires.

Faisant mine de ne pas l'avoir entendue, Stevie garda la même position, jambes écartées, en soufflant de petits ronds de fumée. Joe donna un furieux coup de pied dans le ballon, qui atterrit sur la clôture avec un bruit mat.

— Vous n'avez pas le droit de fumer ici ! continua Michelle en parlant plus fort.

Stevie finit par les regarder, et ses yeux s'arrêtèrent sur Jennifer.

Michelle exhorta son amie.

— Vas-y ! Dis-lui qu'il est en train d'enfreindre la loi !

Jennifer fronça les sourcils. Pourquoi Michelle voulait-elle l'impliquer dans cette histoire ? Stevie la regardait d'un air qui la mettait mal à l'aise.

— Partons, dit-elle à mi-voix.

— Pourquoi ? Ce parc est pour nous, pas pour eux !

Un sourire apparut sur les lèvres de Stevie, et il envoya le reste de sa cigarette dans leur direction. Michelle croisa les bras tandis que le mégot voltigeait vers elle avant de tomber à quelques centimètres de Jennifer.

— C'est ça, mettez le feu !

– Allez vous faire voir, sales mioches ! cria Joe en s'approchant d'elles.

Il fit rebondir le ballon sur un genou, puis sur l'autre.

– Je pars, dit Jennifer, écœurée.

– Comment va ta mère ? interrogea subitement Stevie.

Joe laissa tomber le ballon, qui roula vers elle. Elle le ramassa et regarda Stevie d'un air perplexe.

– Quoi ?

Joe lui prit le ballon et s'éloigna.

– Comment va ta mère ? répéta Stevie.

Il garda la bouche ouverte.

Elle l'observa. Alors qu'elle s'attendait à ce qu'il profère une insulte, il tendit la langue et commença à se lécher lentement les lèvres.

– Cochon ! s'écria Michelle. Je vais le dire à ma mère. La police peut te poursuivre. Tu vas voir !

Le ballon de foot siffla près de ses oreilles et vint frapper le panneau. Prenant Michelle par le bras, Jennifer l'entraîna hors du parc.

– Viens, ils ne valent pas la peine qu'on leur parle.

Elles arrivèrent devant sa maison au moment où M. Cottis en sortait. Il eut une brève expression de surprise, puis il passa devant elles, portant un gros sac à l'épaule et tirant une petite valise à roulettes. Il donnait l'impression de partir en vacances. Les fillettes attendirent qu'il ait sorti tout son attirail sur le chemin.

– Vous avez fini ? demanda Michelle.

Question superflue. Il répondit par un vague hochement de tête. S'éclaircissant la voix, il monta dans sa camionnette. Elles le regardèrent faire trois manœuvres maladroites, puis le moteur toussota un peu et le véhicule noir et lustré s'engagea sur la route.

– Je me demande comment vont être les photos, dit Michelle, très impatiente.

La colère qu'elle avait éprouvée un peu plus tôt s'était évanouie.

– Allons les voir, proposa Jennifer, rassérénée.

Le salon vide semblait ne pas avoir été occupé de la journée. Jennifer fit entrer Michelle dans la cuisine.

– Maman doit se changer, dit-elle. Attends-moi ici.

Elle grimpa l'escalier quatre à quatre et, sans réfléchir, poussa la porte de la chambre de sa mère. La pièce étant sombre, elle alluma la lumière. Comme elle s'attendait à trouver la chambre vide, elle commença à faire demi-tour. Cependant, sa mère était là, allongée sur le lit, les genoux ramenés contre elle. Elle ne dormait pas. Elle leva une main devant ses yeux pour les protéger de la lumière. Jennifer éteignit et alla ouvrir les rideaux.

– Je ne savais pas que tu étais là ! dit-elle. Je croyais que tu prenais un bain.

Sa mère était vêtue d'une jupe courte, d'une blouse blanche et d'une cravate. Comme une écolière. Elle avait aussi de petites socquettes blanches, les mêmes que celles de Jennifer.

– Le photographe a fini ?

La pièce était sens dessus dessous. Un tiroir de commode ouvert laissait voir un globe terrestre identique à celui qui se trouvait à l'école. Des livres et des papiers étaient éparpillés sur le lit, comme si quelqu'un venait de faire un travail scolaire. En plein milieu de la pièce, une chaise de cuisine accentuait l'impression de désordre. Jennifer la prit et la mit de côté.

Puis elle remarqua l'argent. Trois billets roses. Des billets de cinquante livres.

– Tu as été payée, dit-elle d'une voix incertaine.

Sa mère acquiesça d'un signe de tête.

– Quand auras-tu les photos ?

Elle était mal à l'aise. Quelque chose n'allait pas.

Sa mère s'assit et étira ses longues jambes.

– Pourquoi es-tu habillée comme ça ? demanda encore Jennifer en fermant la porte, de peur que Michelle n'apparaisse derrière elle sans prévenir.

– C'est mon métier qui veut ça. Quand tu es mannequin, tu t'habilles avec les vêtements de personnes différentes.

– Tu seras dans un magazine ?

– Pas cette fois, ma chérie. Bon, je vais prendre un bain.

Carole passa devant elle et sortit dans le couloir.

Jennifer redescendit très lentement l'escalier, faisant une pause sur chaque marche. Elle ne savait pas très bien ce qu'elle allait dire à Michelle au sujet du photographe, mais surtout, elle ne savait pas pourquoi elle se sentait si triste.

– Il faut que tu partes, dit-elle en entrant dans la cuisine. Ma mère a mal à la tête. C'est à cause des lumières fortes qu'ils utilisent. Elles lui donnent la migraine.

Michelle parut vexée. Elle sortit son porte-clés, qu'elle agita d'un air indigné.

– Je t'appellerai plus tard, dit Jennifer.

Michelle ne répondit pas, et la porte d'entrée se referma vivement derrière elle. Hésitante, Jennifer resta un instant au pied de l'escalier. Elle s'attendait à entendre l'eau couler dans la baignoire, mais il n'y avait aucun bruit.

La maison était silencieuse. Elle paraissait inhabitée.

15

L'ambulance arriva au milieu de la nuit.

Jennifer fut réveillée par des voix provenant de l'extérieur et par des lumières qui brillaient à travers la fenêtre. Elle se leva et tendit le cou pour voir ce qui se passait. L'ambulance était mal garée, et ses portières arrière étaient grandes ouvertes, projetant un rayon de lumière sur le sentier du jardin de Lucy, où deux ambulanciers poussaient avec précaution un fauteuil roulant. Ils marchaient lentement, et l'un d'eux borda avec une couverture la personne qui y était assise. Mme Livingstone était là, en robe de chambre, mais il n'y avait ni Michelle, ni Lucy, ni même les deux garçons. Quand le fauteuil eut passé le portail, Jennifer vit que Mme Bussell l'occupait. Seule sa petite tête dépassait des couvertures.

S'éloignant de la fenêtre, Jennifer se dirigea vers la chambre de sa mère. Elle ouvrit doucement la porte et entendit de légers ronflements s'élever du lit. Sa mère avait fait des séances de photos toute la journée. Elle décida de ne pas la réveiller. Elle enfila ses pantoufles et sa robe de chambre, et descendit. Quand elle ouvrit la porte d'entrée, l'air froid la fit frissonner. Les portières de l'ambulance se refermèrent avec un bruit sec et la voiture s'éloigna lentement. Puis Jennifer vit sa voisine emmener Lucy vers sa propre maison en la tenant par la main. Elle lui parlait lentement, d'une voix douce et apaisante.

– Qu'est-il arrivé ? demanda Jennifer.

Tout en conduisant Lucy le long de la petite allée, Mme Livingstone répondit, un peu agacée :

– Tu devrais être au lit !

– Mme Bussell est malade ?

– Oui, mais elle va se rétablir. Ta maman est levée ?

Mme Livingstone sortit un trousseau de clés de la poche de son peignoir.

– Oui, mentit Jennifer. Elle est dans la salle de bains.

Elle observa le visage inquiet de Lucy tandis que la mère de Michelle la faisait entrer chez elle. Se tournant vers Jennifer, Mme Livingstone chuchota :

– Dis-lui que cette pauvre Mme Bussell a eu une attaque cardiaque. Les garçons l'ont accompagnée à l'hôpital, et je vais m'occuper de Lucy. Maintenant, retourne te coucher. Cela ne servira à rien que personne ne dorme.

Elle referma la porte sans bruit et Jennifer regagna sa maison. En montant l'escalier, elle entendit sa mère se retourner dans son lit en toussant légèrement. Il valait mieux que Mme Livingstone ignore qu'elle avait dormi pendant tout l'épisode de l'ambulance. Elle aurait pu croire que cela la laissait indifférente, alors qu'en réalité sa mère était trop fatiguée pour se réveiller.

Une fois dans sa chambre, elle se retrouva encore devant la fenêtre. L'allée était déserte. Il était quatre heures du matin, et il lui restait un temps fou avant d'aller à l'école. Elle s'allongea, sans parvenir à se reposer, ni même à fermer les yeux. Malgré l'étrangeté de cette situation, elle se sentait curieusement revigorée. Allumant sa lampe de chevet, elle s'assit en tailleur sur sa couverture. Elle n'avait plus froid.

Mme Bussell était malade. Qu'allait devenir Lucy ?

Michelle lui donna la réponse le lendemain matin.

– Elle va venir chez nous, tu te rends compte ! Dans ma chambre ! Maman a déjà sorti un lit de camp et elle a enlevé une partie de mes affaires pour pouvoir l'installer !

– Et sa mère, elle va mieux ? demanda Jennifer.

– Oui. Enfin, elle est malade et tout, mais elle va guérir. Le problème, c'est qu'elle devra rester dans une maison de convalescence pendant deux ou trois semaines, ce qui veut dire que j'aurai la souris dans ma chambre.

– Ne l'appelle pas comme ça, dit Jennifer.

– On voit que ce n'est pas toi qui vas te la coltiner. Elle a emprunté mon duvet rose, et maman dit que je peux lui prêter quelques vêtements, et que c'est très bien ainsi, que ce n'est que pour une ou deux semaines, et que nous devons être gentilles avec elle maintenant que ses parents ne sont plus là. Sinon, Lucy serait obligée de rester avec ses frères.

– Ce serait affreux.

– Peut-être. Mais je ne vois pas pourquoi il faut qu'elle vienne chez nous ! Ses frères vont rester chez eux. Maman dit qu'ils peuvent se débrouiller tout seuls. Alors, pourquoi ne s'occupent-ils pas de Lucy ? Après tout, c'est leur sœur, ce n'est pas la mienne.

– Ce n'est pas si terrible, dit Jennifer. Rien que deux semaines.

– Tu peux parler ! Ce n'est pas toi qui vas la retrouver sans arrêt dans ta chambre.

La semaine suivante, Michelle fut constamment de mauvaise humeur. Jennifer eut du mal à ne pas se quereller avec elle. Michelle n'arrêtait pas de se plaindre : Lucy laissait traîner ses vêtements dans sa chambre, Lucy se servait de sa brosse à cheveux, Lucy parlait en dormant.

– Le pire, c'est que maman veut que nous fassions un pique-nique pour son anniversaire !

– Ce serait sympa, commenta Jennifer.

– Mais qu'est-ce qui lui prend, à ma mère ? Lucy n'est pas sa fille. C'est sa mère et son père que ça regarde.

– Mais sa mère est malade…

– Et son père est parti. Exactement !

Michelle frappa dans ses mains, comme si elle venait de prouver quelque chose. Jennifer ne savait plus quoi dire.

– Je peux venir chez toi après l'école ? demanda Michelle.

– Je ne sais pas. Ma mère sera peut-être en train de travailler avec M. Cottis.

– Il vient tous les jours ?

– Non.

M. Cottis venait deux fois par semaine, parfois trois.

– Je passerai plus tard, dit Jennifer. On pourrait aller au parc.

– On sera obligées d'emmener Lucy.

– Pas de problème, dit Jennifer en haussant les épaules.

En tournant sur Water Lane, elle vit la camionnette garée devant la maison. Michelle marmonna quelque chose, mais elle rentra chez elle. Jennifer en fit autant. Comme d'habitude, le sac et la valise à roulettes de M. Cottis encombraient le couloir, ce qui rendait le passage difficile. Jennifer entendit le photographe discuter avec sa mère dans la cuisine, dont la porte était restée ouverte.

– Dis bonjour à M. Cottis, dit Carole en lui servant une boisson fraîche.

– Bonjour, dit Jennifer.

Elle sourit et regarda un autre homme qui, assis à la table, trempait un biscuit dans une boisson chaude.

– C'est M. Smith, dit sa mère avec un geste dans sa direction.

Jennifer leur adressa un sourire à chacun avant de sortir de la cuisine, son verre à la main. Elle monta à l'étage. Elle avait envie d'être tranquille. Elle n'aimait pas M. Cottis. Il était trop maigre, avec ses épaules qui saillaient à travers son pull, et il était raide comme un piquet. Elle ne l'avait jamais vu assis. En général, il préférait s'appuyer sur quelque chose. Et ses lunettes étaient déconcertantes. Parfois, elles étaient aussi noires que des lunettes de soleil, et en une seconde elles devenaient transparentes, laissant voir ses petits yeux bleus, qui la scrutaient. Elle était tendue en sa présence. Quant à M. Smith, c'était la première fois qu'elle le voyait. Elle avait remarqué ses cheveux fins en épis et sa boucle d'oreille minuscule à laquelle était suspendue une croix.

Cependant, ils étaient liés par le métier de sa mère, il fallait qu'elle s'habitue à leur présence. M. Cottis, d'après sa mère, était une espèce d'agent qui lui cherchait du travail. Parfois, sa mère se rendait à des adresses différentes et, de temps à autre, les séances de photos avaient lieu à la maison. La location d'un atelier était onéreuse, expliquait-elle, et grâce à la technologie moderne on pouvait obtenir des photographies d'excellente qualité en les prenant dans un décor ordinaire.

Il y avait un aspect positif : elle gagnait beaucoup d'argent. Elle gardait une pile de billets de banque dans une boîte cachée au fond de sa garde-robe. Elle ne voulait pas de compte bancaire, pour éviter que le Trésor public sache combien elle gagnait. Elles avaient de nouveaux vêtements et un canapé neuf. Jennifer recommençait à avoir beaucoup d'argent de poche. Elle s'était acheté des magazines pour la jeunesse, et un lecteur de cassettes rose vif qui fonctionnait avec des piles. Sa mère était généreuse. Plus tard, elles s'offriraient des vacances. Et peut-être une voiture, pourquoi pas ?

Mais il y avait aussi un aspect négatif. Depuis plusieurs semaines, M. Cottis lui procurait souvent des contrats. Presque chaque jour, Carole se levait tôt pour aller poser quelque part. Et les jours où elle restait à la maison, M. Cottis venait la voir. Cela signifiait qu'elle était très occupée et qu'elle oubliait un peu le reste. Comme il n'y avait presque plus de provisions, elle avait donné un billet de cinquante livres à Jennifer afin qu'elle aille faire des courses à la coopérative. Le linge sale s'amoncelait, et Jennifer avait dû le porter à la laverie. Sa mère lui avait dit : « Il faut prendre le travail quand il se présente, Jen.

Tu sais combien de temps j'ai attendu avant de recommencer. »

Si lasse fût-elle, Jennifer voulait bien admettre que c'était mieux qu'à l'époque où sa mère ne faisait rien et restait toute la journée au lit, les migraines succédant aux migraines.

– Tu pourrais passer quelques semaines chez ta grand-mère. Elle ne t'a pas vue depuis longtemps. Tu y resterais jusqu'à ce que j'en aie fini avec ce boulot.

– Non, non, je ne veux pas !

Elle n'avait aucune intention d'aller voir sa grand-mère. Elle éprouvait pourtant de l'affection pour elle. Et au fil des années, elle s'était habituée à son mode de vie, au nouveau chien qui avait pris la place de Nelson dans le fauteuil, à la fumée de cigarette et à la machine à coudre qui faisait un bruit de tonnerre dans l'arrière-salle. Mais c'était dangereux d'aller chez elle. Chaque fois, Jennifer devait y rester un jour ou deux, mais invariablement le séjour s'étirait sur deux semaines, parfois plus. Non, elle allait à l'école, elle avait des amies et une maison, et elle vivait avec sa mère. Elle ne la voyait peut-être pas beaucoup, mais elle préférait rester chez elle, dormir sous le même toit qu'elle. Et s'il fallait pour cela qu'elle se réveille au milieu de la nuit et qu'elle se lève un moment pour l'écouter remuer dans son lit, elle pouvait aussi endurer tout le reste : les corvées, et M. Cottis avec ses longs doigts minces et ses phalanges osseuses, son sac et sa valise à roulettes qui bloquaient l'entrée. Ce n'était pas le genre de vie qu'elle avait imaginée quand elles avaient emménagé à Water Lane, mais c'était mieux que de passer tout ce temps chez sa grand-mère.

Elle entendit un coup bref à sa porte.

– Jen, tu ne vas pas jouer dehors ?

Elle ouvrit la porte. Sa mère était sur le palier, près de M. Cottis et de ses bagages. Derrière lui, sur la dernière marche d'escalier, se tenait M. Smith. Sa boucle d'oreille scintilla sous la lumière.

– Je ne joue pas, maman ! Je suis trop grande pour ça !

– Je sais, ma chérie. Tu ne vas pas voir Michelle ? Je vais te donner un peu d'argent, si vous voulez aller manger du poisson et des frites.

Elle lui tendit un billet de dix livres.

– D'accord, dit Jennifer.

– Nous allons faire quelques photos dans ma chambre, le thé risque d'être un peu tardif. De toute façon, tu t'ennuierais si tu restais ici. Ça nous prendra environ une heure.

– D'accord.

Ce n'était pas la première fois que sa mère lui suggérait de sortir. Aussi cela lui était-il égal. Elle troqua son uniforme scolaire contre un jean et un haut neufs, qu'elle avait achetés le week-end précédent. Elle fourra le billet de dix livres dans sa poche arrière, attrapa son sweat-shirt. En sortant, elle entendit qu'on déplaçait des objets dans la chambre de sa mère. Ils devaient installer l'appareil photo et le matériel. De grosses lumières qui inondaient la pièce, la faisant ressembler à un décor de cinéma, disait sa mère. C'était grâce aux lumières que les top-modèles étaient si beaux. Et encore grâce aux lumières qu'elle allait enfin figurer sur la couverture d'un magazine.

Jennifer passa voir Michelle, qui sortit immédiatement. Elle referma doucement la porte d'entrée, comme si elle s'échappait.

– Une amie de ma mère est en train de couper les cheveux de Lucy, on va être tranquilles. On pourrait écouter de la musique et lire des mags.

Michelle avait pris l'habitude de dire « mags » à la place de « magazines ». Elle avait aussi commencé à se moquer de tous les jeux auxquels elles jouaient avant, les appelant des « trucs de gamins ». Depuis que Mme Livingstone hébergeait Lucy, Jennifer avait remarqué que son amie imitait les adultes, qu'elle jurait plus souvent, qu'elle parlait de menstruations, de tampons, de magazines traitant de problèmes de filles, elle parlait même des garçons. Elle avait aussi insisté pour qu'elles prennent des surnoms. Elle voulait se faire appeler Ginger, comme la pop star, et Jennifer devait se faire appeler JJ. Lucy n'aurait pas de surnom, avait décrété Michelle, elle n'était que de passage. Ce qui fait que, souvent, Lucy ne savait pas de quoi elles parlaient et ne pouvait pas participer.

– D'accord, mais il faut que j'aille chercher mon magnétophone, dit Jennifer.

– Dépêche-toi. Nous pouvons partir avant que Lucy ait fini de se faire couper les cheveux. Comme ça, ma mère ne me fera pas de reproches.

Jennifer retourna chez elle en courant. Le bruit des meubles déplacés avait cessé. Il n'y avait plus que des murmures dans la pièce adjacente à sa chambre. Elle prit son magnétophone et quelques cassettes ; elle allait ressortir quand elle entendit un bruit étrange. Comme un petit cri de douleur venant d'à côté. Retenant son souffle, elle écouta, et elle l'entendit encore. C'était sa mère. Elle posa ses affaires et alla frapper bruyamment à la porte de sa chambre.

– Maman, tu vas bien ? cria-t-elle.

Il y eut un peu d'agitation, quelqu'un toussa, grommela, puis Jennifer perçut la voix de sa mère. La porte s'entrouvrit.

– Qu'y a-t-il, ma chérie ? Tu n'es pas sortie ?

– Tu vas bien ? Je t'ai entendue crier.

– Je vais bien.

Elle passa la tête par l'entrebâillement de la porte. Carole avait de nouveau revêtu la blouse d'écolière et la cravate. Une voix rude s'éleva derrière elle, et elle se retourna pour dire quelque chose. La porte s'ouvrit plus largement.

Jennifer vit M. Smith assis sur le lit. Il était habillé exactement comme sa mère. On aurait dit deux écoliers. M. Cottis était debout, appuyé à la commode ; ses lunettes étaient très sombres sous la lumière vive.

– Je vais bien. Nous faisons quelques prises de vue en situation.

Elle baissa la voix.

– Ce ne sera pas long. File maintenant, ma chérie, sinon j'aurai des ennuis avec M. Cottis.

Jennifer resta un instant sur le palier, avant de retourner prendre ses affaires dans sa chambre. Elle n'aimait pas M. Cottis, ni M. Smith. Elle n'aimait pas les photographies avec des cravates d'écolier. Elle n'en avait jamais vu sur les couvertures de magazines.

Elle descendit lentement l'escalier, guettant à chaque pas le moindre son provenant de la chambre. Elle était nerveuse, comme si quelque chose risquait à chaque instant de se jeter sur elle. Elle ne savait pas exactement ce qui se passait avec sa mère, mais c'était différent de tous les emplois de mannequin qu'elle avait eus auparavant. Saisissant le magnétophone, Jennifer hésita. Elle ne voulait pas sortir et passer du temps avec Michelle. Son amie risquait de lui parler de sa mère, et de son envie d'être elle-même mannequin quand elle serait grande.

Lucy avait rejoint Michelle. Avec ses cheveux courts, elle était presque jolie. Elle portait des vêtements à la mode, propres et bien repassés, probablement choisis par Mme Livingstone. Elle paraissait normale, détendue et heureuse comme n'importe quelle petite fille. Quant à Michelle, elle semblait plutôt exaspérée.

– Je lui ai dit qu'elle ne pouvait pas venir avec nous ! s'écria-t-elle.

Jennifer les regarda toutes les deux d'un air grave. Cela ne lui paraissait vraiment pas important. Jetant un coup d'œil vers sa maison, elle sentit une boule de frustration grossir dans sa gorge. Que se passait-il dans la chambre de sa mère ? Elle n'aurait su le dire, mais tout au fond d'elle, sans savoir comment, elle le savait. M. Smith, dans son uniforme scolaire, avec sa petite boucle d'oreille idiote qui se balançait… Et M. Cottis, raide comme une planche à repasser, debout près de l'appareil photo. Son visage osseux arrivait peut-être à sourire, et il était possible qu'il enlève ses lunettes pour regarder à travers le viseur de l'appareil avec ses yeux d'un bleu glacial.

– Elle ne peut pas venir, n'est-ce pas, Jennifer ? insista Michelle.

Pourquoi sa mère vivait-elle ainsi ? D'autres mères travaillaient. Mme Livingstone était secrétaire. Pourquoi sa mère ne faisait-elle pas un travail dans ce genre-là ? Même sa grand-mère fabriquait des vêtements. Pourquoi sa mère n'était-elle pas comme elle ?

– Tu es trop jeune pour venir avec nous, dit Michelle.

Lucy n'avait jamais été aussi présentable, et Jennifer ne l'avait jamais vue aussi bien dans sa peau. Loin de sa mère neurasthénique et de ses horribles frères, elle semblait sortir de sa chrysalide et s'épanouir, bien que sa mère fût dans un lit d'hôpital.

– Je peux venir avec vous ?

– Non, répondit Jennifer, la gorge nouée.

– Pourquoi ?

– Va-t'en, tu ne peux pas venir. Va voir ta mère, ou fais ce que tu veux ! cria Jennifer.

Stupéfaite, Lucy resta bouche bée. Jennifer éprouvait une fureur soudaine. Pourquoi cette gamine était-elle bouleversée ? Est-ce qu'on ne s'occupait pas d'elle ? Est-ce que sa mère n'était pas soignée et n'allait pas guérir ? Qu'est-ce qu'elle avait à pleurnicher, à la fin ?

– Ma maman revient à la maison la semaine prochaine, dit Lucy d'une voix un peu tremblante, le visage illuminé par un sourire plein d'espoir.

– Peut-être. Ou peut-être pas, dit Jennifer.

– Quoi ? dit Lucy, sidérée.

– Elle ne rentrera peut-être jamais de l'hôpital. Tu ne la reverras peut-être jamais !

Michelle prit un air effaré.

– Ce n'est pas vrai ! dit Lucy, tournant vers Michelle un regard vide. Elle va rentrer la semaine prochaine. C'est vrai, hein ?

– Bien sûr, dit Michelle.

– Tu n'en sais rien, continua Jennifer, incapable de s'arrêter. Sa mère est peut-être morte. À cet instant précis, elle est peut-être morte !

– Non, ce n'est pas possible ! cria Lucy dans un sanglot.

– Ne lui dis pas ça, je vais avoir des ennuis avec ma mère, dit Michelle entre ses dents.

Mais Jennifer ne pouvait plus s'arrêter. Pourquoi l'aurait-elle fait ?

– Laisse-nous tranquilles ! hurla-t-elle. Va-t'en, va retrouver ta mère !

– Tu es folle. Tu es folle ! cria Michelle en entraînant Lucy sur le sentier.

Elle posa un bras protecteur sur ses épaules, comme si elle était sa meilleure amie.

La gorge sèche, Jennifer s'assit sur le trottoir. Elle mit son magnétophone en marche, le plus fort possible, et resta assise longtemps, jusqu'à ce qu'elle voie la porte de sa maison s'ouvrir, et M. Cottis et M. Smith sortir, en riant de quelque plaisanterie.

M. Cottis leva la main pour lui faire signe mais elle ne lui répondit pas.

16

Lucy lui pardonna.

Jennifer avait du mal à comprendre ce qui lui était arrivé. Elle avait été odieuse. Elle avait dit des choses horribles. Le lendemain matin, sur le chemin de l'école, elle courut rattraper Lucy et posa un bras sur ses épaules.

– Je suis vraiment désolée, vraiment. J'étais de mauvaise humeur, je ne pensais pas ce que j'ai dit au sujet de ta mère. Bien sûr qu'elle va rentrer chez toi la semaine prochaine. C'est Mme Livingstone qui l'a dit.

– OK, dit Lucy.

– Tu es mon amie, c'est sûr ? dit-elle en lui donnant l'accolade.

– Mais oui, bien sûr.

Entre Michelle et Jennifer, Lucy marchait d'un pas dansant. Elle semblait sans rancune. On aurait dit un chiot bondissant le long du chemin, une queue invisible remuant derrière elle.

Le contraire de Michelle, qui resta grognon, les épaules rentrées, pendant tout le trajet.

– Tu aurais pu me créer un tas d'ennuis avec ma mère, dit-elle d'une voix sifflante.

Elle ne retrouva sa bonne humeur qu'en arrivant à l'école, quand Lucy courut vers sa classe. Jennifer glissa un bras sous le sien en disant :

– Hé, Ginger, tu es toujours ma meilleure amie, hein ?

Pendant le repas de midi, quelques jours plus tard, elles s'assirent dans un coin de la bibliothèque pour feuilleter des magazines.

– Regarde ça, JJ ! dit Michelle à voix haute.

Elle aimait que les autres élèves les entendent s'appeler par leurs surnoms. Cela ne lui suffisait pas qu'elles les utilisent entre elles, elle voulait que tout le monde soit au courant. Parfois, Jennifer se trouvait un peu bête d'appeler son amie « Ginger », comme un animal familier. Mais Michelle adorait ça, et chaque fois qu'elle entendait ce nom elle se mettait à tripoter ses cheveux, à tirer sur ses longues boucles ou à écarter une mèche de son visage. JJ, le surnom de Jennifer, était moins agréable, rien que deux initiales qui n'évoquaient pas grand-chose. Jennifer regarda le magazine. Michelle pointait du doigt la photo d'un chanteur pop qu'elles aimaient toutes les deux. Elle l'avait vue une dizaine de fois et elle avait la même sur un mur de sa chambre.

– Hé, regarde, c'est ce vernis à ongles que je vais m'acheter !

Jennifer ne fit aucun commentaire. Elle en avait assez de ces magazines, et de rester à l'intérieur chaque midi. Elle regarda la cour de récréation. Quelques élèves de sa classe jouaient au base-ball. Elle avait envie de participer, de courir et de sentir l'air frais sur son visage. Mais maintenant, Michelle et elle n'avaient plus ce genre d'activité. Elles considéraient que c'était pour les bébés. Au milieu d'élèves plus jeunes, elle aperçut Lucy.

– Depuis que Lucy habite chez toi, elle est moins souvent avec nous, à l'école.

Michelle hocha la tête et ouvrit un nouveau magazine à la dernière page.

– On dirait qu'elle n'a plus besoin de nous, maintenant. Elle s'est fait ses propres amies, continua Jennifer.

– Elle ne va pas rester chez moi éternellement !

– Je sais. Je te le faisais juste remarquer.

Elles gardèrent un instant le silence.

– Est-ce que ta mère vient au pique-nique, dimanche ? demanda Michelle.

Le pique-nique était prévu au barrage, pour l'anniversaire de Lucy. Mme Livingstone avait invité ses frères et la mère de Jennifer.

– Je crois, répondit-elle.

Elle n'était pas sûre que sa mère viendrait. La veille, elle lui avait posé la question.

– Je suis très occupée cette semaine, et dimanche matin j'ai une séance de pose pour M. Cottis, avait-elle répondu.

Jennifer avait répété d'une voix neutre :

– Dimanche ?

M. Cottis semblait être partout. Quand il ne venait pas chez elles ou qu'il ne téléphonait pas, sa mère parlait de lui. Une idée affreuse lui vint à l'esprit. Était-il son petit ami ? Cette pensée lui était insupportable.

– Ce sont des photographes amateurs. Ce sera bien payé. Je ne peux pas refuser, ma chérie.

– Mais ça ne va pas durer toute la journée ?

– Non. Je pourrai peut-être aller au pique-nique. À quelle heure a-t-il lieu ?

– Vers trois heures, s'il ne pleut pas.

– Je devrais pouvoir arriver à temps. Mais si je ne peux pas, tu leur expliqueras ?

Jennifer hocha la tête. S'il le fallait, elle leur expliquerait.

– Tu sais quoi ? Je vais te donner de l'argent pour faire un beau cadeau à Lucy. Qu'en penses-tu ?

Elle avait beaucoup d'argent, Jennifer le savait. Elle aurait dû être contente. Elles allaient pouvoir payer le loyer, les courses, et il leur en resterait encore pour s'acheter des vêtements et pour partir en vacances. Pourtant, elle se sentait crispée. Tout l'argent était caché dans une boîte, au fond de la garde-robe de sa mère. Parfois, elle la sortait et regardait les billets. Cela lui procurait une sensation désagréable, comme si cet argent ne leur appartenait pas vraiment, comme si sa mère avait volé une banque ou commis quelque autre forfait. Quand elle rangeait la boîte dans la garde-robe, elle la recouvrait avec des pulls et des chaussures.

Le dimanche, le temps était sec. Elles empruntèrent le chemin qui passait derrière les maisons et marchèrent jusqu'au barrage. Les gens formaient un petit train, chacun apportant quelque chose. Mme Livingstone leur criait des recommandations. Lucy était en tête et disait de sa voix éraillée :

– Par ici, par ici !

M. Livingstone, qui priait tout le monde de l'appeler Franck, étendit les couvertures au sommet d'une pente herbeuse qui descendait jusqu'au bord du lac.

Mme Livingstone sortit les sandwichs de leurs boîtes de plastique, ainsi que des sachets de chips. Elle avait confectionné un gâteau sur lequel était écrit « Joyeux anniversaire, Lucy », et elle n'avait pas oublié les bougies.

– Carole viendra peut-être plus tard, annonça Mme Livingstone.

Jennifer hocha la tête, mais elle savait que sa mère ne viendrait pas. M. Cottis était venu la chercher avec sa camionnette beaucoup plus tard que prévu. Quand il était enfin arrivé, Carole était énervée et s'était mise à chuchoter dans le couloir d'une voix qui sifflait comme une bouilloire. Mais elle parlait trop bas pour que Jennifer comprenne ce qu'elle disait. Quand Jennifer était sortie de sa chambre pour dire au revoir, la porte d'entrée s'était refermée bruyamment, et elle s'était retrouvée seule dans la maison, le bruit de la camionnette s'éloignant dans l'allée.

Elle n'espérait pas vraiment la voir venir. Elle n'imaginait pas sa mère assise sur une couverture, bavardant avec M. Livingstone. Elle ne l'imaginait pas mangeant des sandwichs et chantant « Joyeux anniversaire ». C'était une image qui n'arrivait tout simplement pas à se former dans sa tête. C'était aussi improbable que de voir sa mère mettre un tablier pour faire un gâteau qu'elle allait décorer avec les mots « Joyeux anniversaire, Lucy ».

Lucy avait une nouvelle robe. Elle était propre, sa peau était rose et brillante, ses cheveux fins attachés en queue-de-cheval. Elle leur parla de la carte que sa mère leur avait envoyée. Elle disait qu'elle allait bientôt rentrer à la maison. Jennifer hochait la tête avec enthousiasme, en disant « C'est bien ! », pour rattraper les paroles affreuses qu'elle avait prononcées quelques jours plus tôt. Les frères de Lucy portaient leur habituelle veste vert foncé et leurs grosses bottes. Stevie avait un pantalon de camouflage de l'armée, mais celui de Joe était d'un vert ordinaire. Lucy était folle de joie et elle n'arrêtait pas de tourner autour de la couverture pour changer de place. Ses frères paraissaient mal à l'aise, visiblement ils auraient préféré être ailleurs. Chaque fois qu'on demandait à Stevie s'il voulait quelque chose, il grommelait en secouant la tête. Joe se montrait plus poli et disait « Non merci, madame Livingstone » ou « Oui, merci, madame Livingstone ».

Michelle ne s'était pas mise en frais, elle portait les mêmes vêtements que la veille, comme si tout cela ne la concernait pas. Jennifer savait que c'était délibéré. Michelle adorait être bien habillée, mais elle n'avait pas voulu l'être pour Lucy.

Tout le monde but et mangea, puis Mme Livingstone alluma les bougies et ils chantèrent « Joyeux anniversaire ». Une fois le repas terminé, le père de Michelle se leva et exécuta quelques flexions de jambes.

– Qui a envie de faire une petite promenade ? proposa-t-il.

– Non merci, monsieur Livingstone, répondit Joe en boutonnant sa veste de l'armée jusqu'au cou comme s'il faisait un froid hivernal.

– Appelle-moi Franck, dit M. Livingstone.

Mme Livingstone se leva.

– Venez avec nous, vous trois !

Michelle secoua la tête, mais Lucy la rejoignit. Michelle regarda Jennifer en roulant les yeux. Jennifer était désemparée.

Elle voulait bien faire une promenade, mais elle ne voulait pas contrarier son amie.

– Quelles paresseuses vous faites toutes les deux ! s'exclama Mme Livingstone en s'éloignant à grands pas, Lucy à son côté et son mari en tête.

Jennifer et Michelle les regardèrent partir. Jennifer voulut faire une plaisanterie, mais le visage de Michelle se durcit tandis qu'elle avait les yeux rivés sur ses parents et Lucy, qui semblaient former une famille. Les frères bavardaient entre eux, à l'autre bout de la couverture. Brusquement, Stevie se coucha sur le dos, la tête par terre, et pointa ses grosses bottes vers le ciel. Joe se mit à rire comme si quelqu'un venait de dire une bonne blague.

– Qu'est-ce qui te fait rire ? demanda Michelle.

Il ne répondit pas et continua à s'esclaffer en hochant la tête. S'appuyant sur les coudes, Stevie lorgna les filles. À côté de celle de son frère, sa tête paraissait petite et osseuse, ses yeux étroits comme des fentes.

– Lui parle pas, baragouina-t-il.

– Pourquoi ?

Michelle s'agenouilla sur la couverture et redressa les épaules, prête à les affronter.

Au loin, ses parents ne formaient plus que deux minuscules silhouettes. Jennifer regretta de ne pas être partie avec eux. Elle n'aimait pas les frères Bussell. Ils avaient quelque chose d'inquiétant.

– Laisse, dit-elle, ce n'est pas la peine de discuter avec eux.

– « Ce n'est pas la peine de discuter avec eux », répéta Stevie. Il lui adressa un sourire enfantin, découvrant deux rangées de dents irrégulières.

– Il n'est pas très malin, ton frère, hein ? dit Michelle.

Les épaules de Jennifer s'affaissèrent. Pourquoi Michelle ne se taisait-elle pas ?

– Ferme-la, dit Stevie sans bouger un muscle. Sinon, je vais te la fermer moi-même.

– Je le dirai à ma mère.

– « Je le dirai à ma mère », répéta Stevie, imitant la voix de Michelle.

– Arrêtez ! cria Jennifer plus fort qu'elle l'aurait voulu.

Stevie tourna la tête vers elle. Il n'était plus en colère. Il y avait une drôle de lueur dans son regard, une lumière vacillante.

– Comment va ta mère ? demanda-t-il avec un sourire narquois.

– Elle va… elle va bien.

Jennifer haïssait son expression. Elle haïssait la façon dont il se vautrait en face d'elle, les jambes écartées, ressemblant à un Action Man démesuré dans son pantalon de camouflage.

– Sa mère est mannequin ! dit Michelle.

Jennifer aurait aimé qu'elle se taise. Pourquoi fallait-il qu'elle leur raconte ça ? Il s'agissait du travail de sa mère.

Elle-même n'allait pas raconter à tout le monde que la maman de Michelle était secrétaire.

– Mannequin ? C'est le nom qu'elle donne à son boulot ? dit Stevie.

– Mannequin ? répéta Joe.

– Qu'est-ce que vous voulez dire ? interrogea Michelle. Ça fait des années qu'elle est mannequin. J'ai vu ses photos, hein, Jennifer ? Elles ont même été publiées dans des magazines.

Jennifer hocha vaguement la tête. Le cœur n'y était pas. Elle lui avait montré le press-book de sa mère. Huit années de photographies. Des centaines au cours des premières années, et de moins en moins par la suite.

– Moi, je parierais qu'il y a eu autre chose que son visage, dans les magazines, dit Stevie.

– Un peu plus, ouais ! renchérit Joe en éclatant d'un rire monstrueux.

– Qu'est-ce que ça veut dire ? demanda Jennifer, bien qu'elle connaisse la réponse.

– Pourquoi il y a tous ces mecs qui viennent la voir chaque jour si elle est juste mannequin ?

Jennifer resta stupéfaite. Des mecs qui venaient la voir ? Qu'est-ce qu'il racontait ?

– Tu parles de M. Cottis ? C'est son agent. Et son photographe, tu me suis ?

– C'est le titre qu'il se donne ?

Jennifer regarda Michelle, qui paraissait aussi médusée qu'elle. Sa mère avait probablement des visiteurs, des photographes amateurs. Il fallait bien qu'elle prenne le travail quand on lui en proposait. C'était sa façon de recommencer à être mannequin. Jennifer le savait. Elle jeta un regard dédaigneux sur les frères Bussell. À eux deux, ils n'avaient même pas la moitié d'un cerveau. Stevie était toujours allongé sur le dos, une main posée sur son entrejambe. Joe la regardait, puis il détournait les yeux sur son frère, dont la main commençait à presser son pantalon de camouflage.

Elle se leva. Elle ne voulait pas rester ici. Au loin, elle vit M. et Mme Livingstone encadrant Lucy. C'était une belle image. Ils marchaient sous les arbres, au bord du lac miroitant. Elle aurait dû se joindre à eux. Ç'aurait été amusant. Mais elle était scotchée à la couverture, comme si on l'avait abandonnée sur un bateau au milieu du lac, et la voix de Michelle continuait à lui vriller les oreilles. Pourquoi parlait-elle sans arrêt ?

– Elle est belle, et elle finira par être sur la couverture d'un magazine. Et elle gagnera beaucoup d'argent. Hein, Jen, c'est vrai ?

Jennifer n'en pouvait plus. Elle avait une sensation nauséeuse. Le gâteau, les sandwichs et la boisson gazeuse gargouillaient dans son estomac.

– Ouais. Il y a des putes qui se font plein de fric.

Joe poussa encore un gros éclat de rire. Toujours allongé, Stevie fixa Jennifer tout en frottant son pantalon. Leur tournant le dos, elle s'éloigna et, après quelques pas, se mit à courir. Elle entendit vaguement la voix de Michelle.

– Jen, ne pars pas ! Je le dirai à mes parents, ne pars pas ! Je vais avoir des problèmes. Reste, ma mère va se faire du souci !

Mais elle continua. Sans un regard en arrière. Elle courut jusqu'à en avoir le souffle coupé. Elle dépassa le lac, les bois, les portails, et se retrouva sur le chemin, en direction des maisons.

17

Elle courait toujours quand elle entra chez elle par la porte de derrière, et la première chose qu'elle vit fut la valise à roulettes de M. Cottis, dans le couloir, sa poignée raide tournée vers le mur. Pendant une seconde, Jennifer resta interdite. Elle ne s'attendait pas à la trouver ici. Elle s'approcha de l'escalier et regarda en haut. Il faisait aussi noir qu'en pleine nuit. À l'étage, toutes les portes étaient fermées. Seuls quelques sons très faibles lui parvenaient : des murmures, une chaise qui raclait le sol, le craquement d'un lit. Sa mère était là-haut, et elle avait fait monter M. Cottis avec elle.

Jennifer était épuisée. Elle n'avait pas la force de grimper l'escalier, de pousser la porte de la chambre pour vérifier que l'appareil photo était bien là, ainsi que les gros projecteurs, et M. Cottis avec son rouleau de pellicule. Parce que sa mère n'était pas une prostituée. Non, elle ne l'était pas, elle était mannequin. Tournant le dos à l'escalier, Jennifer entra dans le salon et prit dans le placard le press-book, un gros classeur en cuir rempli de photos. Elle s'allongea par terre et l'ouvrit. Les premières photos dataient d'avant sa naissance. Sa mère (simplement nommée « Carole, 16 ans, d'Ipswich ») était en short et T-shirt sur une plage, le dos tourné à la mer, qui venait se fracasser sur la grève. Ses cheveux s'agitaient au vent, ses dents blanches contrastaient avec sa bouche parfaitement peinte. Comme elle était belle !

Après la naissance de Jennifer, il n'y avait que des photos professionnelles. Carole Jones en robe du soir, un boa en plumes autour du cou, ou en tailleur de ville, avec des lunettes cerclées de noir, qui lui donnaient l'air sérieux d'une femme d'affaires ; en jean et chemisier à carreaux, comme une fermière américaine, les cheveux coiffés en couettes de chaque côté du visage. Des dizaines de photos de catalogue : sa mère en robe de prêt-à-porter, en vêtements ordinaires, en chemise de nuit, en tenue de sport. Elle s'arrêta sur un cliché où Carole apparaissait en combinaison de ski rose, sur fond de montagne enneigée et de remonte-pente. Ce n'était pas un décor naturel, sa mère n'avait jamais fait de ski. Elle ferma les yeux un instant et resta assise dans une immobilité de statue, laissant un souvenir revenir, comme un oiseau lointain s'approchant très lentement, et soudain elle sut ce que c'était. Macy dans ses vêtements de ski. Son adorable Macy, « mannequin international ». Maintenant, la poupée était rangée dans une boîte en carton, en haut de l'escalier. Michelle disait que la boîte ressemblait à un cercueil. À cette pensée, une chape de plomb lui tomba sur le cœur, comme si elle était responsable de la mort de Macy. Mais elle n'y était pour rien.

Elle reporta les yeux sur le press-book. Bien qu'il n'y eût pas de photos récentes de Carole Jones, elle avait la certitude absolue que sa mère était encore mannequin. Pas prostituée. Mannequin.

Dans le couloir, la valise était là, avec ses arêtes carrées. M. Cottis avait-il des photos de sa mère ? Des photos récentes ? Il était son agent. Il devait en montrer à des personnes susceptibles de lui donner du travail. Elle savait bien que ça se passait de cette façon. Elle abandonna le press-book ouvert sur le plancher et se dirigea vers la valise. Elle était fermée par un Zip qui en faisait le tour. Jennifer s'accroupit et, pendant une seconde, elle fit aller et venir la fermeture avant de la tirer tout du long, et la valise s'ouvrit, béante. Un sachet en plastique s'en échappa et glissa sur le carrelage de l'entrée. À l'intérieur se trouvaient des enveloppes de papier brun. En grand nombre. Des mots y étaient inscrits à la main : « Années cinquante », « Marin », « École », « Méchante fille ». Elle prit celle marquée « École » et l'ouvrit. Quelques photos tombèrent par terre mais il faisait trop sombre pour qu'elle puisse les voir, aussi les réunit-elle et les emporta-t-elle dans le salon, où elle les posa près du press-book.

Dès le premier coup d'œil, elle tressaillit. Une photo puis une autre. Sa mère étendue sur le lit, une cravate d'écolière autour du cou, des livres et des papiers éparpillés autour d'elle. Sans aucun vêtement. Gênée, Jennifer détourna les yeux. Puis elle les reporta sur la photo. Elle avait déjà vu sa mère sans vêtement. Elle était mince, elle avait de petits seins et une rose tatouée sur une épaule. Elle l'avait regardée sortir du bain, traverser le palier en courant, se contempler dans le miroir. Elle avait vu sa mère nue. Mais jamais comme ça. Jamais.

Un coup frappé à la porte la fit sursauter. Elle fourra les photos dans l'enveloppe et se releva vivement, la gorge nouée par un sentiment de culpabilité. Elle se sentait voleuse dans sa propre maison. Retournant dans l'entrée, elle aperçut derrière la porte une tête et des épaules en ombres chinoises. Elle s'agenouilla et, les mains tremblantes, enfourna l'enveloppe dans la valise, qu'elle referma. En haut de l'escalier, une porte s'ouvrit. Elle entendit la voix de sa mère. Elle se redressa et resta près de la valise, comme une sentinelle censée la garder, la protéger. Elle avait reconnu la silhouette, de l'autre côté de la porte. Celle de Mme Livingstone. Ses cheveux s'agitaient derrière sa tête. Et elle levait toujours les yeux, comme si elle regardait constamment un objet placé en hauteur sur une étagère.

Un bruit de pas résonna dans l'escalier.

– Une minute !

C'était sa mère. Une seconde plus tard, elle était là, au milieu de l'escalier. Tout en attachant son peignoir, elle jeta un coup d'œil en biais à Jennifer. Avec ses cheveux collés sur son crâne, on aurait dit qu'elle venait de se lever. Comme elle était différente des photographies !

Elle retint un bâillement.

– Que se passe-t-il ? demanda-t-elle. Je te croyais au pique-nique.

Un autre coup à la porte retentit, plus fort, impatient, presque coléreux.

– Carole, êtes-vous là ? Carole ?

Sa mère se dirigea vers la porte en traînant les pieds. À l'étage, Jennifer entendit quelqu'un bouger, la porte de la salle de bains s'ouvrir et se refermer. Elle entra dans le salon, hors de leur vue, loin de l'entrée et de la valise à roulettes qui contenait les terribles photos.

Elle entendit la porte d'entrée s'ouvrir.

– Jennifer est-elle là ? Elle est partie en courant.

La voix de Mme Livingstone se brisa. Elle semblait sur le point de pleurer.

– Nous sommes partis faire une courte promenade. Elle était avec les autres sur le lieu du pique-nique. Quand nous sommes revenus, elle n'y était plus.

– Remettez-vous… Elle est là.

C'était la voix de sa mère. Les deux femmes traversèrent le couloir en direction de la cuisine. Jennifer resta derrière la porte du salon pour épier leur conversation, dont elle ne capta que quelques bribes.

– Je croyais qu'elle s'était perdue… Michelle a parlé d'une dispute… Ces frères Bussell… Nous l'avons cherchée… Nous ne savions pas ce qui était arrivé.

Sa mère parlait plus fort.

– Calmez-vous. Jennifer en a probablement eu assez… Elle est comme ça. Souvenez-vous du jour où j'ai dû aller à l'école parce qu'elle s'était enfuie. Elle est écervelée, elle ne réfléchit pas… Je lui parlerai.

Elle ferma la porte de la cuisine, et les voix furent trop assourdies pour que Jennifer puisse entendre. Un bruit d'eau et le cliquetis des tasses lui indiquèrent que sa mère préparait du thé pour Mme Livingstone. Puis des pas se firent entendre dans l'escalier, vifs et précis, et si légers qu'ils auraient pu être ceux d'un enfant. En ouvrant la porte, elle vit M. Cottis penché sur sa valise, dans laquelle il introduisait quelque chose. Il portait son fourre-tout à l'épaule. Le sac glissa brusquement le long de son bras, et

M. Cottis parut vaciller quand il le rattrapa tout en retournant la valise.

– Quel idiot ! marmonna-t-il.

Jennifer l'observait. C'était bizarre, ce crâne chauve, pareil à une tête de bébé. Pour une fois, M. Cottis ne portait pas ses lunettes. Ses yeux larmoyants ressemblaient à des billes de verre colorées.

Une seconde plus tard, il n'était plus là. La porte d'entrée se referma sans bruit sur lui. Apparemment, il savait s'y prendre pour entrer et sortir furtivement d'une maison. Comme un cambrioleur. Comme s'il était entré chez elles pour leur voler quelque chose.

Plus tard, quand Mme Livingstone fut partie, la mère de Jennifer entra dans le salon.

– Cette femme est incroyable, dit-elle en se laissant tomber près d'elle sur le canapé.

Jennifer ne savait pas quoi dire. Avait-elle des problèmes pour être partie du barrage en courant ?

– Je suis censée te faire des reproches, ma chérie. Tu ne dois pas partir toute seule, et tout le bazar. Le problème, avec tous ces gens, c'est qu'ils couvent trop leurs enfants. Mais toi, tu es capable de te débrouiller par toi-même, non ?

– Je croyais que tu viendrais au pique-nique de Lucy.

– Je voulais y aller, mais j'ai été retenue. Et en rentrant, j'avais mal à la tête. Tu me connais !

Jennifer ne répondit pas. Ce n'était qu'un mensonge de plus. Elle saisit la télécommande et appuya sur une touche.

Elle reçut un appel téléphonique de Michelle. C'était étonnant. En général, Michelle venait la voir si elle avait quelque chose à lui dire.

– Je n'ai pas le droit de sortir. Ma mère est furieuse à cause du pique-nique !

– Désolée, dit-elle d'une voix sèche.

– Ce n'est pas ta faute. C'est à cause des deux frères. Stevie est vraiment dégoûtant, et Joe est un crétin. Même Lucy est d'accord avec moi.

Jennifer releva les sourcils. Elle imagina Lucy assise à côté de Michelle. La fillette accepterait n'importe quoi pour que Michelle soit gentille avec elle.

– J'ai pensé à une façon de leur faire une vacherie.

– Ah oui ? dit-elle sans enthousiasme.

– Lucy connaît leur coin secret. Tu sais qu'il est près du barrage ?

– Et alors ?

– C'est les vacances, et demain maman les emmène voir leur mère à l'hôpital. Dès qu'ils seront partis, nous pourrons aller là-bas.

Jennifer attendit que Michelle aille au bout de ce qu'elle avait à lui dire.

– Qu'est-ce que tu en penses ?

– Nous n'avons pas le droit d'aller au barrage toutes seules, objecta-t-elle.

Elle avait parlé sans réfléchir. Michelle n'en avait peut-être pas le droit, mais elle, elle pouvait y aller quand elle voulait. Sa mère n'en perdrait pas le sommeil.

– Personne ne le saura. Ma mère va s'absenter pendant plusieurs heures. Nous pouvons aller saccager leur repaire, ils ne pourront pas deviner que c'est nous, insista Michelle.

– C'est une idée de Lucy ?

– Euh, pas exactement. Elle veut nous montrer leur repaire. Elle ne sait pas ce que nous allons faire.

– Mmm…

Jennifer soupira. Ce n'était pas un projet très exaltant. Elle n'aimait pas les frères Bussell, mais elle n'avait franchement pas envie de jouer à la guerre. Ils étaient trop bêtes pour qu'on s'intéresse à eux.

– Il faut que je te laisse, maman est dans l'escalier. Lucy et moi, on viendra te chercher demain matin, dès qu'ils seront partis, dit Michelle.

Carole entra dans la chambre de Jennifer alors qu'elle se mettait au lit. Elle serrait un sac en plastique contre sa poitrine. Jennifer s'immobilisa et attendit. Sa mère ne venait presque jamais dans sa chambre.

– Jenny, ma chérie, j'ai une surprise pour toi.

Elle s'assit sur le bord du lit et Jennifer se redressa, le dos calé contre les oreillers. Hésitante, sa mère lui adressa un sourire fugitif. Elle semblait chercher ses mots.

– M. Cottis pense que ce serait une bonne idée de prendre des photos de la mère et de la fille. Pour notre album de famille. Il trouve que tu me ressembles.

Jennifer fronça les sourcils. Elle n'aimait pas entendre parler de M. Cottis. Elle n'aimait pas savoir qu'il parlait d'elle. De plus, elle n'avait jamais entendu dire qu'elle ressemblait à sa mère.

– Il veut prendre quelques photos de nous... de toi... de nous deux ensemble.

– Pourquoi ?

Sa mère répondit rapidement, les mots se bousculaient parfois.

– Un portrait de famille... quelques clichés de toi... en uniforme scolaire... pour un projet de magazine sur lequel il travaille... Tu n'auras rien à faire... qu'à rester tranquille... sourire quand il te le demandera... jouer un peu... Ce ne sera pas long...

Jennifer l'écoutait distraitement. Elle avait mal à l'estomac en se rappelant les photos dans la valise. Sa mère, le mannequin qui avait toujours le sourire, vêtue seulement d'une cravate d'écolière. M. Cottis avait pris les photos dans sa chambre et il avait apporté des objets bidon : des livres, des règles, un globe... des objets prétextes.

Il avait joué à faire semblant avec sa mère. L'idée que des adultes pouvaient jouer à des jeux d'enfants la mettait mal à l'aise. Elle avait les mains moites. Elle repoussa son duvet. Ses jambes fines apparurent sous ses yeux, lignes droites le long du lit.

Sa mère parlait encore.

– Il te donnera un peu d'argent… et il te demandera peut-être de bien t'habiller… juste pour s'amuser… S'il y a quelque chose que tu n'as pas envie de faire, tu n'y seras pas obligée… Mais il faudra garder le secret… tu es trop jeune pour être mannequin… Ce sera notre secret, personne ne le connaîtra…

Elle n'aimait pas M. Cottis, sa tête était trop brillante et ses yeux ressemblaient à du verre embué. Il prenait d'autres personnes en photo, qu'il gardait dans des enveloppes marron. C'était une espèce de voleur. Elle ne voulait pas qu'il lui vole son image.

– Je n'ai pas d'uniforme scolaire, objecta-t-elle.

– Oui, mais M. Cottis en a apporté un. Tu pourras le porter pour poser.

Une blouse et une cravate blanches tombèrent du sac. Suivies d'une veste et de hautes bottes bleu marine, puis d'une jupe plissée et de chaussettes blanches. Sa mère les lui montra l'une après l'autre. La cravate avait des rayures, comme sur les photographies.

– Je ne veux pas, dit abruptement Jennifer.

Carole parut surprise. Apparemment, c'était la dernière réaction à laquelle elle s'attendait.

– Mais je croyais que ça te plairait. Ce sera ton premier travail de mannequin. Plus tard, tu pourras continuer comme moi. Devenir un top-modèle. Et paraître sur les couvertures de magazines !

– Je ne veux pas être mannequin !

D'une main, elle repoussa les vêtements pour ne pas les sentir contre elle.

Sa mère prit une profonde inspiration.

– Écoute, Jen, j'ai besoin que tu acceptes. M. Cottis est un homme très influent et si je ne… si tu ne fais pas ces photos, il risque de me laisser tomber. Il y a des milliers de mannequins qui aimeraient travailler avec lui. Ça ne prendra qu'une heure. Pas plus. Et je resterai constamment près de toi.

Rivant les yeux dans ceux de sa mère, Jennifer essaya de soutenir son regard, de la garder là, assise sur le lit, de lui dire la vérité, de lui raconter ce qu'elle avait vu. Mais sa mère baissa les paupières et se mit à tripoter les vêtements.

– Il vient demain à midi. Je veux que tu le fasses, et je serai avec toi. À midi. Sinon, je n'aurai peut-être plus de travail, et tu sais ce que ça signifie.

Elle parlait toujours si doucement, avec des paroles de velours. Mais ces paroles avaient un sens caché, dur comme de petits cailloux. Sa mère risquait de perdre son travail. Il n'y aurait plus de rentrées d'argent, et Jennifer risquait de se retrouver chez sa grand-mère ou, pire encore, dans un foyer d'accueil.

– À midi. Tout ira bien, tu verras. Ce sera amusant. Bonne nuit, ma chérie.

Quand la porte se referma et que les pas de sa mère s'évanouirent, Jennifer se leva et s'approcha de la penderie. En bas, il y avait une boîte à chaussures et, à l'intérieur, se trouvait Macy. Elle sortit la vieille poupée et l'emmena dans son lit. Macy était sale, elle avait des vêtements miteux, et il lui manquait des cheveux là où elle l'avait coiffée un peu trop souvent. Mais cela n'avait aucune importance. Elle se mit au lit et allongea la poupée près d'elle.

18

Elles marchaient depuis cinq minutes à peine quand Michelle se mit à lui poser une foule de questions. C'était une journée désagréable, à la fois fraîche et chaude. Un vent aigre les frappait en plein visage, les poussait tantôt de côté tantôt en avant le long du chemin qui menait au barrage. Les nuages filaient dans le ciel, et lors de ses brèves apparitions le soleil était brûlant et aveuglant.

– J'ai trop chaud, se plaignit Michelle. Lucy, tu vas être mon esclave aujourd'hui, tu vas porter mon pull-over.

Elle l'ôta de sa taille et le drapa sur les épaules de la fillette. Lucy, qui avait les yeux ensommeillés bien qu'il fût dix heures passées, noua les manches autour de son cou. Levant la main devant les yeux pour se protéger de l'éclat du soleil, elle sourit à Jennifer. Puis Michelle changea d'idée.

– J'ai froid, esclave, dit-elle en adressant un sourire suffisant à Jennifer. Rends-moi mon pull.

Lucy enleva le pull.

– Tiens, dit-elle.

– Tiens… ? demanda Michelle

– Tiens, maîtresse, répondit Lucy.

– C'est idiot, dit Jennifer.

Elle se sentait brusquement agacée. Elle aurait dû être habituée aux petites imbécillités de son amie.

– Tout va bien. Nous jouons toujours à ce jeu, hein, Lucy ? dit Michelle.

Lucy hocha la tête. Jennifer remarqua qu'elle portait de nouveau la robe qu'elle avait le jour du pique-nique, avec des baskets éculées. Elle avait les jambes nues. Bien qu'elle eût un pull noué autour de la taille, elle semblait frigorifiée, ses bras avaient la chair de poule. Mais apparemment, ça ne la dérangeait pas. Quant à Michelle, elle s'était bien habillée. Elle portait un jean fraîchement lavé et un T-shirt arborant le mot « Babe ». Son pull rose foncé fermé par un Zip était neuf, lui aussi.

Jennifer avait à peine fait attention à ce qu'elle s'était mis sur le dos. Le sac qui contenait l'uniforme scolaire était relégué dans un coin de sa chambre, aussi loin que possible de son lit. Elle l'avait jeté là pour ne plus l'avoir sous les yeux, mais il avait plusieurs fois attiré son regard. Même quand la chambre était plongée dans l'obscurité, et que sa mère lui avait crié « Bonne nuit, ma chérie », elle avait tourné les yeux vers lui et elle avait deviné son horrible forme avachie.

À son réveil, la pièce était grisâtre, la lumière du jour se forçant un passage à travers les rideaux. Jennifer était sortie dans le couloir pour jeter un coup d'œil dans la chambre de sa mère. Carole était étendue à demi découverte, un pied dépassant des draps. Silencieusement, Jennifer s'était approchée du lit pour remettre le duvet en place. Sa mère avait remué la tête, puis elle était restée immobile. Avant de sortir de la chambre, Jennifer avait revu le globe posé sur la commode.

Elle l'avait examiné de près. Comment M. Cottis l'avait-il apporté ici ? Il paraissait trop gros pour entrer dans sa valise ou dans son fourre-tout. Jennifer l'avait effleuré du bout des doigts et elle avait regardé les pays défiler lentement sous ses yeux. À quoi pouvait-il lui servir ?

– Jen ?

Sa mère avait la voix lourde de sommeil.

– Tu veux une tasse de thé ? avait demandé Jennifer en s'approchant du lit.

Carole avait secoué la tête, faisant glisser ses cheveux sur l'oreiller. Jennifer s'était tournée vers la porte, mais sa mère lui avait parlé d'une voix chevrotante de fatigue.

– N'oublie pas la séance de photos à midi. Prends un bain, il faut que tu sois la plus belle possible.

Sans rien dire, Jennifer était sortie de la chambre, les jambes lourdes comme du plomb.

Sur le sentier, elle laissa les autres marcher en tête. Cette virée au barrage ne l'emballait pas, et elle n'était pas spécialement impatiente de découvrir le repaire des frères Bussell. Mais au moins, cela lui permettait de faire quelque chose, de se balader avant d'affronter M. Cottis à midi. Devant elle, elle voyait le portail du barrage, et Lucy, qui parlait de son sujet favori, les chats sauvages. Michelle était déchaînée.

– Ne t'approche pas trop d'eux, dit-elle d'une voix forte.

Lucy marmonna quelque chose que Jennifer ne comprit pas. Michelle continua :

– Parce qu'ils détestent les gens. Ils leur reprochent d'avoir fait venir l'eau et de les avoir presque tous noyés. Ne les regarde pas en face, ils pourraient t'arracher les yeux.

– Arrête de dire ça ! intervint Jennifer.

Michelle l'horripilait. Elle prétendait tout savoir et elle était autoritaire avec Lucy. Elle avait mis des habits neufs, alors qu'elle n'avait pas fait le moindre effort pour l'anniversaire de la fillette.

– Pourquoi ? C'est la vérité.

– C'est la vérité. C'est pour ça que Stevie les chasse ! renchérit Lucy.

Ouvrant de grands yeux, elle parlait très sérieusement. Jennifer poussa un soupir exaspéré. C'était dingue, il s'agissait de chats, pas de tigres ! Elle les dépassa, franchit le portail du barrage et emprunta le sentier sinueux d'un pas rapide pour prendre quelque distance avec elles.

Elle regarda l'endroit où elles avaient pique-niqué, la veille, de l'autre côté du lac. L'image de Stevie Bussell étendu sur la couverture lui revint en mémoire. Ses bottes paraissaient trop grandes pour lui, et il avait posé la main sur son entrejambe d'une façon répugnante, tout en la regardant d'un air mauvais. Il avait prononcé des mots terribles au sujet de sa mère. Mais qui pourrait le croire ?

Lui et ses vêtements bizarres, son repaire dans les bois, ses fusils pour tuer les chats sauvages. Comment avait-il pu traiter sa mère de prostituée ? Où était-il allé chercher cette idée ?

— JJ, ne va pas si vite ! cria Michelle en courant pour la rattraper.

Lucy arriva derrière elle, les joues rouges, le regard lointain. Elle semblait penser à autre chose, aux chats peut-être. L'espace d'une seconde, Jennifer lui trouva la même expression que son frère.

— Arrive, esclave ! Suis-moi ! cria Michelle.

Elles cheminèrent un moment côte à côte, en suivant les méandres du sentier au bord du lac ou à travers les bosquets. Elles passèrent par de petits bois, dont les jeunes arbres avaient une écorce douce comme la soie et des branches fines qui évoquaient des bras de jeunes filles. Lucy se retournait de temps à autre et Michelle lui donnait un ordre d'une voix amicale. Ce n'était qu'un jeu. Elles faisaient semblant. Michelle n'était pas vraiment autoritaire avec Lucy. Elles s'amusaient. Elles croisèrent des gens qui promenaient leurs chiens. C'était un lundi matin, mais personne ne les regardait avec étonnement. Trois filles se promenant autour du barrage. Après tout, elles étaient en vacances. En ville, l'école était déserte ; la seule chose qui bougeait dans la cour de récréation, c'étaient les enveloppes de bonbons soulevées et déposées plus loin par la brise.

Sur le lac, quelques bateaux fendaient l'eau, leurs voiles gonflées. Quand le soleil fit son apparition, le lac se mit à scintiller et les voiliers semblèrent glisser à la surface. Puis les nuages cachèrent le soleil, et bientôt les bateaux ralentirent et se balancèrent sur les rides noirâtres.

Le sentier formait une fourche. D'un côté il contournait le lac, de l'autre il grimpait sur une côte en s'éloignant de l'eau. Un panneau de deux mètres de longueur indiquait : « Reconstruction du parc de Woodland. Accès interdit au public ».

– Allons par là, dit Lucy, ignorant le panneau.

Jennifer fit une pause. Elles n'avaient pas le droit. Si quelqu'un les voyait, elles auraient des ennuis. Elle consulta sa montre. Presque onze heures. Cela faisait une heure qu'elles marchaient autour du lac. Si elles continuaient, elle ne reviendrait pas à temps pour M. Cottis.

– Viens, dit Michelle.

Elle lui donna le bras et l'entraîna.

Et tout à coup, Jennifer eut une idée. Pourquoi rentrer ? Pourquoi ne pas rester dehors toute la journée ? Cela lui permettrait d'éviter M. Cottis, et elle ne serait pas obligée de revêtir cet uniforme ridicule pour poser devant lui. Soudain plus détendue, plus légère même, elle reprit sa marche. C'était tout simple. Pourquoi n'y avait-elle pas pensé plus tôt ? Elle n'était pas obligée de rentrer à la maison et de se faire prendre en photo !

Tournant le dos au lac, les trois amies gravirent le chemin et pénétrèrent dans un autre bois. Les arbres étaient plus grands, plus vieux, plus denses. Ils devaient être là depuis plus longtemps que le lac. Les branches se rejoignaient au-dessus de leurs têtes, masquant une grande partie du ciel. Jennifer se sentit séparée du monde, dans un univers différent. Sa démarche était devenue plus souple. Si elle rentrait tard à la maison, M. Cottis ne voudrait peut-être plus la photographier.

– C'est ici, annonça Lucy en s'arrêtant.

Elle indiqua du doigt un passage entre les arbres, qui redescendait vers le bord du lac.

Les trois filles s'éloignèrent du chemin, en levant les pieds très haut pour éviter les orties, les branches mortes qui craquaient et les buissons d'épineux.

Il faisait sombre, le sol devenait humide et leurs pieds s'enfonçaient dans des flaques boueuses.

– Oh non, gémit Michelle en levant un pied.

Sa basket blanche était couverte de boue.

– On y est presque, dit Lucy.

Émergeant du sous-bois, elles arrivèrent sur une arête rocheuse qui surplombait l'eau profonde.

– Où sommes-nous ? demanda Jennifer.

Au lieu d'atteindre la berge, comme elle l'avait espéré, elle vit le lac en contrebas, irréel comme une vue de carte postale parsemée d'embarcations. En face d'elle, l'eau ne présentait pas la même apparence, elle était calme et profonde, presque noire. Elle avait la largeur d'une petite rivière. La rive opposée était assez proche pour qu'on puisse y lancer un caillou.

– Je ne me souviens pas de cet endroit, dit Michelle, les yeux rivés sur sa chaussure boueuse.

– C'est Stevie qui l'a trouvé. Personne d'autre ne vient ici.

– Où est leur repaire ? demanda Jennifer en regardant autour d'elle, s'attendant plus ou moins à voir une petite construction de bois ou une grotte.

– Là, dit Lucy.

Elle grimpa sur des rochers et leur fit signe de la suivre.

– Attention, les pierres sont glissantes, et il y en a qui bougent.

Derrière deux énormes rochers se trouvait un amoncellement de branches, dont les feuilles flétries étaient sèches et craquantes. Lucy entreprit de les enlever une à une. Jennifer fut frappée d'admiration. Les frères Bussell avaient-ils construit un repaire souterrain ?

– Ici, dit Lucy, un peu essoufflée.

Elle écarta les branches derrière elle. En arrivant aux deux dernières, elle s'assit. Sous les feuillages, elles aperçurent une grande boîte en fer.

– Où est le repaire ? demanda Michelle.

– C'est ça.

Lucy tira les dernières branches. Le trou mesurait environ soixante centimètres de profondeur. La boîte en fer était posée au fond, les coins aplatis. Elle devait mesurer trente centimètres de largeur sur soixante centimètres de longueur. Jennifer ne voyait pas très bien, mais la boîte paraissait profonde et devait contenir pas mal de choses.

– Ce n'est pas un repaire, dit Michelle avec dédain.

– Attends de voir ce qu'ils gardent là-dedans ! dit Lucy.

Elle s'agenouilla et attrapa des deux mains la poignée latérale de la boîte, qu'elle tira de toutes ses forces. Jennifer contourna le trou et poussa par-dessous. Un bref instant, ses pieds glissèrent et une pierre instable se détacha.

– C'est une boîte, ce n'est pas un repaire ! Un repaire, c'est un endroit pour dormir et manger, ce n'est pas une boîte stupide !

Jennifer et Lucy se débattirent avec la boîte pour l'extraire du trou, puis elles la posèrent entre elles. Elle était un peu de travers, le couvercle légèrement défoncé, ce que Jennifer n'avait pas vu tout de suite. Essoufflée, Lucy s'empressa de l'ouvrir. Elle contenait des gourdes pour garder de l'eau, des conserves de haricots et de saucisses de Francfort, deux sacs de couchage posés sur un rouleau de cordes. Il y avait un assortiment d'outils : un tournevis, un marteau, un cutter et une batte de base-ball. Elles sortirent les objets les uns après les autres, les jetant derrière elles ou sur le côté. Assise sur une pierre, Michelle frottait sa chaussure sale. Au fond de la boîte, elles virent une pochette fermée par un Zip.

– Où est le fusil ? demanda Jennifer.

– Ils ne le laissent pas ici, c'est trop dangereux.

– S'ils en ont vraiment un ! dit Michelle, sarcastique.

– Si, Stevie a un fusil !

Déçue, Jennifer s'assit. Elle n'était pas passionnée par cette expédition, mais elle avait au moins espéré trouver quelque chose d'intéressant. Elle prit la pochette et l'ouvrit, puis elle la retourna et en fit tomber le contenu sur le sol caillouteux. Il y avait un peu d'argent, surtout des pièces, et deux briquets. Sentant quelque chose à moitié collé à l'intérieur, elle introduisit ses doigts et retira deux photographies. Elles étaient dans le mauvais sens et il lui fallut un moment pour comprendre de quoi il s'agissait. Un visage qu'elle connaissait. Deux photographies de sa mère, allongée sur un canapé, entièrement nue. Elle serrait un ours en peluche contre sa joue. Sa mère. Nue. Un jouet d'enfant contre sa peau. Cela ne paraissait pas bien. Ce n'était pas beau. Elle garda les photos dans les mains pendant un moment qui lui parut très long. Ses doigts tremblaient, elle avait l'esprit vide. Tournant la tête vers elle, Lucy émit un petit bruit de gorge, qui ressemblait à une exclamation.

– Qu'est-ce que c'est ? demanda Michelle, qui semblait s'ennuyer.

– Où ton frère a-t-il trouvé ça ? murmura Jennifer.

– Je n'en sais rien, répondit Lucy d'une voix presque inaudible en détournant les yeux.

Elle savait. Jennifer le lisait sur son visage. Elle savait ! Elle était au courant pour sa mère, les photos en uniforme scolaire, et le répugnant M. Cottis.

– C'est pour ça que ton frère a dit que ma mère était une prostituée ? demanda Jennifer à voix haute.

Michelle s'arrêta de gratter sa chaussure.

– Je ne sais pas, répondit Lucy en s'éloignant un peu de la boîte et du matériel éparpillé sur les pierres.

Elle mentait.

– Tu as pris ces photos ? Tu les as volées chez moi ?

– Mais non !

– Si, tu les as prises et tu les as données à tes imbéciles de frères. C'est pour ça qu'ils ont traité ma mère de prostituée. Mais ce n'est pas vrai, elle est mannequin. Ces photos sont…

Lucy haussa les épaules et son expression changea. Maintenant, elle paraissait plus incrédule que craintive. Visiblement, elle ne croyait pas Jennifer, elle la trouvait ridicule. Pendant une seconde, Jennifer reconnut cette expression, la même que celle du frère de Lucy, à la fois fuyante et ironique. Dans les yeux de Lucy rivés sur elle, c'était la même lueur, qui vacilla quelques secondes avant de disparaître pour faire place à l'expression de la petite souris.

– Quelles photos ? demanda Michelle en les prenant des mains de Jennifer. Oh !...

– Tu les as volées dans ma maison, tu n'avais pas le droit de faire ça !

Lucy se leva, trébucha sur les pierres inégales.

– Je ne les ai pas volées, dit-elle d'une voix couinante en s'éloignant.

– Si, tu les as volées, sinon comment ton frère pourrait-il les avoir ?

– C'est oncle Kenny qui les lui a données.

– Oncle Kenny ? Qui est-ce ?

– Kenny Cottis. Mon oncle Kenny.

Jennifer resta sans voix. Elle avait brusquement le souffle court de quelqu'un qui vient de faire une course de fond. Kenny, l'oncle de Lucy ?

– Ce photographe est ton oncle ? dit Michelle, en regardant toujours les clichés.

– Il n'est pas photographe. Il fait des photos mais ce n'est pas son travail.

– Tu n'as pas d'oncle. Ma mère m'a dit que tu n'avais pas d'autres parents, c'est pour ça que tu es venue chez nous.

– Ce n'est pas vraiment mon oncle, c'est l'ami de ma mère, mais je l'appelle toujours… oncle Kenny…

Lucy avait reculé jusqu'au bord des rochers.

– M. Cottis est… l'ami de ta mère ?

Jennifer n'en croyait pas ses oreilles. Ce n'était pas possible. M. Cottis était un vrai photographe, il avait un équipement, des appareils photo, des spots. C'était l'agent de sa mère. Il devait même la photographier elle-même aujourd'hui, à midi. Les vêtements l'attendaient dans un sac. Tout ce qu'elle aurait à faire serait de les enfiler, et de poser devant lui.

– Tu parles d'un oncle ! dit Michelle. C'est un vieux cochon ! Il aime bien photographier les gens tout nus. C'est dégoûtant.

S'approchant de Lucy, Jennifer la regarda droit dans les yeux. M. Cottis était probablement allé chez elle et il avait dû montrer les photographies à Stevie et Joe. Il avait dû aussi se vanter qu'il allait la photographier.

– Je n'ai jamais pris ces photos, parole ! dit Lucy en s'écartant.

Elle avait de nouveau cette expression. C'était Stevie, lubrique, concupiscent, s'excitant pendant qu'il regardait la photo de sa mère. Ce n'était plus Lucy, mais son frère, méprisable. Jennifer leva les deux mains pour le repousser, pour le faire disparaître de sa vue. Elle avança et poussa rudement Lucy, qui chancela sur l'arête rocheuse et tomba dans l'eau à la renverse.

– Oh non ! s'écria Michelle.

Elle s'approcha du bord et regarda Lucy, dont la tête émergeait de l'eau. La fillette poussa un cri et disparut de nouveau sous la surface. Le visage de Jennifer était figé comme de la pierre, ses lèvres étaient incapables de remuer.

– Qu'est-ce que tu as fait ?

Michelle saisit fermement Jennifer par le bras. Jennifer tourna les yeux vers elle. Choquée, Michelle la regardait bouche bée, mais son regard luisait d'excitation.

19

Lucy refit surface. Ses bras surgirent et elle se débattit un instant avant de disparaître de nouveau.

– Ses vêtements sont trop lourds, dit Michelle. Ils l'entraînent vers le fond.

Mais Lucy réapparut encore et se mit à nager comme un chien, la bouche ouverte, toussant, recrachant l'eau, les yeux arrondis de terreur. Figée sur place, Jennifer la voyait haleter, s'étouffer. L'eau calme n'avait pas une ride. Lucy tendit les bras vers la berge, avalant de pleines gorgées qui noyaient ses paroles. Prise de vertige, Jennifer faillit s'évanouir. Elle se tourna vers Michelle, qui regardait, les bras croisés. Pourquoi n'y avait-il personne pour aider Lucy ?

Faisant volte-face, Jennifer parcourut des yeux le matériel étalé sur les pierres. Elle fit un effort pour repousser cette sensation de vertige et alla chercher la corde qu'elles avaient sortie de la boîte en fer quelques instants plus tôt. Elle déroula le paquet.

– Prends ça ! dit-elle d'une voix sèche.

Michelle haussa vaguement les épaules. D'un air résigné, comme si elle trouvait cela inutile, elle saisit le bout qu'elle lui tendait. Jennifer s'approcha du bord des rochers et cria aussi fort qu'elle put, la voix brisée.

– Lucy, attrape la corde ! Lucy, la corde !

Elle la jeta dans l'eau, tout près de la fillette, qui continuait à se débattre. Lucy la vit et leva un bras en battant frénétiquement l'eau avec l'autre main.

La corde était tombée à quelques centimètres, mais elle ne parvint pas à l'atteindre. Jennifer la fit remonter. Elle en prit l'extrémité et, levant la main au-dessus de sa tête, elle la lança avec toute l'énergie dont elle était capable. La corde passa près de Lucy et retomba sur l'eau. La petite fille ne l'avait pas vue. Elle agitait les bras plus faiblement. Elle commençait à être fatiguée. Elle avait de l'eau jusqu'au menton et ses yeux paraissaient vitreux, distants.

– Derrière toi ! cria Jennifer. La corde est derrière toi !

– Lucy, Lucy, regarde derrière toi !

Jennifer entendit la voix de Michelle se joindre à la sienne, et ensemble elles crièrent de plus belle. Lucy finit par se ressaisir et tourna la tête. Elle parvint désespérément à saisir la corde, d'abord d'une main, puis de l'autre. Jennifer éprouva un tel soulagement que la tête lui tourna.

– Ça y est, elle l'a ! dit Michelle.

S'acharnant comme des lutteuses, elles tirèrent la fillette. Elles étaient deux contre une, mais Lucy formait un poids mort avec ses vêtements saturés d'eau. Les mains crispées sur la corde, elle était terrifiée, comme si elle avait vu un fantôme. Bientôt, sa tête parut ballotter en arrière.

– Elle est trop lourde, dit Michelle.

– Recule, hurla Jennifer. Recule ! Dépêche-toi !

Michelle obtempéra en tirant sur la corde. Jennifer en fit autant et continua à crier :

– Recule encore ! Encore !

Lucy se rapprochait du bord de la crête.

– Attention, je lâche ! dit Jennifer en jetant la corde vers Michelle par-dessus son épaule.

Elle se précipita pour attraper Lucy par les bras.

– Lâche la corde ! Viens m'aider !

Michelle vint s'agenouiller près d'elle. Elles remontèrent Lucy lentement. L'eau semblait leur rendre la fillette à regret. Dans un ultime effort, elles se retrouvèrent toutes les trois sur les rochers, Lucy trempée jusqu'aux os et frigorifiée, à moitié allongée sur les jambes de Jennifer. Michelle se leva rapidement et s'ébroua.

– Je suis trempée ! dit-elle, en colère. Lucy est trempée ! Ma mère va me tuer !

Lucy se leva en chancelant. L'eau ruisselait de sa robe neuve.

– Je veux rentrer à la maison ! dit-elle entre un hoquet et un sanglot.

– Pas tout de suite, rétorqua Michelle. Ma mère va être furieuse ! Il faut d'abord te sécher !

– Elle peut se sécher chez toi, dit Jennifer.

Elle faillit ajouter : « Elle peut venir chez moi », mais elle se ravisa. M. Cottis devait encore l'attendre.

– Toi, tu t'en fiches, c'est moi qui suis censée m'occuper d'elle ! dit Michelle en entraînant la fillette par le bras.

– Je n'ai pas besoin qu'on s'occupe de moi…, répliqua Lucy d'une petite voix.

– Ne la tire pas comme ça ! Elle s'est peut-être fait mal en tombant.

– Occupe-toi de tes affaires. D'abord, si tu ne t'étais pas mise en colère, elle ne serait pas tombée dans l'eau, et maintenant je ne serais pas embêtée, glapit Michelle.

– Je le dirai à ta mère, dit Lucy en se libérant le bras.

– Non, tu ne lui diras rien. Sinon, tu n'auras plus qu'à retourner chez toi, répliqua Michelle.

Lucy lui jeta un regard aigu. Elle était d'une pâleur de cire.

– Ne dis pas ça ! cria Jennifer.

Lucy n'en avait-elle pas assez vu pour aujourd'hui ?

Hors d'elle, Michelle continua :

– Pourquoi ? Et toi, de quoi tu te mêles ? D'abord, c'est toi qui as commencé à l'appeler « la souris ». C'est toi qui as dit que ses frères étaient des abrutis. Elle et moi, on était amies avant que tu arrives !

Jennifer regarda Lucy. La fillette était pathétique, avec ses cheveux mouillés plaqués sur sa tête. Sans un mot, Lucy s'éloigna sous les arbres et disparut de leur vue.

– Lucy, attends ! hurla Jennifer.

– Ne joue pas les bonnes sœurs. Tu l'as poussée à l'eau ! dit Michelle en pointant le doigt sur elle. Tu es une drôle d'amie !

– Je ne voulais pas…

– Tu es folle, voilà ce que tu es. Tu te rappelles quand tu as cogné Sonia avec la flûte ? Maintenant, c'est Lucy. Quelqu'un comme toi, on devrait l'enfermer.

Jennifer se raidit.

– Ne dis pas ça !

– Je raconterai tout à ta mère, continua Michelle en redressant les épaules.

– Ne dis rien à ma mère ! cria Jennifer.

Elle s'approcha d'elle.

– Au fait, ta mère… Tu as dit qu'elle était mannequin. Tu n'as pas dit qu'elle montrait ses seins à tout le monde !

Jennifer recula en titubant, avec l'impression d'avoir reçu une gifle.

– Tu me dégoûtes ! dit-elle.

Elle ne savait pas. Pas vraiment. Pas avant de découvrir l'enveloppe dans la valise de M. Cottis, la veille.

– Et Stevie Bussell a raison. Il y a plein d'hommes qui viennent dans ta maison. J'ai entendu ma mère qui le disait à mon père, hier pendant le dîner.

Les parents de Michelle en avaient parlé à table… Jennifer vit rouge.

– Ma mère est mannequin, dit-elle, un nœud dans la gorge.

– Ouais ! Et mon père, c'est le père Noël !

Michelle tourna les talons. Pendant une seconde, Jennifer la regarda s'éloigner, avant de comprendre ce qui arrivait. Son amie, sa meilleure amie la détestait.

– Attends !

Jennifer fit un pas, mais elle trébucha sur une pierre. Elle tomba en avant, projetant ses mains pour amortir sa chute. L'une d'elles frappa le sol à plat, l'autre dérapa sur la batte de base-ball. Son menton heurta le sol avec un bruit sourd.

Michelle s'arrêta net et tourna la tête. En soupirant, elle revint sur ses pas et lui tendit la main. Son visage exprimait la pitié. C'était insupportable. Jennifer se tourna sur le côté et s'assit. Sans savoir comment, elle se retrouva avec la batte de base-ball à la main.

– Comme tu voudras !

Michelle était derrière elle.

– J'étais déjà désolée pour Lucy, mais je le suis encore plus pour toi.

Se servant de la batte comme d'une canne, Jennifer se mit debout. Elle avait une douleur lancinante au menton, et ses mains saignaient. Mais ça n'avait aucune importance. Elle n'avait plus d'amies, et elle avait une mère qui l'incitait à poser pour faire des photos. Une mère qui prenait l'argent d'où qu'il vienne, et en ce moment même elle était probablement en train de compter les billets roses de cinquante livres que les photos de sa fille lui rapporteraient. Comment M. Cottis voulait-il qu'elle pose ? Allongée sur un canapé, avec un ours en peluche ?

– Ce n'est pas ta faute.

Les sarcasmes s'échappaient de la bouche de Michelle. Jennifer s'accrocha à la batte de base-ball comme à une béquille.

– Après tout, continua Michelle, nous ne choisissons pas nos parents.

Sur ce, elle fit demi-tour et partit. Oui, Michelle avait les bons parents. Jennifer la suivit.

– Ce n'est pas la peine de me suivre ! Toi et moi, on n'est plus amies ! lança Michelle sans se retourner.

Jennifer frissonna. Elle n'aurait plus d'amies. Rien que sa mère. Seule avec elle. Sa mère qui l'aimait assez pour l'offrir à M. Cottis. Soudain, elle éprouva un sentiment d'abandon. Tout ce qui était important dans sa vie semblait s'éloigner. Elle leva une main pour empêcher ça. Elle avait envie de crier : « Reste mon amie. » Peut-être même le dit-elle, en levant la batte et en l'abattant sur la nuque de Michelle.

Tout s'arrêta une fraction de seconde, et elle la leva de nouveau.

Elle avait envie de dire : « Attends ! Ne me laisse pas ! » Et Michelle s'arrêta. Elle tomba en avant, comme une pierre.

Le silence s'installa. Hésitante, Jennifer resta sans bouger. Puis, ravalant ses larmes, elle parcourut du regard les arbres, l'eau et les rochers. C'est à ce moment-là qu'elle vit un chat sortir furtivement des buissons. Il resta un instant près de la boîte en fer vide. Un chat sauvage. Ses os saillaient à travers son mince pelage, comme un squelette, sous la lumière du soleil. Il leva une patte et se mit à la lécher avec délectation.

Il était témoin. Il avait tout vu.

TROISIÈME PARTIE
ALICE TULLY

20

Le trajet jusqu'à Brighton ne fut pas long. Une fois qu'elles eurent chargé la voiture, elles se faufilèrent à travers la circulation de l'après-midi, puis il leur fallut moins d'une heure pour arriver. Frankie habitait en banlieue. Après avoir passé quelques minutes à chercher sa rue, elles se garèrent devant la maison de ses parents, sur le trottoir opposé, et restèrent un instant dans la voiture sans couper le moteur. Le fourre-tout d'Alice était sur le siège arrière, à côté d'un sac plus petit et de chaussures de marche, au cas où Frankie aurait envie qu'ils se baladent.

— Ces petites vacances te feront du bien, dit Rosie en élevant la voix au-dessus de la musique diffusée à la radio. Tu rumines trop. Je te l'ai dit, nous allons trouver une solution. Tout ira bien.

– Je sais, dit Alice en frottant l'ongle de son pouce contre ses incisives.

– C'est un bon compromis.

– Oui.

Elles ne bougeaient pas. Le regard d'Alice se posa sur la maison de Frankie, de l'autre côté de la rue. C'était une grande bâtisse d'époque victorienne, avec des baies vitrées. Sur le devant du toit, elle vit les lumières par le Velux. La chambre de Frankie se trouvait tout en haut, dans le grenier. Elle avait été impatiente de venir, mais maintenant cela n'avait presque plus d'importance.

– Tu as bien envie d'y aller ? interrogea Rosie.

– Pas vraiment.

– Pourquoi ? Tu étais tellement contente.

Rosie ouvrit sa portière et descendit. Elle lissa sa robe un peu froissée et arrangea son collier de perles. Puis elle contourna la voiture et vint ouvrir la portière du passager. Elle attendit, tel un chauffeur, qu'Alice veuille bien descendre.

– Je ne vais pas être obligée de te faire sortir de force ? plaisanta-t-elle.

Alice était un peu agacée. Rosie faisait une scène. Les gens allaient la voir, plantée là, dans sa robe orange à fleurs qu'elle avait achetée à une vente de charité, la semaine précédente. Les voisins allaient se pencher à leur fenêtre et se demander qui était cette grande femme, avec sa robe qui balayait le trottoir, ses perles qui se balançaient de droite à gauche quand elle marchait. Peut-être même la famille de Frankie serait-elle curieuse de voir la personne qui riait et parlait si fort.

Alice se décida à sortir.

– Chut ! dit-elle d'un ton aigre. Je ne veux pas que toute la rue soit au courant de mon arrivée.

Rosie parut blessée, mais elle masqua vite son expression et se pencha vers le siège arrière pour attraper les sacs. La portière se referma en claquant et elles traversèrent la rue. Avant qu'elles n'arrivent chez Frankie, la porte d'entrée s'ouvrit, et une fillette portant des lunettes apparut sur le seuil. Elle était grande, presque autant qu'Alice. Mais son visage était plus jeune, et sa peau brillante parsemée de taches de rousseur.

– Bonjour ! Je suis Sophie. Il ne faut pas croire un mot de ce que Frank vous dira sur moi. Vous devez être Alice ?

Alice hésita. Devait-elle lui serrer la main ? Comment était-elle censée se comporter avec la sœur de son petit ami, âgée de dix ans ? Elle l'ignorait. Heureusement, Rosie prit la situation en main et embrassa la fillette.

– Frankie ne nous a dit que des choses positives sur toi, dit-elle.

– J'espère bien ! s'exclama Sophie.

Ses joues s'empourprèrent.

– Entrez ! Maman et papa sont dans le jardin. Frankie est en haut. Attendez une seconde, je crois qu'il arrive !

Des pas se firent entendre au-dessus, de plus en plus rapides, et Frankie apparut en haut de l'escalier. En un clin d'œil, il se retrouva devant Alice et la prit dans ses bras.

– Bonjour, Rosie, dit-il en enfouissant son visage dans le cou d'Alice.

– Laissez-la respirer ! dit Rosie.

Alice aperçut le père de Frankie par-dessus l'épaule de son ami et, derrière lui, une femme en jean et chemise flottante, qui s'approcha à un mètre d'eux et attendit que Frankie s'écarte d'elle.

– Vous êtes Alice ? Moi, c'est Jan, dit-elle. Vous connaissez Peter, mon mari.

Souriante, elle lui tendit la main.

– Et vous devez être Rosie, ajouta-t-elle en se tournant vers elle.

Rosie lui donna une poignée de main chaleureuse.

– Venez dans le jardin. Sophie va préparer le thé. Tu veux bien, ma chérie ?

Sophie acquiesça d'un signe de tête enthousiaste. Alice et Rosie suivirent Frankie et ses parents. Ils traversèrent la maison et sortirent par une porte-fenêtre dans un grand jardin situé à l'arrière. Frankie se laissa tomber sur une couverture posée à même l'herbe, et Alice l'imita. Les autres s'assirent sur des chaises cannées, à l'ombre d'un immense parasol blanc. Les parents de Frankie posèrent des questions à Rosie sur le petit voyage qu'elles venaient de faire, parlèrent des embouteillages, des problèmes que posait la vie dans une station balnéaire très fréquentée. Alice avait du mal à se concentrer sur ce qu'ils disaient, car Frankie avait glissé les doigts sous son T-shirt ; il lui caressait le dos et jouait avec l'élastique de son soutien-gorge. Entre ses dents, elle le pria de s'arrêter, mais il l'ignora et se mêla de temps à autre à la conversation.

Peu de temps après, Sophie revint, portant un plateau chargé de tasses, de soucoupes et d'un plat à dessert rempli de gâteaux. Le plateau paraissait lourd, et Jennifer se demanda si quelqu'un allait l'aider. Personne ne le fit. Sophie, les bras et les épaules crispées, s'approcha avec précaution de la table.

– Voilà ! dit-elle, très fière d'elle.

– Il est ravissant ! dit Rosie en effleurant le plat à dessert. J'ai toujours eu envie d'en avoir un comme celui-ci.

– Il était à ma mère, dit Jan. On n'en trouve plus dans les boutiques, de nos jours. Mais dis-moi, Sophie, qu'est-ce que tu nous apportes ?

– Bon, dit Sophie en redressant ses lunettes. Gâteaux mousseline, scones à la crème, muffins au chocolat.

– C'est toi qui les as faits ? demanda Rosie avec un sourire béat.

Radieuse, Sophie hocha la tête, ôta ses lunettes et les nettoya avec le bas de son T-shirt. Alice regarda Frankie. Il se mit à rire.

– Qu'est-ce que je peux dire ? Que c'est la sœur de l'année ? En réalité, elle les a faits uniquement pour avoir l'air plus sympa que moi.

Tandis que les autres restaient au jardin, Jan fit monter Alice dans une adorable petite chambre adjacente à celle de Sophie. Elle lui dit à quel point elle était contente que Frankie ait une amie aussi charmante. Sur l'oreiller, il y avait un paquet-cadeau, qu'elle lui demanda d'ouvrir. À l'intérieur se trouvait une chemise de nuit démodée en coton blanc, ornée de véritable dentelle autour des manches et de l'encolure. Alice la présenta devant elle. L'ourlet atteignait ses chevilles.

– Frank nous a dit que tu étais mince, j'ai donc acheté la plus petite taille.

– Merci beaucoup, dit Alice, gênée.

Elle n'avait pas apporté de cadeau.

– C'est peu de chose. Nous souhaitons que tu te sentes chez toi ici. Et ne fais pas trop attention à Sophie. Elle mourait d'envie de te connaître, elle va certainement te rendre folle ! Tu sais comment sont les gamines de dix ans !

Au même instant, la porte s'ouvrit et Sophie entra.

– Maman ! J'ai presque onze ans, s'exclama-t-elle en regardant timidement Alice.

Rosie partit peu de temps après, emportant un bouquet de fleurs cueillies dans le jardin et une recette de muffins au chocolat que Sophie avait recopiée. Au bas de la feuille, la fillette avait dessiné une rangée de gâteaux. Rosie était détendue, elle avait retrouvé sa vraie nature, ce qui n'était pas arrivé depuis plusieurs jours. Les parents de Frankie les avaient accueillies à bras ouverts. Alice s'était sentie un peu submergée, et affolée par leur enthousiasme. Quand Rosie fit démarrer la voiture, Alice éprouva une envie irrésistible de monter à côté d'elle et de retourner à Croydon.

– Et ne t'inquiète pas, je vais voir Sara Wright dans quelques jours pour mettre l'interview au point. Tout ira bien. Je t'appellerai pour te raconter ce qu'elle a dit.

Alice hocha la tête. Maintenant, Rosie appelait la journaliste par son nom complet, comme une étrangère et non comme une voisine avec laquelle elle avait sympathisé.

– Au revoir, dit Alice quand la voiture s'engagea sur la rue en pente.

Elle entendit des pas derrière elle. Frankie la prit dans ses bras et la serra contre lui.

– Viens voir mon loft, murmura-t-il en l'embrassant dans le cou.

Elle attendit que la voiture de Rosie ait disparu au coin de la rue avant de se retourner et de l'embrasser. Se hissant sur la pointe des pieds, elle lui donna un long baiser sur les lèvres. Elle avait de la chance de l'avoir, elle le savait.

Aménagé un an plus tôt, le loft sentait encore le neuf. Frankie le lui fit découvrir avec l'emphase d'un agent immobilier.

– Tu peux voir la mer par le Velux, et juste en dessous il y a un petit siège. Regarde, il s'ouvre. Quand je suis à la maison, je m'assois ici pour lire, et parfois je fume.

Il avait une salle d'eau individuelle et une penderie murale.

– Regarde ça, dit-il tout excité en montrant un petit réfrigérateur, c'est le minibar !

Elle ne put s'empêcher de sourire. Il était si exalté, si content.

– C'est comme si j'avais mon propre appartement, continua-t-il en l'attirant vers le grand lit. C'est mille fois mieux que ce logement minable à Croydon.

Elle se retrouva à moitié assise, à moitié étendue sur le lit, à côté de Frankie allongé sur le dos. Elle prit une profonde inspiration, espérant qu'il allait l'embrasser, rouler sur elle. Faire l'amour avec Frankie, elle en avait rêvé dès leur première rencontre, dès leur premier baiser devant le *Coffee Pot*, après que Frankie eut attendu pendant des heures qu'elle ait fini son travail. Sa bouche contre la sienne, elle avait senti monter en elle un flux d'énergie qui lui avait picoté la peau et durci les seins. Il y avait plusieurs mois de cela. Elle l'avait fait attendre longtemps, il avait commencé à s'impatienter. Ce qu'il n'avait jamais compris, c'est que ce n'était pas lui qu'elle avait essayé de freiner, mais elle-même. Avait-elle droit à ce genre de plaisir ? Elle n'en était pas convaincue.

Frankie l'attira et elle se retrouva étendue contre lui, une joue sur son torse. Elle entendait son cœur battre très vite. Maintenant, elle était prête. Plus que prête. Elle avait une sensation douloureuse dans la poitrine, quand elle pensait à eux deux. Ce n'était pas qu'elle le méritait maintenant. Mais depuis que Sara Wright était entrée dans sa vie, elle éprouvait un sentiment d'urgence pour tout ce qu'elle faisait. Elle avait l'impression qu'elle n'aurait jamais assez de temps pour réaliser tout ce qu'elle avait à faire.

Frankie lui caressait les cheveux de ses doigts écartés. Glissant une main sous son T-shirt, elle effleura son torse et posa un genou sur ses jambes. Comme il poussait un petit grognement, une exigence violente s'empara d'elle. Elle ne pouvait plus continuer à être passive. Le moment était venu.

– Attends, dit-il.

Elle leva la tête, un peu étourdie. Voulait-il qu'ils en restent là ?

– Attends. Le problème, c'est que…

Haletant, il s'assit.

– … Depuis que tu m'as dit que tu étais vierge, je suis tout bizarre. Je sens une espèce de pression…

– Qu'est-ce que tu veux dire ?

– J'ai l'impression que ça doit être important.

– Mais ça sera important avec toi.

– Justement. Si je n'avais pas su… Maintenant, je me sens maladroit, et je m'inquiète. Je n'ai jamais couché avec une fille vierge. Je ne sais pas comment c'est. Je risque de te faire mal. Je me sens tout…

– Tu veux dire que tu n'en as plus envie.

– Non, ce n'est pas ça, mais on ne devrait pas se précipiter.

Alice s'assit à son tour. Elle ne savait pas si elle était soulagée ou si elle se sentait insultée. Un bruit de pas résonna dans l'escalier, puis un léger coup à la porte. Frankie soupira.

– C'est l'autre problème, chuchota-t-il. Sophie croit que tu es venue la voir elle, pas moi. Tant qu'elle ne dormira pas, nous n'aurons pas une minute de tranquillité.

– Ça ne fait rien, dit Alice. Je l'aime beaucoup et j'aime beaucoup toute ta famille, ajouta-t-elle, sincère.

La porte s'ouvrit et Sophie entra, les bras chargés de livres et de classeurs.

– Je veux montrer à Alice mon projet sur Élisabeth Iʳᵉ. Tu m'as bien dit qu'elle était très forte en histoire ?

Frankie s'allongea sur le dos.

– Ah ! dit-il, la reine vierge. Comme c'est intéressant !

Avec un sourire malicieux, Alice lui donna un petit coup de coude.

– Qu'est-ce qu'il y a de drôle ? demanda Sophie.

– Rien. Ton frère dit n'importe quoi !

– Ça, je le savais déjà !

Elle s'accroupit, laissant tomber ses livres et ses classeurs.

À huit heures du soir, dans le jardin, il y eut un repas spécial pour fêter l'arrivée d'Alice. Le gros parasol avait été refermé, et la table de la salle à manger transportée dehors et parsemée de bougies.

– En général, on mange devant la télé, dit Frankie.

Sa mère lui donna une petite tape sur le bras.

– Qu'est-ce que tu racontes ?

– On mange des plats à réchauffer et des pizzas, ajouta Peter, jouant le jeu.

– Ce n'est pas vrai, on ne mange jamais de plats tout préparés, dit Sophie. N'est-ce pas, maman ?

Il y eut trois plats et deux vins différents. Sophie eut le droit d'en boire un demi-verre de chaque et elle fit la grimace en avalant la première gorgée. Après le repas, elle voulut préparer le café et moudre elle-même les grains.

– Où avons-nous trouvé cette fille ? demanda Jan.

– Nous l'avons volée à une famille saine de corps et d'esprit pour en faire notre servante, répondit Peter.

Plus tard, quand le couvert fut débarrassé et que Jan et Peter furent rentrés dans la maison, emmenant avec eux une Sophie récalcitrante, Frankie et Alice restèrent seuls dans le patio. Frankie sortit deux chaises longues, qu'il installa côte à côte. Des notes de musique classique s'élevaient dans la nuit. Dans la pénombre, Alice et Frankie observèrent les formes denses du jardin et, plus loin, les lumières du voisinage. C'était une nuit parfaite. Alice étira les bras, faisant craquer ses articulations. Quelques jours plus tôt encore, elle ne pensait pas pouvoir vivre une telle soirée. Quand Sara était venue chez Rosie pour leur dire qu'elle connaissait toute la vérité, elle avait cru que tout ce qu'elle avait construit au cours des six derniers mois venait d'être anéanti.

Elle s'était trompée.

Il y avait eu des réunions improvisées entre Rosie, Jill Newton et Sara. Assises autour de la table de la cuisine, les trois femmes avaient essayé de sauver l'avenir d'Alice Tully. Alice rôdait dans l'appartement de Rosie, en pyjama, jetant des coups d'œil inquiets par les fenêtres. Des appels téléphoniques s'étaient succédé entre les avocats et la rédaction du journal, entre le juge d'application des peines et Patrica Coffey.

Il y avait eu des visages graves et des mots aigres. La cuisine de Rosie, qui était d'habitude un lieu chaleureux fleurant bon les herbes aromatiques et les épices, sentait maintenant les compromis et les arrangements.

Rosie et Alice ne pouvaient pas ignorer Sara et son journal. Le scoop était trop intéressant pour que le rédacteur en chef abandonne. Tandis que tous les autres journalistes croyaient Jennifer Jones aux Pays-Bas, eux savaient la vérité, et ils pensaient avoir le droit de la placarder en première page. La menace d'interdiction de publication ne semblait pas les inquiéter. Ils possédaient un autre journal en Écosse, et si Alice Tully n'acceptait pas d'être interviewée, ils publieraient leur article là-bas.

Ils étaient prêts à ne mentionner ni son nom ni son adresse, si elle leur racontait son histoire : le meurtre de Michelle Livingstone, sa vie à Monksgrove, sa réinsertion dans la société. Ce serait une enquête journalistique intelligente, qui aboutirait à la publication d'un livre, dans un an environ. Dans le livre, les informations seraient approfondies, rien ne serait laissé dans l'ombre. Cependant, rien ne trahirait la nouvelle identité d'Alice.

Rosie n'était pas convaincue. L'air fatiguée, elle se laissa tomber sur une chaise. Depuis deux jours, elle n'avait pas changé de vêtements. Toujours très ponctuelle, et vêtue d'un tailleur impeccable, Sara Wright avait apporté son ordinateur extraplat. Le jour de sa troisième visite, elle ferma son ordinateur, qui produisit un petit déclic, avant de regarder tour à tour Rosie, Jill, puis Alice.

— Si la presse s'intéresse à vous, c'est que vous représentez un vrai mystère, dit-elle. En me laissant écrire votre histoire à partir de votre point de vue, vous cesserez d'être un mystère et les journalistes vous oublieront.

Rosie leva les yeux. Jill Newton prit ses lunettes sur la table et les posa sur son nez.

– Les journaux se font une concurrence féroce pour publier une nouvelle sensationnelle. Dès qu'ils verront que nous avons gagné, ils ne s'acharneront plus sur la vie d'Alice, qui sera devenue de l'histoire ancienne, dit Sara.

Elle tapota son portable du bout des ongles en observant Rosie et Jill.

Les deux femmes paraissaient abattues. Rosie tripotait une de ses boucles d'oreilles.

– D'accord, dit brusquement Alice. J'accepte une seule interview. Je répondrai à vos questions, mais ensuite vous nous laisserez tranquilles. Vous ne reviendrez plus ?

Sara Wright hocha la tête.

L'unique interview devait durer une journée entière, le samedi qui suivait son retour de chez Frankie. Elle devait avoir lieu dans un hôtel du centre de Londres, et il n'y aurait que Sara, Alice et Rosie. L'article serait publié la semaine suivante. Puis on n'en parlerait plus.

– Hé, vous deux !

Une voix tira Alice de ses pensées.

– Venez jouer aux charades. Les filles contre les garçons !

Sophie se tenait sur le seuil de la porte-fenêtre, un pied dans le patio.

– Ah, ma famille ! soupira Frankie.

– Ne dis pas ça, dit Alice en se levant et en tirant Frankie par la main. Je les trouve adorables.

21

La maison était sombre quand Alice entendit des pas rapides descendre du loft. Elle était réveillée depuis un moment, mais elle restait allongée sur ce lit inconnu, et elle examinait la chambre. Bien qu'elle fût épuisée et un peu éméchée à cause du vin, elle n'arrivait pas à garder les yeux fermés plus de quelques secondes. Elle était troublée. Sa conversation avec la journaliste pesait encore lourdement dans sa tête. Cela faisait des années qu'elle n'avait pas parlé de Berwick Waters.

Les pas s'arrêtèrent derrière la porte. C'était Frankie, elle en était sûre.

Il entra sur la pointe des pieds, un doigt posé sur les lèvres, craignant peut-être qu'elle pousse un cri. Elle se redressa et remonta son oreiller pour s'y adosser. Frankie s'assit sur le lit et l'embrassa avec fougue en serrant ses épaules.

– Je croyais que nous n'allions pas le faire, dit-elle quand il finit par s'écarter d'elle.

– Tu as raison ! Je suis juste venu te souhaiter une bonne nuit.

Il fit courir ses doigts sur le devant de sa chemise de nuit toute neuve, et sa main s'arrêta sur son sein.

– Bonne nuit ! dit-elle d'un ton sévère en le repoussant.

Mais au lieu de partir, il s'allongea près d'elle et posa la tête sur sa poitrine.

– Toute ma famille t'aime, je peux te le dire.

Sa voix n'était pas très ferme, il semblait sur le point de s'endormir.

– Ils viennent juste de me rencontrer, dit Alice en lui caressant les cheveux. Ils ne me connaissent pas.

– Qu'est-ce qu'ils ont à savoir de plus ?

Oppressée, Alice parla avant de réfléchir.

– Toi non plus, tu ne me connais pas. Je veux dire que tu ne sais rien de ma vie. Quand j'étais plus jeune, quand j'étais une gamine.

– Tu n'en parles jamais, fit-il remarquer.

– Et si…

Elle fit une pause, n'osant pas continuer.

– Et si… j'avais fait quelque chose de mal. Quand j'étais plus jeune ?

Il ne répondit pas. Elle sentit son bras remuer sous les couvertures, ses doigts tirer sa chemise de nuit. Elle lui saisit la main et la porta à son visage.

– Frankie, murmura-t-elle, si j'avais fait quelque chose d'horrible ? Dans mon passé ? Voudrais-tu toujours de moi ?

Il releva la tête et la regarda. Son visage était dans l'ombre, mais elle voyait ses yeux sombres et pénétrants.

– Bien sûr que je voudrais quand même de toi. Je t'aime, idiote !

Il l'embrassa encore, plus doucement cette fois, puis il s'assit et se frotta les yeux avec les poings.

– Il vaudrait mieux que j'aille dormir un peu. Demain, nous allons faire du tourisme !

Elle attendit qu'il soit parti pour remettre son oreiller en place. Le lit semblait vide, son propre corps formant un vague creux. Elle ferma les yeux et tira le duvet sur sa tête. L'obscurité l'enveloppait, mais cela ne l'aidait pas pour autant à s'endormir. Comment aurait-elle pu, alors qu'elle allait tout raconter de nouveau ? Ce qui signifiait qu'elle allait exhumer des images et des souvenirs enterrés depuis longtemps.

Le chat sauvage ne resta qu'un instant. Une fois qu'il eut observé la petite fille debout avec sa batte de base-ball, et l'autre, étendue le visage contre les pierres, il fit lentement demi-tour et s'éloigna d'un bond gracieux.

Jennifer était paralysée. Ses cheveux se soulevèrent sous la brise soudaine qui semblait venir de nulle part. Un oiseau, très haut dans le ciel, perça le silence en poussant un long cri. Puis tout redevint calme, et elle posa les yeux sur le dos de Michelle, son jean et son pull rose, ses baskets, dont une était noircie de boue. Elle regarda ses boucles rousses et, au milieu, la tache humide et sombre qui, apparemment, s'élargissait de plus en plus.

– Michelle, murmura-t-elle.

Le nom passa difficilement ses lèvres.

Pas de réponse. Il ne pouvait pas y en avoir. S'affaissant sur les genoux, elle vit l'air onduler. Qu'avait-elle fait ? Un cri léger s'éleva, mais il ne venait pas de Michelle. C'était impossible. Il venait d'ailleurs, du plus profond d'elle-même, et si faible qu'il était à peine perceptible. Elle baissa les yeux. Elle tenait encore la batte dans une main. Cette batte n'aurait pas dû être là, mais elle y était bel et bien. Jennifer l'approcha de ses yeux. Du sang sur le bois ; une terrible tache rouge avait pénétré dans les fibres. Sa main se mit à trembler. Elle se releva et partit en titubant le long de l'eau, jusqu'au lac. Sur la rive s'élevaient des herbes géantes, aussi grandes qu'elle. Étirant le bras le plus en arrière possible, elle y jeta la batte, qui tomba sans faire le moindre bruit. Jennifer hésita un instant avant de reculer, puis elle prit plusieurs inspirations profondes et rapides, comme si elle sortait d'une longue immersion dans l'eau.

Le soleil fit son apparition, projetant une lumière aveuglante sur la surface du lac. Elle se protégea les yeux et scruta l'autre rive à travers les hautes herbes. Il y avait quelques groupes de personnes, et deux ou trois chiens qui allaient et venaient. Elle était trop loin pour voir si elle connaissait ces gens, s'ils étaient jeunes ou âgés.

Faisant demi-tour, elle s'éloigna de la berge et pénétra dans le bois. Quelque chose fila près de son pied. Elle sursauta et s'agrippa à une branche en cherchant à voir ce que c'était. Rien, sans doute un simple rat. Quoi que ce soit, il était déjà loin et elle était seule. Au bout d'un moment, elle se ressaisit et se faufila entre les arbres et les buissons jusqu'au repaire des frères Bussell.

Elle osa à peine regarder.

Le visage contre une pierre, Michelle n'avait pas bougé. Au beau milieu de ses cheveux, toujours aussi souples et bouclés, il y avait une grosse tache brune, humide et collante, qui ressemblait à de la mélasse.

Balançant la tête d'avant en arrière, les dents et les poings serrés, Jennifer se mit à gémir.

– Non, non, non…

Alors qu'elle commençait à faire les cent pas, elle aperçut le trou qui avait recélé la boîte en fer. À côté gisait un tas de branches. Son regard se posa tour à tour sur Michelle et sur la cavité. Respirant avec difficulté, elle se dirigea vers le corps inerte de son amie. Elle avait l'impression que ses pieds touchaient à peine le sol.

Il fallait qu'elle fasse quelque chose.

Elle se pencha, prit Michelle par les épaules et la retourna sur le dos. Devant son visage livide entouré de cheveux roux ébouriffés, elle recula, les yeux emplis d'effroi. Dans sa poitrine, tout était calme, son cœur semblait s'être arrêté de battre. Elle resta là sans bouger pendant un long moment, une main appuyée sur ses côtes. Elle n'éprouvait plus la moindre sensation, il n'y avait plus de vie en elle, et cependant elle restait debout.

Il fallait absolument qu'elle fasse quelque chose.

Elle s'approcha et se pencha. Sans regarder son visage, elle prit son amie sous les aisselles et la tira sur quelques centimètres, puis elle s'arrêta pour souffler. Elle recommença plusieurs fois et arriva près du trou. Il n'était profond que d'une soixantaine de centimètres. Elle tira encore Michelle une dernière fois et fit glisser son corps inanimé dans la terre.

Avec précaution, elle posa sur elle les branches, une par une, en prenant soin de ne pas la recouvrir entièrement. Le soleil s'était couché. Elle frissonna et serra les bras autour de la poitrine pour se réchauffer. Puis elle remarqua le matériel qu'elles avaient sorti de la boîte : la corde, les sacs de couchage et autres objets. Ce désordre risquait d'attirer l'attention sur les branches. Elle cacha le tout sous un buisson. Maintenant, il ne restait en pleine vue que la boîte en fer. Elle la jeta dans l'eau. La boîte se remplit doucement et, bientôt trop lourde, disparut en quelques secondes.

Jennifer se retourna sans oser regarder l'endroit où se trouvait son amie. Bouleversée, les yeux pleins de larmes, elle s'éloigna dans le sous-bois, descendit le chemin et longea le lac. Le retour lui prit près d'une heure, mais elle ne rencontra personne. Quand elle quitta le barrage, elle avait le visage humide, les yeux rouges et gonflés.

Qu'avait-elle fait ?

Alice se redressa et s'assit. Ça n'allait pas, elle n'arrivait pas à dormir. Elle alluma la petite lampe de chevet et examina la pièce. Dans la journée, elle l'avait trouvée jolie, mais maintenant elle la trouvait criarde. Il y avait trop de fleurs sur le papier peint, sur les rideaux et le duvet. La moquette était trop épaisse, la commode trop brillante. Baissant les yeux, elle vit la chemise de nuit blanche que la mère de Frankie lui avait offerte. Elle était toute simple, avec sa petite bordure de dentelle autour des manches et de l'encolure. Et toute blanche, la teinte de la pureté. Elle la tripota un instant, puis elle l'ôta et la jeta à côté du lit.

Elle resta nue à regarder la lumière pendant un long moment. Puis elle finit par s'endormir.

Jennifer haletait en courant le long du sentier, après avoir laissé les bois et le lac derrière elle. Elle trouva Lucy sur une balançoire dans le jardin de Michelle. Dans sa robe trempée, la fillette claquait des dents. Elle se balançait mollement. Jennifer se dirigea droit sur elle et posa une main sur son épaule.

– Il n'y a personne dans la maison, dit Lucy d'un air abattu.

Jennifer sauta par-dessus la clôture et entra lentement chez elle. Ce n'est qu'à ce moment-là qu'elle se souvint des photographies, de M. Cottis et de son appareil photo, et des lumières aveuglantes. Le couloir était vide, pas de sac ni de valise à roulettes. Elle consulta la pendule de la cuisine. Il était presque trois heures de l'après-midi. La journée était finie, et M. Cottis avait disparu.

– Maman ! cria-t-elle du bas de l'escalier.

Il n'y eut pas de réponse.

Elle alla chercher Lucy par la main et la fit monter dans la salle de bains. Elle remplit la baignoire d'eau chaude pour que Lucy se lave entièrement, y compris les cheveux. Elle se voyait comme une maman s'occupant de son enfant. Elle fouilla parmi ses anciens vêtements pour lui trouver de quoi s'habiller. Puis elle se frotta le menton et les mains à l'eau chaude.

– Où est Michelle ? demanda soudain Lucy en sortant du bain et en s'enveloppant dans une grande serviette.

– Nous nous sommes disputées. Elle est partie avant moi.

Quand Lucy fut habillée, Jennifer l'emmena dans la cuisine et lui prépara du thé et des tartines. Lucy but et mangea, mais Jennifer ne toucha à rien. Lucy se mit à parler de ses frères et de sa mère. Jennifer ne lui prêtait pas beaucoup d'attention, mais cela ne semblait pas la gêner. Au bout d'un moment, Jennifer finit par dire :

– Je crois qu'il vaut mieux ne parler à personne de ce qui est arrivé aujourd'hui. Ce n'est pas la peine de dire que tu es tombée dans le lac...

Lucy s'arrêta de manger et tourna son petit visage de souris vers elle. Elle n'était pas tombée dans le lac, elle y avait été poussée, mais ce n'était pas ce que Jennifer venait de dire.

– Michelle et moi, on risquerait d'avoir des ennuis. On était censées s'occuper de toi. Ta maman refuserait peut-être que tu continues à venir avec nous.

Lucy hocha la tête en regardant de droite à gauche, l'air concentré.

– Ce serait mieux aussi de ne pas dire que nous sommes allées jusqu'au lac. Tu sais que Mme Livingstone l'a interdit à Michelle. Elle va me le reprocher. Et peut-être te le reprocher à toi aussi. Ce n'est pas ce que tu veux ?

Lucy secoua la tête.

– Alors on va juste dire que nous sommes allées au parc, et que tu as sali ta robe en tombant. On dira que Michelle est partie parce qu'elle était fâchée, et que je t'ai ramenée ici pour que tu puisses te changer. On n'a pas besoin d'en dire plus.

Elles regardèrent la télévision, et pendant un moment Jennifer se détendit. Les yeux rivés sur l'écran, elle suivit plusieurs émissions consécutives, se rassasiant de bruits, de musique et de paroles pour ne plus laisser place à d'autres pensées.

La sonnerie de la porte d'entrée la fit sursauter. Lucy, absorbée par l'émission, ne leva pas les yeux, mais Jennifer se précipita vers la fenêtre pour voir qui arrivait.

Mme Livingstone se tenait sur le seuil, ses cheveux roux et bouclés agités par le vent. Jennifer eut un choc. La mère de Michelle appuya encore sur le bouton de la sonnette et se pencha vers la fente de la boîte à lettres pour appeler. Jennifer partit d'un pas mal assuré et entrouvrit légèrement la porte.

– Je suis revenue. J'ai laissé Stevie et Joe à l'hôpital. Ils vont y passer la nuit, ils reviendront demain par le train. Michelle et Lucy sont-elles chez toi ?

Incapable d'articuler un mot, les mains crispées sur la porte, Jennifer entendit Lucy qui venait la rejoindre. Elle ouvrit un peu plus largement la porte et fit un violent effort pour parler.

– Michelle n'est pas là. Nous nous sommes disputées dans le parc, elle est partie.

– Oh non, quelle histoire ! Mais ne t'en fais pas, elle va vite revenir, j'en suis sûre. Viens, Lucy, nous allons préparer le thé.

Mme Livingstone s'éloigna, Lucy trottinant derrière elle. Jennifer l'entendit demander en descendant l'allée :

– Qu'est-il arrivé à ta robe ?

Elle referma la porte et y appuya le front pour mieux la fermer, pour empêcher Mme Livingstone de revenir et d'exiger qu'elle lui dise la vérité. Quelques minutes plus tard, elle grimpa l'escalier quatre à quatre et s'assit sur son lit. Elle prit Macy sur ses genoux et laissa près d'elle le carton de vêtements de la poupée.

Sa mère ne rentra pas avant six heures de l'après-midi. En entendant la porte claquer, Jennifer resta assise, tendue comme un arc. Sa mère l'appela deux ou trois fois en ouvrant et refermant les portes. Bientôt, ses pas résonnèrent tout près et elle passa la tête dans la chambre, essoufflée d'avoir monté l'escalier précipitamment.

– Jen, tu es là ! Helen Livingstone veut te parler. Elle ne sait pas où est passée Michelle.

Jennifer posa les yeux sur le visage souriant de sa mère, et une idée lui vint à l'esprit. Elle pouvait lui raconter ce qui s'était passé. Elle pouvait lui dire que c'était un accident, qu'elle n'avait pas eu l'intention de faire du mal à

Michelle. Sa mère comprendrait, et elle expliquerait aux autres.

– Je suis en colère contre toi, dit Carole en jetant un coup d'œil sur le sac contenant les vêtements d'écolière. M. Cottis t'a attendue plus d'une heure. Il était furieux, tu peux me croire ! Et maintenant, je découvre que tu jouais dehors avec Michelle !

Jennifer fut envahie par un sentiment de désespoir. Elle ne pouvait rien raconter à sa mère.

– Je ne sais pas où elle est, dit-elle, les yeux fixés sur Macy.

– Personne ne le sait, je viens de te le dire ! Helen ne l'a pas vue depuis ce matin. Elle a téléphoné à la police. Elle veut que tu ailles la voir.

La police. Prise d'un étourdissement, Jennifer appuya sa tête contre le montant du lit.

Alice sentit une main sur son épaule nue. Elle ouvrit les yeux. Le soleil inondait la chambre. Sophie était debout près de son lit, dans un peignoir rose noué à la taille par-dessus son pyjama.

– Je t'ai apporté du thé, dit-elle en montrant du doigt une tasse et une soucoupe en porcelaine posées sur la table de chevet.

Elle se baissa pour ramasser la chemise de nuit blanche. Gênée, Alice la lui prit des mains.

– Il a fait très chaud cette nuit ! dit-elle. Je l'ai enlevée.

– Maman m'a acheté la même, dit Sophie en remontant ses lunettes sur son nez du bout du doigt. Je ne l'aime pas, moi non plus. Ne t'inquiète pas, je ne lui dirai rien.

Elle s'assit sur le bord du lit et regarda Alice siroter sa boisson.

22

Le surlendemain, Alice et Frankie partirent se promener dans les collines. Ils emballèrent un pique-nique et une lotion solaire dans le sac de Frankie. Sa mère les emmena en voiture jusqu'à un petit village près de Brighton, pour qu'ils puissent faire une boucle. Elle reviendrait les chercher à cinq heures au même endroit. Toute triste, Sophie leur adressa des signes d'au revoir par la vitre tandis que la voiture s'éloignait. Elle avait voulu se joindre à eux, mais Frankie avait refusé plusieurs fois avec fermeté.

C'est lui qui avait suggéré cette balade. Il voulait s'éloigner de la maison, de sa mère, et de sa sœur, qui tournait toujours autour d'Alice, ce qui ne dérangeait pas celle-ci. Elle aimait beaucoup Sophie et Jan, mais elle était un peu fatiguée de devoir toujours paraître contente et de bonne humeur. Une fois seuls, Frankie et elle pourraient se détendre et garder un silence complice. C'était leur idée.

Mais l'humeur de Frankie changea très vite. Il faisait trop chaud, le sac à dos était trop lourd, Alice marchait trop vite. Elle ralentit, consulta la carte et trouva le bon chemin à suivre. Chaque fois qu'elle se retournait, elle voyait Frankie, assez loin en arrière.

Il y avait d'autres marcheurs dans les collines, dont les sentiers étaient indiqués avec précision par des flèches jaunes. Ils grimpèrent des pentes abruptes et passèrent dans des sous-bois ombragés où ils trouvèrent parfois un ou deux bancs. Deux heures plus tard, ils arrivèrent à mi-chemin de leur parcours. Alice se reposa sur un monticule herbeux. Quand Frankie la rejoignit, elle attendit qu'il s'assoie à côté d'elle avant de parler.

– Qu'est-ce qu'il y a ?

Haussant les épaules, il sortit une bouteille d'eau et but quelques gorgées.

– Tu veux que je rentre chez moi ? Tu ne peux plus me supporter ? demanda-t-elle encore.

Apparemment ébranlé par ses questions, il l'attira contre lui et posa la tête sur sa poitrine.

– Tu es folle, marmonna-t-il. Je t'aime.

– Alors, qu'est-ce qui ne va pas ?

– Je ne supporte pas l'idée que tu vas entrer à l'université. Je sais que je vais te perdre !

Elle s'allongea sur l'herbe et contempla le ciel. Elle sentait le poids de la tête de Frankie sur ses seins, et sa main qui lui caressait les jambes. Elle passa un bras autour de son cou. Ses muscles étaient si tendus qu'ils semblaient noués. Depuis qu'elle était chez Frankie, ils avaient déjà eu cette discussion à deux ou trois reprises. En octobre, il retournerait à Croydon pour terminer son cursus. De son côté, elle irait à l'université du Sussex, tout près de Brighton. Les deux villes n'étaient distantes que de soixante-dix kilomètres environ, mais Frankie parlait comme s'ils allaient partir étudier dans des pays différents. Il voulait qu'elle s'inscrive à la même université que lui pour commencer ses études supérieures. Il avait même suggéré qu'ils partagent un appartement. « Pense à tout l'argent qu'on économiserait », avait-il dit. Mais elle savait bien que ce n'était pas une question d'argent. Frankie la voulait tout près d'elle, il voulait savoir qu'elle lui appartenait.

Depuis le début de son séjour, il s'était montré désespérément possessif. Il ne s'asseyait jamais au-delà d'un mètre d'elle, et il s'arrangeait toujours pour la caresser. Elle n'y voyait pas d'inconvénient, au contraire. Cependant, il paraissait mal dans sa peau, craignant sans doute qu'elle ne fasse ses bagages et qu'elle le laisse pour de bon. Comme si ça pouvait arriver !

Ils n'avaient pas eu de rapports sexuels. Elle aurait aimé, elle avait d'ailleurs apporté des préservatifs. Elle le désirait au point que ses seins en devenaient douloureux. Mais il avait éludé. Après avoir ri de sa nervosité quand ils étaient à Croydon, il était tendu maintenant, guettant sans cesse le pas de Sophie dans l'escalier, ou les allées et venues de sa mère. La nuit précédente, alors que tout le monde dormait, il était venu en catimini dans sa chambre et s'était assis sur son lit. Il l'avait embrassée et caressée, et elle avait fini par enlever sa chemise de nuit. Elle était restée nue sous ses yeux. Elle le désirait. Était-ce ça, l'amour ? Certainement. Mais il l'avait recouverte avec le duvet et s'était étendu près d'elle, puis il s'était mis à somnoler et s'était réveillé en sursaut, ne sachant plus où il se trouvait.

D'un côté, elle lui était reconnaissante de ses scrupules. Cela l'empêchait de penser à son rendez-vous avec la journaliste, qui devait avoir lieu dans quelques jours.

– Il est encore temps que tu changes de fac. C'est simple comme bonjour. Tu n'as qu'à téléphoner à l'université et demander des renseignements sur la licence d'histoire. Tu as déjà les résultats de tes examens, tu devrais donc passer avant tous ceux qui viennent juste de finir le lycée.

– J'ai déjà une place dans le Sussex, dit-elle fermement.
De toute façon, tu finis ton cursus cette année. Ensuite, je serai indépendante.

– Mais je chercherai du travail ici, nous pourrions rester ensemble. Et quand tu auras fini tes études, nous pourrions voyager. En Asie, en Inde, et ailleurs. On irait n'importe où.

– Le programme du Sussex m'intéresse. Ta fac, je ne la connais pas.

– Tu pourrais te renseigner ? dit-il doucement.

Elle se sentit faiblir. Était-ce si important pour lui qu'elle change d'université ? Cela le rendrait-il vraiment heureux ? Bien sûr, Rosie n'apprécierait pas. Mais elle pourrait peut-être se laisser convaincre ? Si elle savait à quel point Frankie comptait pour elle ! Et que penserait Jill Newton ? Et Patricia Coffey ? Elle serait obligée de leur demander leur accord. Autrement, elle n'aurait aucune confiance dans sa propre décision. De toute façon, tout ça dépendrait en grande partie de l'article de presse. Le journal allait-il vraiment garder le secret sur son identité ?

Brusquement, Frankie roula sur lui-même et s'assit.

– Ne me réponds surtout pas, dit-il en lui tournant le dos.

Il avait pris son silence pour une réponse négative. Elle soupira. Si Frankie pouvait être un peu moins infantile !

– Apparemment, tu préfères être loin de moi, continua-t-il avec une expression boudeuse. Tu préfères commencer tes études au milieu de gens nouveaux. Et tu espères peut-être rencontrer quelqu'un qui soit moins exigeant que moi.

– Ce n'est pas vrai...

– Alors pourquoi ne veux-tu pas changer de fac pour venir à la mienne ? C'est trop te demander ?

Alice l'observa quelques instants. Voyant son front plissé par l'obstination, elle se décida assez rapidement. Oui, c'était trop lui demander. Elle avait fait ses projets depuis plus d'un an. Elle voulait aller dans le Sussex et suivre son premier cycle en histoire. Elle avait déjà tout arrangé. Elle se leva et se dégourdit les jambes. Même si elle changeait de fac, elle n'avait aucune certitude que Frankie serait plus heureux.

– Je vais marcher, dit-elle froidement. Tu viens ?

Il resta où il était, les yeux fixés au loin. Elle lui jeta la carte et s'éloigna sans regarder derrière elle.

En s'orientant avec sa boussole et les flèches de balisage, elle marcha plus d'une heure, sous l'impulsion d'une frustration croissante. N'avait-elle pas assez de soucis ? Pourquoi Frankie ne pouvait-il être heureux, tout simplement ? Elle était là, à Brighton, dans sa famille. Il faisait très beau et ils étaient seuls. Il l'avait rien que pour lui. La veille, elle était prête à le faire entrer dans son lit, ce qu'il avait désiré depuis longtemps. Pourquoi n'était-il jamais satisfait ?

Apercevant un grand arbre, elle se dirigea vers l'ombre de ses branches. Elle avait faim et soif, mais c'était Frankie qui avait les provisions dans son sac. Allait-il enfin arriver ? Elle regarda derrière elle, mais personne sur le chemin. C'en était trop. Il s'était comporté comme un gamin et il avait gâché leur journée. Elle s'allongea sur l'herbe, la tête sur un bras, et elle ferma les yeux. Pourquoi était-ce toujours si compliqué avec les gens ? Vous deveniez proche d'eux, vous commenciez à les aimer, et ils vous laissaient tomber.

Au bout d'un moment, elle laissa le souvenir de Michelle Livingstone s'insinuer dans sa tête.

Une brise légère remua les feuilles au-dessus d'elle. Ouvrant les yeux, elle contempla les branches et les pans de ciel irréguliers qui apparaissaient au travers. Michelle l'avait laissée tomber, comme tous les autres. Pourtant, elle n'avait pas mérité de mourir. Pas comme ça.

Debout dans le salon de Mme Livingstone, Jennifer expliquait à la femme policier qu'elles avaient joué dans le parc et qu'elles s'étaient querellées.

– Et Michelle est partie ! ajouta-t-elle en écartant les bras dans un geste d'impuissance.

D'autres personnes lui posèrent encore des questions, puis la laissèrent tranquille. Assise dans la cuisine à côté de Lucy, elle entendit Mme Livingstone qui parlait à sa mère. La police faisait son enquête dans chaque maison, disait-elle, tandis que les voisins et d'autres personnes du village l'aidaient à chercher la fillette partout dans la ville.

— Elle s'est peut-être laissé enfermer quelque part… dans un garage ou un abri de jardin, dit Mme Livingstone d'un ton plein d'espoir.

— Elle est peut-être avec d'autres amies que vous ne connaissez pas, ajouta la mère de Jennifer.

D'une voix enjouée, M. Livingstone tenait aussi des propos rassurants.

— Qu'est-ce qui est arrivé à Michelle ? chuchota Lucy.

— Je n'en sais rien, répondit Jennifer.

Pendant un moment, assise dans cette grande cuisine où les casseroles et les poêles pendaient joyeusement au plafond, elle eut l'impression que c'était vrai, qu'elle ne savait pas. Les événements de la journée n'étaient qu'un mauvais rêve. Les voix provenant du salon, les suggestions que Michelle s'était perdue, ou qu'elle jouait avec une nouvelle amie et qu'elle avait oublié l'heure, tout cela lui paraissait possible. Chaque fois que quelqu'un frappait à la porte, elle tournait dans sa direction un regard plein d'espoir, comme si Michelle, avec ses cheveux roux, pouvait surgir à n'importe quel moment dans la cuisine, en riant et en demandant pourquoi tout le monde faisait une tête pareille.

Quand la nuit tomba, l'état d'esprit changea. Sa mère la ramena à la maison et lui ordonna d'aller se coucher. Jennifer resta étendue sur le lit dans les vêtements qu'elle portait pour aller au barrage. En bas de l'escalier, il y avait du bruit, des voisines qui venaient prendre des nouvelles. En entendant une voix d'homme, Jennifer se glissa hors du lit pour voir de qui il s'agissait. C'était M. Cottis, auquel sa mère disait d'une voix sifflante que la fillette était introuvable. Il partit sans ajouter un mot. Jennifer l'imagina se glissant dans la nuit, les verres de ses lunettes ayant à peine le temps de s'accommoder à l'obscurité.

Elle retourna au lit. Une fois sous son duvet, elle ferma les yeux et sombra dans un sommeil irrégulier, une profonde obscurité peuplée de rêves effrayants. Ouvrant les yeux, elle reprenait tout de suite conscience de sa chambre, des bruits inhabituels qui venaient de l'extérieur, voix et portières de voiture qui claquaient. Puis elle recommençait à rêver. Une fois, elle aurait juré qu'elle voyait le chat errant, qui se léchait les pattes, assis face à elle au bout du lit. La terreur l'envahit. Elle voulut tendre la main pour se protéger de l'animal, mais avant de pouvoir faire quoi que ce soit, elle tomba de nouveau dans un sommeil qui ressemblait à un puits sans fond. Quand elle se réveilla, beaucoup plus tard, sa chambre était moins sombre. Une lumière froide brillait à la fenêtre, projetant quelques ombres. Elle se leva, raide et mal à l'aise d'avoir dormi dans ses vêtements. Sur le palier, elle entendit sa mère ronfler doucement. La porte de sa chambre était grande ouverte.

Elle s'approcha de la fenêtre du salon. Les voitures de police étaient encore là. Tout était calme, il n'y avait personne d'autre alentour. Il n'était que six heures du matin. La journée s'étendait devant elle, vide et terne. Elle n'avait qu'une seule chose à faire : attendre.

Elle regarda le journal du matin à la télévision. La présentatrice parla d'une fillette de dix ans qui avait disparu à Berwick. Elle montrait un réverbère sur lequel était placardée une affiche dont les bords se soulevaient sous la brise matinale :

AVEZ-VOUS VU CETTE PETITE FILLE ?

La présentatrice avait un visage grave, malgré son rouge à lèvres brillant et ses boucles d'oreilles orange qui ressemblaient à des bonbons. Elle disparut de l'écran et fut remplacée par une vue du barrage. Une voix annonça qu'on draguait le lac, au cas où la fillette y serait tombée. Retenant son souffle, Jennifer garda les yeux rivés sur l'écran, sur l'étendue d'eau, noire et plate. À sa place, il y avait eu des champs et des maisons, et maintenant elle recouvrait tout, y compris quelques chats morts.

À midi, tout changea. Quelqu'un frappa à la porte au lieu de se servir de la sonnette, ce qui l'effraya. Bientôt, la personne frappa encore plus fort, d'une manière insistante, impatiente.

– J'arrive, j'arrive ! cria sa mère.

Elle traversa le couloir d'un pas traînant.

Jennifer entendit qu'on lui posait des questions terribles, avec des mots précis, puis des pas, qui semblaient bien déterminés à arriver jusqu'à elle, à la trouver. Ses muscles dorsaux se durcirent tandis que sa poitrine s'enfonçait et que ses épaules ne formaient plus que deux boules. La porte du salon s'ouvrit brusquement et ils entrèrent. Elle vit leurs silhouettes réfléchies sur l'écran de la télévision.

– Jennifer Jones, suivez-nous immédiatement !

Lucy Bussell leur avait raconté la vérité. D'une certaine façon, Jennifer était soulagée.

Assise en tailleur, Alice observait les lieux. En face, le sentier grimpait. Elle ne devait plus avoir que quelques kilomètres à parcourir avant d'atteindre le village. Là, elle attendrait la mère de Frankie. Derrière elle s'étendaient les prés et les champs qu'elle venait de traverser. Au loin, elle aperçut une petite silhouette. C'était certainement son ami. Alice se détendit. Ils allaient se réconcilier. Frankie avait besoin qu'elle le rassure. Calmement, elle le regarda marcher dans sa direction. Il longeait un champ de maïs et ne semblait pas plus grand qu'un enfant, à côté des tiges géantes. Il allait la rejoindre d'ici un quart d'heure à peine. Elle se leva et lui adressa de grands signes. La silhouette s'arrêta un instant et agita le bras. Alice s'assit, le dos contre un arbre, et attendit.

Lucy leur avait tout raconté. Ils se mirent en colère, exigeant que Jennifer leur dise ce qui s'était passé après qu'elle eut quitté le barrage. Elle aurait bien voulu. Elle ouvrait la bouche pour laisser sortir les mots, mais quelque chose les bloquait. Les visages se pressaient autour d'elle, les bouches la bombardaient de questions. Pourquoi avait-elle menti ? Qu'était-il arrivé ? Savait-elle où se trouvait Michelle ? Elle n'avait pu que hocher la tête. Oui, elle le savait.

Les yeux illuminés, Mme Livingstone s'agrippa à son mari. Jennifer voulait lui dire : « Non, non, elle est déjà morte. Mais je sais où elle est ».

Deux policiers, dont une femme, l'emmenèrent dans leur voiture avec Lucy. Derrière, les parents de Michelle suivaient dans leur propre véhicule. Sur le trottoir, sa mère se balançait d'avant en arrière, une expression troublée sur le visage. Elle n'allait pas venir. Jennifer la regarda par la vitre arrière pendant que la voiture remontait lentement l'allée. Sa mère rapetissait, elle était de plus en plus loin. Assise près d'elle, Lucy parlait sans arrêt, racontant ce qu'elles avaient fait, ainsi que l'accident, quand elle était tombée dans l'eau. Sa voix était ferme quand elle dit aux policiers que Jennifer l'avait sauvée de la noyade.

– Qu'en dis-tu, Jennifer ? Est-ce que ça s'est vraiment passé de cette façon ?

En entendant la voix de la femme policier, elle détourna le regard de sa mère, qui disparaissait à l'horizon.

Jennifer n'arrivait pas à parler. Sa langue semblait paralysée, incapable de produire le moindre son.

Quelques minutes plus tard, ils se garèrent sur le parking officiel du barrage, suivis de M. et Mme Livingstone. Un gardien en veste imperméable et en pantalon vert les attendait. Il salua la femme policier d'un signe de tête et montra du doigt une Land Rover. La femme policier annonça à M. et Mme Livingstone qu'ils devaient rester avec elle sur le parking. Il y eut une discussion. De plus en plus bouleversée, Mme Livingstone éleva la voix. Jennifer l'observa, mais les mots échangés lui passèrent par-dessus la tête. Mme Livingstone eut brusquement la peau sèche et jaune, la bouche ouverte, les lèvres blêmes. La seule chose qui restait vivante en elle était son regard, sombre, terrifié, allant d'un interlocuteur à l'autre avant de se poser sur Jennifer.

Une autre voiture de police arriva sur le parking, et les officiers firent reculer les parents de Michelle en parlant d'ambulance et de médecins.

Jennifer, Lucy, un des policiers et le gardien montèrent dans la Land Rover. Elle roula lentement sur le chemin, s'engagea sur le sentier plein de trous, qu'elle franchit sans problème. Elle fit le tour du lac en un rien de temps. Ils descendirent à l'endroit où le chemin bifurquait dans le bois. Le gardien marmonnait quelque chose au sujet d'un sentier piétonnier interdit au public.

Lucy en tête, ils marchèrent en file indienne. Jennifer jeta un coup d'œil au gardien. Il portait une petite boîte sur laquelle les mots « Premiers soins » étaient inscrits. C'est à ce moment-là qu'elle comprit. Ils faisaient tous la même erreur qu'elle avait faite avec Michelle. Quand Lucy leur avait dit que ses frères avaient un repaire, ils avaient imaginé une cabane, une tente ou une grotte. Un véritable abri, un endroit où quelqu'un pouvait survivre. Ils avaient mal compris. Ils ne savaient pas qu'il s'agissait d'un simple trou. Les jambes flageolantes, elle s'arrêta un instant. Ils croyaient qu'ils allaient retrouver Michelle vivante.

– Viens, Jennifer !

La voix sèche de l'officier de police claqua comme un fouet. Jennifer se remit à marcher, entre Lucy et les adultes. Étrange procession serpentant le long de la côte. Près du trou entre les arbres, elle ralentit, les pieds lourds comme du plomb, les jambes coupées.

– C'est par là ! annonça Lucy.

Ils avancèrent à pas prudents dans la demi-obscurité du sous-bois, faisant craquer des branches et des herbes sèches. Ils sortirent à la lumière du soleil et s'arrêtèrent au-dessus de l'eau.

– Où sommes-nous ? demanda le policier, l'air désorienté.

– C'est un bras d'eau. Quand le niveau du barrage est trop élevé, l'eau s'évacue par là, répondit le gardien.

Jennifer n'écoutait pas vraiment. Elle fixait les branches qui recouvraient la cavité. Elle croyait les avoir disposées plus minutieusement.

– Où est ce repaire, Lucy ? interrogea le policier.

Lucy le pointa du doigt, et le policier et le gardien parurent stupéfaits. Jennifer eut presque envie de sourire. « Vous êtes exactement comme nous, avait-elle envie de leur dire. Nous aussi, nous avons été déçues. »

– Où, Lucy ?

– Là, sous ces branches.

Le policier fit quelques pas et baissa les yeux sur le point qu'elle leur indiquait. Jennifer retint son souffle.

– Ce n'est qu'un trou, dit-il, ahuri.

Il ne l'avait pas vue. Elle était sous les branches. Il fallait qu'il regarde de plus près.

– C'est là que mes frères cachent leurs affaires. Tu te rappelles, Jen ? Il y a des sacs de couchage, de la nourriture…

Énervée, Lucy énuméra les objets qu'elles avaient déballés la veille. Le policier l'interrompit.

– Mais où est Michelle ?

– Sous les branches, dit Jennifer d'une voix couinante.

Elle avait l'impression d'être restée muette pendant des heures. Et maintenant, c'était elle qui avait une voix de petite souris. Ils fixèrent sur elle un regard étonné.

Le policier baissa de nouveau les yeux. Sans cacher sa stupéfaction, il secoua la tête et poussa quelques branches du bout du pied. Puis il s'adressa au gardien en marmonnant. Il ne la prenait pas au sérieux. Il ne la croyait pas. Elle s'approcha du trou, se pencha et retira les branches.

– Elle est là-dedans, cria-t-elle. Elle est là !

Mais elle ne vit que la terre humide, qui avait la même odeur que le lac. Retirant les branches une à une, Jennifer, horrifiée, regarda la cavité. Il n'y avait personne. Michelle n'y était plus.

Frankie souriait quand il arriva enfin sous l'arbre. Il joignit les mains dans un geste de prière. Puis l'une d'elles se transforma en poing, avec lequel il se cogna la tête.

– Je suis un imbécile. Pardonne-moi.

Il la prit dans ses bras et la souleva de terre.

– Tu me pardonnes ? chuchota-t-il.

Elle sourit. Évidemment, elle lui pardonnait.

– Il faut que je boive un coup, dit-elle. Sinon, je vais mourir de soif.

Il se mit à rire et fit glisser son sac à dos par terre. Il en tira les bouteilles d'eau, et la couverture qu'ils avaient prise pour le pique-nique. Alice s'y assit et but avec avidité. L'eau froide lui rafraîchit la gorge. Une seconde plus tard, Frankie était contre elle et l'embrassait, doucement d'abord, puis avec fougue, lui faisant tourner la tête tandis qu'elle se renversait sur la couverture, qu'il s'allongeait sur elle et la clouait au sol. Elle ferma les yeux et sentit la brise sur son visage. Juste au-dessus d'eux, les feuilles bruissaient. Alors que Frankie remuait sur elle, elle lui enlaça le cou et le maintint fermement. Un peu plus tard, il se souleva et lui jeta un coup d'œil interrogateur. Elle hocha la tête. Il s'assit, fourragea dans ses poches, ouvrit son pantalon pendant qu'elle se débarrassait de son jean et de son slip.

Il revint s'allonger sur elle. Elle sentit la chaleur de sa peau sur son ventre et ses jambes. Il hésita un instant, avant de l'embrasser fiévreusement sur le visage, le cou et les épaules, tout en lui ôtant le peu de vêtements qu'elle avait gardés. Quand tout fut fini, il se laissa retomber sur elle, aussi haletant que s'il avait gravi une montagne.

– Je t'aime, murmura-t-il.

Elle ferma les yeux. Était-ce juste ? Avait-elle droit à un tel bonheur ?

Ils entouraient le trou. Le policier, le gardien, Lucy et Jennifer. Il était vide. Hystérique, Jennifer s'acharnait dessus en hurlant des absurdités au sujet de chats sauvages.

Quelque chose attira l'attention du policier. Un éclair rose, au-dessus, dans les buissons. Restant d'abord silencieux, il tendit le cou pour mieux voir.

– Oh non ! s'exclama-t-il en s'approchant.

Jennifer s'arrêta et leva les yeux. Lucy suivait déjà le policier.

– Oh non, Seigneur !

Jennifer entendit sa voix, tandis que la radio se mettait à crachoter. S'approchant du policier, elle baissa les yeux et vit le rose criard du pull-over de Michelle.

– Ne laissez pas les enfants voir ça ! cria le policier.

Bouche bée, le gardien du parc se tourna vers les deux fillettes et tenta mollement de les faire reculer. Jennifer passa outre et rejoignit le policier, les yeux rivés sur le cadavre de son amie.

23

Ils emmenèrent Sophie sur l'aire de jeux de la plage pour se faire pardonner leur promenade sans elle.

Elle avait mis un temps fou pour se préparer, hésitant entre plusieurs tenues qu'elle avait montrées à Alice. En l'attendant, Frankie avait feuilleté le journal, assis sur la dernière marche de l'escalier. Quand Sophie était enfin sortie de sa chambre, Alice avait remarqué qu'elle s'était légèrement maquillé les paupières.

Ils prirent le bus jusqu'au front de mer. Sophie s'assit à côté d'Alice.

– Quelle est cette horrible odeur ? demanda soudain Frankie en reniflant comme un chien.

Les deux filles lui jetèrent un coup d'œil étonné.

– Oh, c'est le parfum de Sophie ! ajouta-t-il avec un sourire taquin.

– Idiot ! grommela sa sœur.

Elle remonta ses lunettes sur son nez.

Sur la plage, elle donna le bras à Alice, qui, de la main, se protégeait les yeux d'un soleil aveuglant. Devant elles, Frankie marchait d'un pas décontracté, bras ballants, l'air satisfait. Jennifer pensa au moment qu'ils avaient passé ensemble, étendus sur l'herbe, aux mains de Frankie sur sa peau, à son corps apaisé. Un accès de désir la submergea. Elle se força à sourire à Sophie et à se concentrer sur ce qu'elle disait.

– En réalité, elle s'appelle Charlotte, mais elle veut que je l'appelle Charlie. Sa mère n'est pas contente. Mais Charlie déteste son prénom. Elle m'a dit qu'elle le changerait quand elle serait grande.

Alice releva les sourcils.

– Elle est complètement folle, continua Sophie. Elle est impertinente avec les professeurs. La semaine dernière, l'un d'eux a trouvé de la…

Elle fit une pause et continua :

– … des cigarettes dans son sac.

– Elle a une mauvaise influence sur toi, dit Frankie par-dessus son épaule. Maman devrait t'empêcher de la voir.

– Tu aimerais bien ! rétorqua Sophie en lançant un regard dédaigneux à son frère. Charlie est ma meilleure amie !

– Ne fais pas attention à ce qu'il dit, intervint Alice en lui tapotant le bras. Il ne le pense pas. Si tu voyais certains de ses copains, à l'université !

Frankie fit semblant de se mettre en colère.

– Ne me trahis pas ! lança-t-il.

Comme il s'éloignait un peu d'elles, Sophie chuchota :

– Parfois, j'aimerais mieux avoir une grande sœur plutôt qu'un frère !

Après avoir accepté de faire quelques tours de manège avec elle, Frankie suggéra d'aller manger du poisson et des frites. Mais Sophie ne voulut que des frites.

– Je suis végétarienne, confia-t-elle à Alice.

– Depuis quand ? demanda Frankie.

– Depuis peu. Charlie et moi, on ne mange plus de viande. C'est cruel, et pas du tout indispensable. Les humains n'ont pas besoin d'en manger.

– Et tes chaussures, elles ne sont pas en cuir ?

Levant un pied, puis l'autre, Sophie examina ses baskets.

– Fiche-lui la paix, dit Alice en lui enfonçant un doigt dans les côtes. Si elle ne veut plus manger de viande, c'est son affaire !

Frankie soupira.

– La semaine prochaine, ce sera encore autre chose. Tout ça dépend de ce que Charlotte décide !

– Pas Charlotte ! Charlie !

Ils s'assirent sur la jetée pour pique-niquer. Les frites étaient chaudes et salées, et le poisson s'émietta entre les doigts d'Alice. Il était presque dix-neuf heures, mais plusieurs familles s'attardaient sur la plage, creusant le sable, construisant des châteaux ou jouant au ballon. Assis sur une petite serviette, un couple enlacé s'embrassait sans se préoccuper des autres. Les manèges semblaient loin, bien que l'air fût empli de cris distants et d'échos de musique. À l'horizon, le soleil glissait lentement dans la mer.

Un téléphone sonna. Alice posa ses aliments et sortit son mobile de son sac.

– Un minimessage, dit-elle en appuyant sur un bouton.

C'était Jill Newton.

« Quand tu seras seule, appelle-moi. Jill. »

Alice fronça les sourcils. Elle voulait téléphoner tout de suite, mais c'était impossible. Alarmée, elle redressa les épaules. Derrière elle, elle entendit Sophie murmurer :

– Qui est-ce ?

Frankie plaisanta à voix basse :

– C'est peut-être son autre petit ami.

Alice se ressaisit. Ce n'est rien, pensa-t-elle. Un détail de dernière minute au sujet de l'interview avec la journaliste. Si c'était vraiment important, Jill aurait téléphoné. Elle remit négligemment le mobile dans son sac, comme s'il ne s'agissait que d'une communication banale. Se retournant, elle prit son paquet de frites et en fourra une dans sa bouche.

– C'était Rosie, marmonna-t-elle. Elle veut s'assurer que vous veillez bien sur moi.

Frankie roula les yeux, mais Sophie prit un air grave.

– Elle est gentille, je l'aime bien ! dit-elle en donnant une bourrade à son frère.

Ils reprirent le bus. Cette fois, Alice s'assit à côté de Frankie, et Sophie s'installa sur le siège avant et se tourna vers eux. Ils jouèrent à un jeu. À tour de rôle, ils devaient trouver un prénom féminin commençant par la dernière lettre du nom précédent.

Anne, Emily, Yvonne, Ethel, Lorraine, Élizabeth, Harriet, Tina, Amanda, Amy, Yvette, Ellen, Nell, Lily...

Quand ils descendirent du bus, Sophie était à court d'idées.

– C'est trop difficile avec un y ! se plaignit-elle.

– Tu donnes ta langue au chat ? dit Frankie.

Elle secoua la tête.

Alice marchait devant eux et arriva la première à la maison. Frankie la rejoignit et l'enlaça.

– Ça va ?

– Oui, mais... Tu crois que ta mère accepterait que je prenne un bain ? J'ai un peu mal à la tête. J'ai dû passer trop de temps au soleil !

– Bien sûr, dit-il d'un air compréhensif.

– Il n'y a que deux noms : Yvonne et Yvette ! Ce n'est pas juste ! s'écria Sophie.

– Alors tu abandonnes ? demanda encore son frère.

Alice les devança et monta précipitamment l'escalier. Elle passa dans sa chambre prendre sa trousse de toilette et sa serviette avant d'entrer dans la salle de bains, dont elle referma la porte à double tour. Elle alluma le petit poste de radio posé sur une étagère au-dessus du lavabo. Il était branché sur une station de musique classique. Elle boucha la baignoire et fit couler un mince filet d'eau chaude. Puis elle s'assit par terre et téléphona. Jill décrocha aussitôt.

– Alice ?

– Rosie va bien ?

– Oui oui, elle va bien. Pas de problème de son côté, mais...

Alice retint son souffle. Dans son dos, l'eau coulait lentement dans la baignoire.

– Alice, je suis désolée, mais j'ai de mauvaises nouvelles.

La musique était douce, quelques notes de piano s'égrenaient par-dessus le bruit de l'eau.

– Il y a eu une fuite au bureau de Sara Wright. Elle est terriblement contrariée. Apparemment, une collègue à qui elle faisait confiance a eu accès à l'un de ses articles, et elle l'a vendu à un journal à scandales. Naturellement, elle a été renvoyée, mais le problème, c'est qu'il va être publié dans le journal de demain !

– Il va paraître dans les journaux ? dit Alice en se mordillant l'ongle du pouce.

– Nous avons passé tout l'après-midi à essayer d'obtenir l'interdiction de publier. Mais le juge a refusé. D'après lui, nous avons abandonné notre droit à garder le secret en passant un accord avec un journal. Nous allons nous adresser à un autre juge, qui pourra peut-être tout arrêter, mais je dois te prévenir, Alice. Il y a de fortes chances pour que ton histoire et ta photo soient dans les journaux demain matin.

Alice consulta sa montre. Il était près de neuf heures du soir. Dans neuf heures, tout le monde saurait qui elle était. Tout le monde sans exception.

– Je voulais aussi te dire de faire tes bagages. Rosie est en route, elle vient te chercher. Elle arrivera vers dix heures, dix heures et demie. Il vaut mieux que tu rentres à la maison, c'est le meilleur endroit où tu puisses être. Je viendrai demain matin, nous verrons ensemble si cet article est vraiment mauvais pour toi. Ensuite, nous déciderons de la stratégie à adopter.

Elle raccrocha. Alice médita sur le mot « stratégie ». Cela ressemblait à une bataille pour laquelle elles devaient mettre au point les prochaines manœuvres. Laissant glisser son portable sur le carrelage, elle serra très fort ses bras autour d'elle, comme si on lui avait passé une camisole de force. Le moment était arrivé. Elle avait cru pouvoir y échapper, mais elle s'était trompée. Bientôt, tout le monde allait savoir qui elle était et ce qu'elle avait fait. La gorge

sèche, elle inspira par la bouche. Derrière elle, l'eau continuait à couler. Il fallait qu'elle se lève et qu'elle prépare ses
affaires pour être prête quand Rosie arriverait.

Cependant, au lieu de se précipiter, elle se déshabilla et
entra dans la baignoire. Bien que l'eau fût brûlante, elle
s'y immergea. Elle se lava des pieds à la tête, méticuleu-
sement, comme si c'était ce qu'elle avait de plus important
à faire. Quand elle eut terminé, elle ferma les yeux et resta
étendue, la tête sous l'eau, pour se rincer les cheveux. Puis
elle s'assit. Elle inhala la vapeur et entendit les notes de
piano qui s'échappaient de la petite radio. Quelqu'un
frappa à la porte. Elle se raidit. Si au moins elle pouvait
rester tranquille dans cette pièce…

– Oui ? dit-elle, surprise par la force de sa voix.

– Alice, j'ai trouvé !

C'était la voix de Sophie, joyeuse et déterminée.

– J'ai trouvé un nom : Yolanda. C'est bien un nom de fille ?
Frankie dit que ce n'en est pas un, mais il ment, n'est-ce pas ?
Quand tu sortiras, tu lui diras que j'ai gagné ?

– Bien sûr.

Ce n'était pas la seule chose qu'elle aurait à lui dire.

24

Frankie frappa légèrement à la porte de sa chambre avant de l'entrouvrir.

– Ça va ? demanda-t-il.

Elle avait presque terminé ses bagages. Voyant son sac, il entra en fronçant les sourcils.

– Qu'est-ce qui se passe ?

– Il faut que je parte. Il est arrivé...

– Quoi ? Quelque chose ne va pas ?

– Oui... Non... Enfin, ce n'est pas nous... Je...

– C'est à cause de cet après-midi ? Tu regrettes que... ?

– Non, ça n'a rien à voir avec nous.

Il était debout près de son lit, l'air un peu ensommeillé, les cheveux ébouriffés. Il semblait sortir d'une sieste et se rappeler qu'elle était là. Il s'étira en bâillant. Elle eut envie de le serrer dans ses bras, de poser la tête sur sa poitrine. Mais il était trop fort pour elle. Il avait toujours été trop fort pour elle.

— Tu ferais mieux de t'asseoir, dit-elle en reculant.

Elle ôta son sac du lit et le posa par terre.

Résigné, Frankie se laissa tomber sur le duvet. Apparemment, il s'attendait à apprendre une mauvaise nouvelle. Alice s'assit près de lui et posa une main sur son épaule. Il n'imaginait pas à quel point ce qu'elle avait à lui dire était terrible.

— L'autre nuit, tu te souviens ? Je t'ai demandé si tes sentiments pour moi changeraient si tu apprenais que j'ai fait quelque chose de mal.

Elle parlait avec légèreté, délibérément.

— Alice, si tu veux me laisser tomber, vas-y franchement, dit Frankie d'une voix blanche.

— Écoute-moi. Je ne veux pas te laisser tomber. Je t'aime !

C'était la première fois qu'elle le disait. Rien que ces trois petits mots. Cependant, Frankie garda la tête baissée sans paraître les entendre. Il était tellement persuadé que ce qu'elle avait à lui dire avait un rapport avec lui.

— Je ne m'appelle pas Alice Tully, dit-elle aussi fermement que possible.

Il leva des yeux ébahis.

— Qu'est-ce que tu racontes ?

– Alice Tully n'est pas mon véritable nom. Il n'y a que sept ou huit mois que je le porte. Depuis que je vis chez Rosie.

Sans rien dire, il s'appuya en arrière sur les mains, son visage exprimant un vif intérêt. Maintenant, il était sûr qu'elle n'allait pas le quitter. S'il savait à quel point c'était pire !

– Ce n'est pas facile de te dire ça. Mon vrai nom est Jennifer Jones. Il y a sept mois, j'ai été libérée d'un centre pénitentiaire. Je... je... Mon nom a été changé pour que je puisse repartir de zéro. Commencer une nouvelle vie.

Il avait les yeux braqués sur elle. Apparemment, ce nom n'avait déclenché aucune sonnette d'alarme dans sa tête. Elle décida d'aller jusqu'au bout.

– Frankie, il y a six ans, j'ai été impliquée dans... J'ai provoqué...

– Jennifer Jones ? répéta-t-il en réfléchissant, les sourcils froncés.

– Il y a six ans, j'ai tué ma meilleure amie. Et je suis allée en prison.

Le silence s'installa. Pas le moindre bruit. Retenant son souffle, Alice le regarda droit dans les yeux en lui prenant la main.

– Je... C'est ce que j'ai fait. Je ne peux trouver aucune excuse. Je l'ai tuée...

Sa voix se brisa et elle lutta contre les larmes.

– J'avais dix ans. J'étais près d'un lac avec une autre fille, et je l'ai frappée avec une batte. Je ne sais pas ce qui m'a pris, mais je sais que c'était un coup de folie.

– Tu es Jennifer Jones ? répéta Frankie, le regard empli de crainte.

– Oui.

– Ce n'est pas possible, dit-il avec un rire forcé. J'ai lu un article dans le journal. Elle vient juste d'être libérée. Il y a eu un tas d'articles à son sujet. Maintenant, elle vit à l'étranger.

– C'est moi. J'ai été libérée il y a six mois. Peu de gens sont au courant. L'article sur ma sortie officielle ? C'était du bluff pour tromper les médias. Tu vois, c'est une sacrée nouvelle.

Elle pleurait en serrant la main de Frankie entre les siennes.

– Tu as tué ton amie ? murmura-t-il.

– Oui. Je ne peux pas expliquer pourquoi. La seule chose que je sais, c'est que c'est bel et bien arrivé. Je n'étais plus moi-même. Je ne savais plus ce que je faisais.

Elle s'interrompit. Ce n'était pas bien de nier sa responsabilité. Elle avait passé trop de temps avec des psychologues pour trouver des excuses.

– Ce n'est pas vrai. Je le savais très bien. Je savais ce que je faisais. Mais je suis incapable d'expliquer pourquoi je l'ai fait. C'est moi qui l'ai tuée, et en même temps c'était aussi quelqu'un d'autre.

– Mais...

Alors que Frankie commençait à parler, il remarqua qu'Alice lui tenait la main. Il la retira, se leva et arpenta la chambre en rejetant ses cheveux en arrière du bout des doigts.

– J'ai lu un article à ce sujet. Il y a plusieurs semaines. Il me semble que je savais déjà de quoi il s'agissait. Jennifer Jones. Ça s'est passé dans un bois...

– Près d'un barrage. Berwick Waters. C'est à côté de Norwich.

Alice parla d'une voix plus assurée. C'était facile de donner des faits.

– Elle avait dix ans, et moi aussi. Il y avait une autre fille, mais elle, elle n'était pas coupable.

– Tout ça était dans les journaux.

– Oui, c'était un drame. Une petite fille qui venait d'en tuer une autre.

Elle en parlait comme si cela ne la concernait pas.

– Et c'était toi ?

Elle hocha la tête. Il resta silencieux. À quoi pensait-il ? D'un côté, elle aurait aimé le savoir, mais d'un autre, elle préférait l'ignorer.

– Cette gamine, elle n'a pas été tuée sur le coup. Elle a été enterrée vivante !

Prise de vertige, Alice posa les pieds par terre, mais le sol lui parut mou, spongieux. La chambre devenait instable.

Du coin de l'œil, elle voyait Frankie, debout, une main appuyée au mur. Il paraissait plus grand qu'elle ne l'avait jamais vu. Elle se sentit minuscule, comme si elle risquait à tout instant de tomber du lit et de disparaître entre les lames du parquet.

– Non, ce n'est pas vrai... je ne savais pas qu'elle était encore vivante. Je n'avais que dix ans. J'ai cru qu'elle était morte. Je ne l'aurais jamais laissée si j'avais su qu'elle vivait encore. J'aurais appelé une ambulance...

Elle ne put en dire plus. Une idée effrayante venait de lui sauter à l'esprit. L'aurait-elle vraiment fait ? Aurait-elle appelé une ambulance ? Si les yeux de Michelle Livingstone s'étaient ouverts pendant qu'elle la recouvrait de branchages, aurait-elle fait quelque chose pour la sauver ? La voix de Frankie bourdonnait à ses oreilles. Il parlait d'« honnêteté », il disait que c'était une question à laquelle il devait réfléchir, et qu'il aurait besoin de temps et de distance. Cependant, elle se moquait de ce qu'il pouvait dire. Tout ce qui comptait pour l'instant, c'était cette vision d'une fillette étendue sous le feuillage, sa poitrine se soulevant et s'abaissant. Elle avait eu un moment de folie, c'est ce qu'elle avait toujours dit. Cependant, qu'aurait-elle fait si elle avait su que Michelle était vivante ? Aurait-elle levé le petit doigt pour la tirer d'affaire ?

La sonnerie de la porte d'entrée retentit, se frayant un passage dans sa tête. Elle résonna une seconde fois, plus fort, comme actionnée par une personne pressée. Elle l'entendait aussi nettement que si elle s'était trouvée derrière la porte.

– C'est certainement Rosie, dit-elle d'une voix rauque.

– Je n'arrive pas à croire que tu ne m'en aies jamais parlé, dit Frankie. Tu m'as menti.

– Ça faisait partie de l'accord passé avec le juge d'application des peines. Personne ne devait être au courant.

– Rosie le savait ?

– Oui, évidemment. Mais il n'y avait qu'elle. Il fallait bien qu'elle sache qui venait s'installer chez elle...

– Et moi ?

Il y eut du bruit au bas de l'escalier. C'était Jan qui parlait d'une voix forte à quelqu'un, dans le hall d'entrée.

– Est-ce que je n'avais pas le droit de savoir qui tu es ? Avec qui j'allais m'engager ?

– Nous ne pensions pas... À ce moment-là, je n'imaginais pas que j'allais rencontrer... quelqu'un comme toi.

Jan l'appela.

– Je dois y aller... Attends-moi ici, je reviens..., dit-elle doucement.

Lui tournant le dos, elle sortit de la chambre et descendit l'escalier. Rosie l'attendait, l'air anxieux, ses clés de voiture à la main. Près d'elle, Jan paraissait hésiter. Sophie apparut à la porte du salon. Le son de la télévision s'échappa de la pièce.

– Tout va bien ? interrogea Jan.

– Un problème familial. Je dois ramener Alice, dit Rosie avec tact.

Elle agitait ses clés, qui tintinnabulèrent comme des clochettes.

– Oh, je suis désolée, dit Jan.

– Alice s'en va ? demanda Sophie d'un air déçu.

– Oui, ma chérie, répondit Rosie.

– J'arrive dans une minute, dit Alice.

Du bout des lèvres, elle embrassa Rosie sur la joue et grimpa l'escalier, suivie de Sophie. Elle entra dans sa chambre. Frankie était là, assis sur le lit, la tête entre les mains.

– Frankie, je...

Elle s'assit près de lui et lui enlaça le cou.

– Je n'avais que dix ans, j'étais une enfant. Maintenant, je ne suis plus la même.

Mais Frankie se raidit, ses bras et ses épaules formant une espèce de rempart qui la rejetait. Il était fort, et elle, elle était faible. Ce qui avait toujours été le cas. Elle se leva, la gorge nouée. Alors qu'elle saisissait son sac, elle entendit la porte grincer, et Sophie apparut. Passant un bras sous le sien, la fillette s'adressa à son frère :

– Dis à Alice de rester !

Frankie leva sur elle un regard sombre, avant de le poser sur le visage d'Alice.

– Va-t'en, dit-il.

Alice se sentit faiblir. Frankie voulait qu'elle parte, qu'elle s'éloigne de lui. Mais elle découvrit que c'était mille fois pire.

– Sophie, ne t'approche plus d'elle ! Laisse-la partir.

Il se leva et tira Sophie par un bras pour qu'elle la laisse passer.

Il resta debout, ses grands bras sur les épaules de sa petite sœur. Apparemment agacée, Sophie parut prête à se rebiffer. Il recula et l'entraîna aussi loin que possible d'Alice. C'est à cet instant qu'elle comprit. Il protégeait sa sœur. Il la protégeait d'elle, de la tueuse d'enfant qui se trouvait dans sa maison.

Empoignant son sac, elle sortit, la tête résonnant des protestations de la fillette. Elle descendit l'escalier d'un pas incertain. Un vague sourire aux lèvres, Rosie discutait avec Jan. Dès qu'elle vit Alice, elle ouvrit la porte d'entrée. Elle avait gardé ses clés de voiture à la main.

– Merci de m'avoir reçue, dit Alice d'un ton un peu sec en s'approchant de la porte.

– Il n'y a pas de quoi, dit Jan.

Elle se pencha pour lui donner un baiser parfumé sur la joue.

– Nous allons bientôt te revoir, j'espère.

Alice ne répondit pas. Elle savait qu'elle ne les reverrait jamais. Aucun d'eux.

25

Elle se réveilla tôt, dans sa propre chambre. Elle ouvrit les yeux, mais tout son corps était lourd de sommeil. Elle consulta le réveil posé sur la table de chevet. Cinq heures trente-deux. Les journaux allaient bientôt être distribués : chez le directeur du *Coffee Pot*, Laurence et Julien, Kathy – la maman de Rosie –, les collègues de travail et les amies de Rosie, les colocataires de Frankie, les parents de Frankie, les voisins, sa propre mère et son nouveau mari. La liste était longue.

Hier encore, elle était Alice Tully. Qui était-elle aujourd'hui ? Tournant le dos au réveil, elle observa la pièce, qu'elle occupait depuis près de huit mois. Elle l'avait décorée, elle avait déplacé les meubles, elle s'était acheté une chaise et une petite chaîne stéréo. Elle avait ajouté quelques coussins et un miroir, ainsi qu'une lampe originale, dont l'abat-jour était orné d'une frange en petits cristaux. Rosie avait voulu régler ces achats, mais c'était important qu'elle les paie elle-même, et qu'elle mette sa propre griffe dans la décoration de sa chambre.

Elle s'était crue chez elle.

Et maintenant, tout paraissait étrange, rien ne semblait s'harmoniser. Elle s'était absentée quatre nuits pour aller chez Frankie et, en revenant, elle avait trouvé sa chambre beaucoup trop grande, avec un plafond trop haut, un plancher mal joint et grinçant. Dès qu'elle avait ôté ses chaussures, l'air qui passait à travers lui avait glacé les pieds et les jambes.

Elle s'était aussitôt blottie sous sa couette.

– C'est étouffant ici, avait dit Rosie. Je vais entrouvrir la fenêtre.

– Non ! Je préfère qu'elle soit fermée. Et la porte aussi. Refermez-la bien en sortant.

Rosie l'avait embrassée en la serrant dans ses bras avant de quitter sa chambre. Alice l'avait entendue marcher d'un pas lourd dans le couloir, comme si elle portait un fardeau.

Alice regarda la lampe. Elle était trop clinquante, c'était évident maintenant. Elle ne s'accordait pas du tout avec le bois décapé de la coiffeuse. Elle l'avait rapportée avec précaution de la boutique et l'avait d'abord posée sur la table de la cuisine pour la montrer à Rosie. La première réaction de Rosie avait été de demander :

– Qu'est-ce que c'est ?

Quand elle lui avait expliqué, Rosie avait posé les mains sur sa poitrine en disant que c'était « superbe ». Cependant, la lampe n'allait pas du tout avec le mobilier de cette chambre. Rosie avait dit cela pour lui faire plaisir. L'affection que Rosie éprouvait pour elle la réchauffait, tel un feu venant de l'intérieur. Rosie… La seule bonne chose qui lui était arrivée dans la vie.

Alice finit par se rendormir.

Elle fut réveillée par un coup frappé à la porte. Rosie entra, une tasse de thé à la main. Bizarrement, elle avait mis ses vêtements sérieux, ceux qu'elle portait pour aller au tribunal. Alice s'assit, les yeux embrumés, bien qu'elle eût dormi deux heures supplémentaires. Elle s'étira.

– Les journaux sont arrivés ? demanda-t-elle.

Ils devaient déjà être distribués.

Rosie hocha la tête. Alice but une gorgée de thé. De l'extérieur provenaient quelques bruits, des cris, plus envahissants que d'habitude à cette heure de la matinée. Rosie écarta légèrement les rideaux et jeta un coup d'œil.

– Bon sang !

Alice se leva et la rejoignit ; elle avait l'impression de flotter. Par l'entrebâillement des rideaux, elle aperçut une voiture garée de l'autre côté de la rue, les portières grandes ouvertes. Deux personnes étaient assises à l'intérieur et parlaient avec deux hommes qui se tenaient debout près de la voiture. L'un d'eux portait un appareil photo.

— Vous m'aviez bien dit qu'ils n'avaient pas le droit de publier mon adresse ? chuchota Alice.

— Elle n'est pas mentionnée. Ces reporters viennent probablement du journal qui va publier ton histoire. Ils espèrent être les premiers à te photographier.

Une autre voiture vint se garer un peu plus haut dans la rue. Jill Newton en descendit et se dirigea vers la maison. En marmonnant, Rosie dit qu'elle allait lui ouvrir la porte et s'éclipsa, laissant Alice seule dans la chambre. Les journalistes n'avaient pas fait attention à Jill, mais dès qu'elle emprunta l'allée de la maison, ils lui emboîtèrent le pas en parlant fort et en faisant crépiter leurs appareils. Alice entendit la porte d'entrée s'ouvrir et se refermer.

Rosie fit entrer Jill. Les journalistes retournèrent vers leurs voitures et Alice remarqua qu'on ouvrait des rideaux à d'autres fenêtres, et qu'un voisin venait voir ce qui provoquait ce remue-ménage.

Combien de temps faudrait-il pour que tout le monde soit au courant ?

Jill Newton paraissait calme. Elle embrassa Alice et fit de petits bruits avec sa langue quand Rosie lui montra les gros titres. Comme toujours, elle était habillée avec le plus grand soin, d'une veste et d'un pantalon clairs. Elle s'assit à la table de la cuisine mais refusa de boire un verre.

Quand elle croisa les mains, Alice remarqua que son vernis à ongles était écaillé. Alice observa son visage. Jill avait les yeux fatigués, et les verres de ses lunettes n'étaient pas très nets.

– J'ai trouvé un foyer d'accueil où tu peux aller, Alice. Dès que les esprits seront apaisés, nous examinerons la situation pour voir si cet article t'a été préjudiciable.

Elle pianotait du bout des doigts sur la table.

– Je voulais t'y emmener en fin de matinée, mais j'ai bien peur qu'il y ait du nouveau et que nous devions partir assez vite, dans la demi-heure qui vient.

– Qu'est-il arrivé ? interrogea Rosie en posant une main protectrice sur le bras d'Alice.

– Il paraît que sa mère va venir.

– Ma mère ? Pourquoi ?

Alice fut saisie d'une curieuse sensation. Sa mère allait arriver. Pour la voir ? Pour s'occuper d'elle ?

– Je ne sais pas trop comment te dire cela. Elle s'est mise d'accord avec ce journal, répondit Jill avec un sourire méprisant. Mais ce n'est pas la première fois qu'elle agit ainsi.

Alice hocha la tête d'un mouvement sec. Rosie approcha sa chaise tout près de la sienne.

– Ce que les journaux ont récolté ici ne vaut pas la peine d'être lu. Ils ont ton nom, ton lieu de travail, le quartier, etc., mais qu'est-ce que cela signifie ? Pas grand-chose. Ils veulent exciter les lecteurs, leur offrir du spectaculaire. Ils paient ta mère pour qu'elle vienne et qu'elle essaie de te rencontrer. Ils espèrent peut-être une réconciliation en public. Ou une scène embarrassante. N'importe quoi qui puisse leur faire vendre leurs papiers.

— Comment savez-vous tout ça ? demanda Alice d'une petite voix.

— J'ai un contact qui travaille dans la presse. Elle me fait des faveurs, et moi, je lui passe des affaires. C'est un bon arrangement. Comme je lui dis toujours la vérité, je lui ai conseillé de ne pas faire cas des rumeurs sur ton départ au Pays-Bas. Elle m'a téléphoné ce matin. Je lui fais confiance.

— Pourquoi une telle précipitation ? s'enquit Rosie. La maman d'Alice ne vit-elle pas dans le Nord ?

— Ils sont allés la chercher hier. Elle devrait arriver d'ici une heure environ. C'est pourquoi j'ai proposé à Alice de partir.

— Je vais emballer quelques affaires, annonça Rosie en se levant.

Elle se dirigea vers la chambre.

— Je suis vraiment désolée que les événements prennent cette tournure, Alice, dit Jill.

Ne sachant que dire, Alice secoua la tête d'un air incrédule. Sa mère… Elle allait arriver, payée par un journal. Et voir enfin sa photographie publiée en première page. C'était ce dont elle avait toujours rêvé. À cette pensée, Alice se sentit mal.

– Je vais me changer, dit-elle.

Elle laissa Jill seule dans la cuisine.

Ce n'était pas la première fois que Carole Jones passait un marché avec les journaux.

Au début, quand Jennifer avait été envoyée à Monksgrove, elle s'était débrouillée pour venir la voir régulièrement. Chaque mois, pendant plus d'un an, elle avait attendu son tour dans la file des visiteurs avant d'entrer dans le parloir, où il y avait parfois des familles nombreuses en visite. Il arrivait même qu'il y ait un bébé endormi dans un couffin. Jennifer et sa mère avaient l'habitude de s'asseoir près de la fenêtre. Lors de leurs entrevues, elles commençaient toujours par s'embrasser sur la joue d'un air gêné, puis elles bavardaient. C'étaient à chaque fois les mêmes questions. Comment était sa chambre ? Et ses amies ? Son travail scolaire ? Puis venait le tour de Jennifer. Où sa mère vivait-elle ? Avait-elle du travail ? Comment allait sa grand-mère ?

La plupart du temps, sa mère était sur son trente et un, ses cheveux blonds coiffés avec soin et ses lèvres impeccablement maquillées. Jennifer était toujours contente de la voir ainsi, car c'était la preuve qu'elle allait bien. Une ou deux fois, cependant, son apparence avait été négligée. Elle avait les cheveux gras et portait un vieux jean et un haut défraîchi, que Jennifer se souvenait vaguement avoir déjà vus sur elle. À ces moments-là, elle parlait de son travail de mannequin, disant que ses photos allaient de nouveau figurer dans les dossiers d'une agence et qu'elle gagnerait assez d'argent pour acheter un petit appartement pour elles deux. Ainsi, Jennifer pourrait venir vivre avec elle dès qu'elle serait libérée.

Les psychologues disaient que Jennifer était tendue pendant plusieurs jours après ces visites. Elle préférait alors rester seule et éviter les autres enfants. Elle ne s'alimentait plus régulièrement, et parfois elle se mutilait elle-même. Un jour, Patricia Coffey lui avait demandé si elle voulait que sa mère cesse de venir la voir pendant quelque temps. Cela lui offrirait une occasion de réfléchir aux sentiments qu'elle éprouvait pour elle. Mais Jennifer avait secoué la tête avec véhémence. Bien sûr que non ! Comment aurait-elle pu préférer ne pas voir sa mère ?

Cependant, Carole interrompit ses visites pendant tout l'été. Elle lui écrivit une courte lettre pour lui annoncer qu'elle partait travailler à l'étranger et qu'elle serait de retour en septembre. Elle revint toute bronzée, très belle, un minuscule T-shirt découvrant sa rose tatouée. Son ventre plat avait la couleur du miel, et un anneau doré ornait son nombril. Les autres enfants et leurs parents la regardèrent d'un air envieux.

Le mois suivant, elle était lugubre. Elle avait souffert d'une infection pulmonaire. Ses cheveux étaient orange, et, pour la première fois, Jennifer remarqua de petites rides et des cernes noirs sous ses yeux. Carole n'avait plus de travail et vivait avec un ami. Elle ne parlait plus du tout de photos ni de défilés de mode. Ensuite, elle ne vint pas pendant trois ou quatre mois. Elle envoya quelques cartes postales et téléphona, prétextant à chaque fois un empêchement. Au mois d'avril suivant, elle réapparut sans la moindre explication. Cela faisait près de deux ans que Jennifer se trouvait à Monksgrove.

Sa mère était redevenue comme avant. Elle portait un manteau de cuir fermé à la taille par une ceinture. Ses cheveux étaient jaune citron, et ses yeux d'un bleu pur et brillant. Jennifer eut la permission de se promener avec elle dans le jardin. Elles marchèrent dans l'herbe haute où se balançaient des touffes de jonquilles. Puis elles s'assirent sur un banc, et Carole lui parla de son nouveau travail. Elle était réceptionniste dans un club de remise en forme. Quand elles eurent bien bavardé, elle sortit un petit appareil photo de son sac à main.

– Je n'ai aucune photo de toi, dit-elle. Et tu changes beaucoup en ce moment. Tu as grandi, ton visage est plus plein.

Jennifer sourit de plaisir pendant que sa mère prenait quelques clichés d'elle négligemment appuyée au dossier du banc, les jonquilles à l'arrière-plan. Puis elle se pencha en avant, les épaules rentrées, et adressa un sourire rayonnant à l'appareil. Elle était contente. Sa mère voulait une photo d'elle.

Ce qui n'avait pas été le cas à l'époque du procès. La seule photo de Jennifer était celle qui avait été prise par la police. Un visage tourné vers l'appareil. Une frange et des cheveux longs. Des yeux qui semblaient étonnés d'être là. Les journaux avaient écrit : « Le visage d'une meurtrière ».

Plus personne ne l'avait photographiée. Dans la maison remplie de clichés représentant sa mère, il n'y en avait pas un seul de Jennifer à dix ans. Quelques-uns la montraient quand elle était bébé et au cours de ses premières années à l'école, rien d'autre. Toutes les personnes auxquelles elle parlait voulaient savoir pourquoi. Les assistantes sociales, les psychologues, les professeurs. Elle était incapable de l'expliquer. M. Cottis avait voulu faire quelques photographies d'elle, mais elle s'était abstenue d'en parler.

Avant de partir, sa mère l'embrassa en la serrant contre elle, et en lui promettant de revenir bientôt. Quelques jours plus tard, sa photo était publiée dans un journal national. Les mêmes cheveux longs avec la frange, mais cette fois elle souriait d'un air heureux. « Le sourire d'une meurtrière », disait le gros titre, et à l'intérieur du journal une interview exclusive de Carole Jones : « Ma vie sans Jennifer ».

Patricia Coffey lui montra l'article. Elle resta tranquillement assise à l'autre bout du canapé pendant que Jennifer le lisait. Derrière elle, il y avait les animaux en peluche, dont un ou deux qu'elle n'avait jamais vus, un panda et un chiot.

« Carole Jones, la séduisante maman de la célèbre meurtrière de Berwick Waters, parle de sa vie sans sa fille. Mlle Jones, âgée de trente ans, est un ancien mannequin. Elle nous a reçus dans le salon de son nouvel appartement, et elle a pleuré en pensant à sa fille. " Jennifer n'est pas mauvaise ", a-t-elle déclaré. »

L'article décrivait la vie de Jennifer à Monksgrove, racontée par sa mère : une jolie maison dans un paysage à vous couper le souffle ; une chambre individuelle avec la télévision ; des équipements sportifs ; un bâtiment scolaire ; de petites salles de classe ; des cours de musique ; de la bonne nourriture.

L'éditorial donnait son opinion :

« Peut-on parler de justice ? Cette fillette a tué son amie de sang-froid. L'État paie pour qu'elle vive dans un lieu qui ressemble à un hôtel cinq étoiles. Et M. et Mme Livingstone ? Que vont-ils éprouver en apprenant que celle qui a tué leur fille coule des jours agréables, aux frais des contribuables ? »

Jennifer posa le journal après avoir lu l'article jusqu'à la dernière ligne. Étonnée, elle vit Patricia Coffey encore assise à l'autre extrémité du canapé, les mains croisées. Elle paraissait nerveuse. Jennifer ne dit rien. Elle était trop blessée, et furieuse. Si elle ouvrait la bouche, elle risquait de cracher du venin.

Sa mère, le mannequin… Les visites cessèrent. Jennifer ne voulait plus la voir.

Alice était prête. Elle prit son sac, que Rosie avait refait. Sans la quitter d'une semelle, Rosie brossait les manches de son tailleur. Elle avait tiré ses cheveux en arrière en une coiffure sévère et, pour une fois, elle ne portait aucun bijou. Elle donnait l'impression d'être en deuil.

Jill parla avec assurance :

– Je vais sortir et dire aux journalistes que j'ai une annonce à leur faire. Je rejoindrai ma voiture et je détournerai leur attention pendant quelques minutes. Tu en profiteras pour te glisser dehors et filer au bout de la rue. Mon mari t'attend dans une Ford noire. Ne te cache pas le visage, cela ne ferait qu'attirer l'attention sur toi. Mets des lunettes de soleil, ce sera suffisant. Si tu es rapide, ils n'auront pas le temps de te voir.

– Je vais partir longtemps ? demanda Alice en attrapant son sac.

– Je ne sais pas. Nous en discuterons plus tard. Je dois d'abord parler à quelques personnes. Ensuite, j'irai te voir.

À côté d'elle, Rosie se tripotait un lobe d'oreille. Elle avait une expression qu'Alice ne lui avait jamais vue, et dont elle n'arrivait pas à saisir le sens. Mais c'était peut-être une impression due à ses vêtements, au fait qu'elle n'était pas maquillée et qu'elle était stressée.

– Allons-y ! dit Jill avec un sourire encourageant.

Elles descendirent l'escalier l'une derrière l'autre. Jill sortit la première en laissant la porte entrouverte. Les journalistes la suivirent vers sa voiture en commençant à lui parler d'Alice. Pendant ce temps, Rosie et Alice partirent tranquillement dans la direction opposée, sans que personne ne fasse attention à elles. Elles atteignirent vite le coin de la rue, où la Ford les attendait, le moteur ronronnant doucement. Elles montèrent à l'arrière. Après leur avoir dit bonjour, le mari de Jill jeta un coup d'œil autour de lui avant de démarrer. La voiture quitta la rue.

Haletante, Alice regardait nerveusement par la vitre, s'attendant à voir les journalistes débouler et leur courir après. Mais il n'y avait personne. Elle se concentra sur le feu de signalisation qui clignotait. Ils attendaient de pouvoir redémarrer, mais une voiture apparut. En s'approchant, elle ralentit. Apparemment, elle voulait tourner dans la rue de Rosie.

Ils allaient être obligés de la laisser passer avant de repartir.

Quand elle arriva à leur hauteur, Alice scruta l'intérieur. Son regard fut attiré par une femme assise sur le siège arrière. Le bras négligemment posé sur la portière dont la vitre était baissée, elle fumait une cigarette et faisait tomber la cendre dans la rue. Elle tourna la tête vers Alice.

C'était sa mère.

Ses cheveux étaient plus courts et plus raides, ses joues légèrement plus arrondies. Carole Jones inséra la cigarette entre ses lèvres rouge foncé et tira une bouffée. Quand s'était-elle mise à fumer ? Alice ne pouvait pas le savoir. Elle appuya sa tête à la vitre. Elle avait une douleur dans la poitrine, ses côtes semblaient être vissées les unes aux autres. Elle ôta ses lunettes noires et capta le regard de sa mère. Rien qu'un bref instant, une seconde de reconnaissance, d'un passager à un autre. Puis sa mère tourna la tête vers l'oubli et parla à la personne assise à côté d'elle.

Quand la voiture eut tourné dans la rue de Rosie, le mari de Jill redémarra et la Ford noire s'éloigna rapidement, sans que personne ne la remarque. Sur le siège arrière, il y avait deux femmes. Une seule allait rentrer, le soir même.

26

Alice devait passer la nuit chez un autre juge, qui habitait dans le Hampshire. Margaret, une vieille amie de Jill, les accueillit en portant son bébé endormi sur l'épaule. Le mari de Jill les laissa et, à voix basse, Margaret les pria d'entrer. Alice était gênée. Le salon était un véritable capharnaüm, avec des objets d'enfant éparpillés un peu partout et un couffin posé sur la table basse. Rosie parla aussitôt à Margaret du bébé, de ses habitudes, elle voulut savoir s'il mangeait bien et connaître son poids. Assise sur une chaise, Alice restait muette, agrippée à son sac de voyage. Elle avait l'impression d'atterrir dans un autre monde.

Margaret coucha le bébé dans le couffin.

– C'est Emmie, dit-elle.

Puis elle leur prépara du thé. Elles s'installèrent autour d'une petite table de cuisine et parlèrent des études d'Alice : quelle matière avait-elle choisie, dans quelle université ? Habiterait-elle sur le campus ou louerait-elle un appartement ? C'était un bavardage sympathique, dérivatif. Cependant, durant une pause dans la conversation, pendant laquelle Margaret lava et sécha les tasses, Alice fondit en larmes. L'atmosphère familière de cette pièce la déprimait : la théière, la table encombrée, le biberon posé à l'envers sur l'égouttoir… c'étaient les objets indispensables de la vie quotidienne, et pourtant elle n'y avait pas droit. La détresse lui fondit dessus sans crier gare. Ses lèvres commencèrent à trembler, sa vue se brouilla, et les larmes s'égrenèrent en grosses perles sur ses joues. Rosie ne les vit pas tout de suite. C'est Margaret qui s'interrompit et la regarda d'un air inquiet.

– Oh, Alice ! dit Rosie en se levant et en s'approchant d'elle.

Alice posa la tête sur sa poitrine. C'était bizarre, pas aussi chaud ni aussi doux que d'habitude. À cause du tailleur, que Rosie avait mis pour aller au tribunal. Le tissu était rêche et sombre, il faisait penser à une espèce d'armure. Quelques instants plus tard, Rosie la fit entrer dans le salon et trouva un petit espace libre sur le canapé. Margaret les rejoignit, portant Emmie sur un bras, comme si le bébé était dans un panier.

– Alice, je ne te connais pas, mais Jill m'a dit que tu étais quelqu'un de bien et que tu surmonterais cette épreuve.

Pat Coffey, Jill, Rosie, et maintenant Margaret. Toutes les quatre pensaient qu'elle était quelqu'un de bien. Après tout, peut-être avaient-elles raison.

– Tu peux regarder la télévision, mais je te préviens, on risque de parler de toi au journal.

Alice hocha la tête. Autant voir le pire. Prenant la télécommande, elle choisit une chaîne d'information. Au bout de un quart d'heure, il y eut un reportage sur elle. Le journaliste donna brièvement quelques détails sur l'histoire de Berwick Waters. Dans un coin de l'écran apparut le visage de Jennifer Jones à l'âge de dix ans. Puis la caméra montra la rue de Rosie. Et là, au milieu d'un groupe de reporters, elle vit sa mère. Carole Jones n'avait plus de cigarette aux lèvres, mais elle tenait un mouchoir blanc roulé en boule, qui évoquait une fleur fanée. Le journaliste venait de lui demander ce qu'elle éprouvait de ne pas avoir vu sa fille depuis si longtemps. Carole prit une profonde inspiration. Le fait de parler semblait exiger d'elle une volonté surhumaine.

Alice éteignit le poste. Elle ne voulait pas entendre la réponse.

Margaret sortit Emmie du couffin.

– Peux-tu la porter un instant pendant que je prépare son repas ?

Alice s'enfonça sur le canapé et Margaret posa le minuscule bébé sur ses genoux. Il ne pesait presque rien mais il se débattait, remuant les bras et les jambes, les yeux à moitié fermés et la bouche tournée vers les seins d'Alice. Assise près d'eux, Rosie chuchotait des paroles affectueuses. La sonnerie du téléphone l'interrompit. Elle leva les yeux.

– Rosie, c'est Jill ! cria Margaret.

– Je reviens tout de suite, dit Rosie.

Margaret apparut, un biberon à la main. Elle reprit Emmie et alla s'asseoir sur une chaise. Le bébé se jeta avidement sur la tétine. Alice observait ses petites mains, qui s'arrêtèrent en l'air, ses minuscules doigts ouverts, son corps apaisé et lourd de satisfaction.

Pendant que le bébé tétait, Alice essaya d'entendre ce que Rosie disait dans le couloir. Elle frotta l'ongle de son pouce sur ses dents. Qu'est-ce que Jill avait prévu pour elle ? Rosie parlait d'une voix égale, sans exclamations ni protestations. C'était bon signe. Cependant, il y eut de longs silences. Jill devait avoir un tas d'informations à lui communiquer. Par moments, la voix de Rosie prenait un ton professionnel. « Absolument ! Dès que j'aurai posé le téléphone ! Immédiatement ! » Alice imagina Rosie au tribunal, face à l'un de ses cas sociaux. Affublée de sa tenue professionnelle, elle devait être responsable, efficace. Alice sourit. Comme Rosie était différente quand elle était chez elle ! C'était si facile de l'approcher.

La communication terminée, Rosie revint dans le salon. Alice la dévisagea, essayant de déchiffrer son expression. Les sourcils légèrement relevés, Rosie avait un vague sourire aux lèvres. Elle semblait attendre quelque chose. Alice essaya de capter son regard, sans y parvenir, ce qui lui procura une sensation pénible.

Margaret se leva et berça son bébé.

– C'est toujours comme ça ! Elle s'endort avant d'avoir fini son biberon. Je vais la coucher pour qu'elle fasse la sieste. Mettez-vous à l'aise, toutes les deux.

Le salon parut vide quand Margaret et sa petite fille furent parties. Alice était là, Rosie aussi, mais il manquait quelque chose d'important. Les affaires du bébé paraissaient incongrues ; un hochet qui avait roulé sous le divan donnait l'impression d'être abandonné à tout jamais.

– Alice !

La voix de Rosie interrompit ses pensées.

– Qu'a-t-elle dit ? demanda Alice.

C'étaient de mauvaises nouvelles, elle le sentait.

– Personne n'a pu te photographier ce matin. Jill est vraiment contente. Cela lui rend la tâche plus facile.

Alice était devenue la « tâche » de Jill. Elle l'avait peut-être toujours été. Mais pas pour Rosie. Entre Rosie et elle, il y avait quelque chose de plus, qui ne pouvait pas exister entre elle et Jill, avec ses ongles peints et ses lunettes élégantes.

– Jill organise un nouveau placement pour toi. Cela signifie que tu vas changer de lieu de vie. Et de nom. Mais rien d'autre ne changera. Tu vas aller à l'université. Quand le moment sera venu, s'il n'y a pas de fuites, les journaux t'oublieront et tu pourras recommencer une vie normale.

– Je ne vais pas aller dans le Sussex ?

Une brève image de Frankie lui traversa l'esprit.

– Non, tu iras dans une autre fac. Elles proposent toutes un cursus d'histoire.

– Nous devrons déménager, dit Alice dans un souffle en saisissant le bras de Rosie.

Les yeux baissés sur la moquette, Rosie était très calme.

– Il faudra que tu le fasses toute seule, Alice.

Il y eut un silence. Alice sentit sa poitrine se gonfler comme un ballon. Elle s'enfonça encore sur son siège. Elle avait peur de se mettre à flotter.

– Mais vous allez venir avec moi ?

Rosie secoua la tête, les lèvres serrées.

– Pourquoi ?

Rosie ne répondit pas.

– Mais vous pouvez ! s'exalta Alice. Vous êtes assistante sociale, vous pouvez travailler n'importe où. Vous pourriez acheter une maison. Vous dites toujours que l'appartement est trop petit. Nous pourrions chercher une maison ensemble. Ce serait amusant…

Rosie secoua la tête.

– Mais pourquoi ?

Remontant du plus profond d'elle, les mots sortaient comme des bulles.

– Alice, je ferais n'importe quoi pour t'aider. Tu es une jeune fille adorable, et tu as vécu des choses si terribles, mais…

– Pourquoi ?

– Je ne peux pas laisser mon travail, mes amis. Je ne peux pas laisser ma mère !

Sa mère. Rosie aimait sa mère. Alice songea à Kathy, avec ses vêtements élégants et ses cheveux roux, raides et laqués. Kathy était si différente de ce qu'elle avait imaginé. Elle s'était attendu à voir en elle une version plus âgée de Rosie : ronde, cheveux gris, bonne cuisinière, toujours à l'affût des ventes de charité pour acheter des vêtements. Kathy tentait toujours de persuader Rosie d'aller à Majorque, alors que Rosie voulait faire le tour du monde. Pourquoi avoir cru qu'elles seraient identiques ? songea Alice. Elle n'avait qu'à regarder sa propre mère. Elle ne lui ressemblait en rien.

– Nous pourrions prendre de longues vacances, insista-t-elle dans un hoquet.

Ses mains tremblaient.

Rosie secoua encore la tête. Elle semblait incapable de parler.

– J'irais n'importe où pour vous, Rosie. Pourquoi ne venez-vous pas avec moi ?

– C'est impossible. Ma vie est ici, murmura Rosie en brossant le tissu sombre et raide de sa jupe.

Alice resta assise sans bouger sur le canapé, au milieu des vêtements du bébé et des tubes de crème. Elle voyait son reflet dans l'écran de télévision. Une jeune fille coincée sur le coin d'un canapé. À l'autre bout, une femme forte, qui avait sa propre vie. Au-dessus, elle entendait les pas de Margaret, et le plancher qui craquait de fatigue.

– J'ai tout vérifié avec Jill. Nous continuerons à nous voir. Je viendrai à ta nouvelle fac. Nous resterons amies, promit Rosie.

Alice ne leva pas les yeux.

– Bien sûr, dit-elle.

Mais elle savait que c'était un mensonge.

QUATRIÈME PARTIE
KATE RICKMAN

27

Kate transporta le dernier carton dans sa chambre. Elle était essoufflée d'avoir grimpé deux étages. Évidemment, elle n'était pas très en forme. Elle posa le carton sur le lit étroit, dans le coin de la chambre, et regarda par la fenêtre. Le campus était vaste, avec de grandes étendues herbeuses plantées d'arbres. Autour des trois bâtiments en brique, qui comptaient quatre étages, étaient garées les voitures des parents, d'où leurs fils et leurs filles sortaient des cartons qu'ils emportaient dans leurs chambres. Plus loin, sur la gauche, une petite route serpentait sur un kilomètre environ, jusqu'au bloc des professeurs. Kate se rappela avoir lu un article au sujet du bus qui faisait la navette sur cette route, pour emmener les étudiants de première année et les ramener.

Quand elle serait en deuxième année, elle louerait un appartement ou une maison avec d'autres étudiants, de préférence à Exeter, si possible.

Derrière elle, elle entendit Rob et Sally. Rob lui apportait sa chaîne stéréo, et Sally portait la lampe en cristal, trop fragile pour être emballée dans un carton.

S'accroupissant, Rob posa la chaîne par terre. En se relevant, il consulta sa montre étanche. À coup sûr, il devait chronométrer le temps qu'il avait mis pour monter les deux étages. Il portait un survêtement et des baskets blanches. Apparemment, il avait une tenue différente pour chaque jour de la semaine.

– Je pose ça ici, dit Sally en plaçant la lampe sur le bureau.

Bien qu'il fît chaud à l'extérieur, Sally avait son manteau boutonné jusqu'au cou. Pendant tout le trajet en voiture entre Bristol et Exeter, elle ne l'avait pas enlevé, et elle s'était plainte au moins dix fois qu'il faisait froid. Ce qui avait changé un peu, pour Kate. D'habitude, c'était toujours elle la plus frileuse.

Sally commença à déballer la lampe du plastique à bulles qui la protégeait depuis plusieurs semaines.

– Tu peux laisser ça, dit Kate. Je m'en occuperai plus tard, quand j'aurai sorti tout mon bazar.

– D'accord.

Sally faisait toujours attention à ne pas être envahissante, et à ne pas interférer.

– Ces chambres ont beaucoup changé depuis que nous y étions, dit Rob en donnant un petit coup de coude à Sally.

– Ils ont fait tomber les vieux bâtiments. À notre époque, ça ressemblait plutôt à un foutu dortoir, dit Sally.

Elle coinça ses cheveux derrière ses oreilles. Elle disait toujours des trucs comme ça : « foutu » et « mince ! », comme si elle ne connaissait pas de mots plus forts. Rob était pareil. Pendant les trois semaines où Kate avait vécu dans leur bungalow, elle ne les avait jamais entendus jurer une seule fois. Et pourtant, ils n'arrêtaient pas de lui parler. Des informations, des programmes télévisés, de ses cours, des magazines qu'elle lisait. Ils ne restaient pas une minute sans lui faire la conversation. Ce n'était pas leur faute. Ils étaient gentils. On leur avait probablement recommandé de lui occuper l'esprit. « Veillez bien sur Kate, avait dû leur dire Jill Newton. Elle était très déprimée, ces derniers temps. Elle a besoin qu'on lui remonte le moral ! »

Kate capta son reflet dans le miroir accroché au-dessus du lavabo. Elle passa les doigts dans ses cheveux blonds coupés court. Depuis quelques jours, elle faisait constamment ce geste. Elle les avait fait décolorer et ils paraissaient plus épais. Elle avait l'impression que ce n'étaient plus ses cheveux. Et ses lunettes ! Elles changeaient vraiment son apparence avec cette monture noire, toute simple, et ces verres légèrement teintés. Elles lui donnaient un air très sérieux.

– Tu veux te balader dans le campus ? demanda Rob en plissant les paupières.

– Non, merci.

Rob hocha vaguement la tête. Il semblait chercher quelque chose à dire. Sally toussa légèrement. Il y eut un moment de gêne.

– En fait, finit par dire Kate, j'aimerais passer un moment toute seule. Vous savez ce que c'est, il faut déballer ses affaires, les mettre en place.

Ils hochèrent la tête et l'atmosphère s'allégea. Rob fit quelques flexions sur ses jambes, peut-être pour se préparer à courir. Sally se pencha vers Kate pour lui donner un petit baiser sur la joue. Kate serra vigoureusement la main de Rob.

– Merci pour tout.

– Tu as notre numéro. Si tu veux t'échapper un moment…, dit Sally.

– Absolument, renchérit Rob. Si tu as envie de faire un break, le week-end, tu seras la bienvenue.

– Je sais, dit Kate. Je n'oublierai jamais votre gentillesse.

Elle le pensait sincèrement. Elle les accompagna jusqu'à leur voiture. Rob ouvrit la portière de Sally. En les observant, Kate éprouva une immense gratitude. Le problème, c'est qu'elle ne pourrait jamais leur revaloir ça. Pendant que la voiture démarrait, avec quelques soubresauts, Sally lui faisait signe par la vitre. Puis la voiture s'éloigna et disparut.

Le bungalow de Sally et Rob avait été un véritable havre pour elle. Leur vie, leurs habitudes, leurs soucis quotidiens… elle avait pu s'y réfugier quand tout allait mal. Les articles s'étaient succédé dans les journaux : « Jennifer Jones fuit sa mère » ; « JJ échappe aux projecteurs des médias » ; « Jennifer Jones se cache encore ! »

Il y avait eu des débats télévisés au cours desquels toutes les questions avaient été examinées de près. Fallait-il laisser JJ livrée à elle-même ? Les gens pouvaient-ils vraiment changer ?

Un jour, elle avait écouté une interview de sa mère, qui parlait des problèmes auxquels étaient confrontés les parents des enfants violents. « J'ai dû supporter beaucoup de choses », avait dit Carole Jones.

En se balançant d'avant en arrière sur une chaise, dans le coin du salon de Rob et Sally, Kate avait suivi l'émission jusqu'au bout, avec l'impression d'avoir échappé à un terrible accident et d'observer le désastre, assise au bord de l'autoroute. Ils savaient très bien qui elle était, mais ils n'en avaient jamais soufflé mot. Sans hésiter, ils l'avaient appelée Kate et ils n'avaient parlé que de l'avenir.

Finalement, elle avait dû aller à l'université d'Exeter. Il n'était plus question du Sussex. Elle allait rester sur le campus jusqu'aux vacances de Noël. À ce moment-là, Jill pourrait lui parler d'une autre famille d'accueil. Tout avait été organisé discrètement, et Jill était la seule, avec le directeur d'études de l'université, à savoir la vérité. C'était un de ses plus vieux amis. Jill semblait connaître tout le monde. Kate lui était vraiment reconnaissante.

De retour dans sa chambre, elle commença à ouvrir ses cartons. Il ne lui fallut pas longtemps pour ranger ses vêtements et ses livres, et brancher ses appareils électriques. Puis elle sortit ses draps, ses oreillers et son duvet flambant neufs. Elle les avait achetés la semaine précédente. À la fin, elle déballa la lampe. À son grand désarroi, elle constata que cette lampe détonnait complètement dans la minuscule chambre. Peu importait. Elle la laissa sur le bord du bureau. Les petites pendeloques de cristal s'entrechoquèrent un moment avant de s'immobiliser et de redevenir silencieuses.

À peine ses rangements finis, on frappa à la porte, qui s'ouvrit avant qu'elle ait le temps de réagir.

– Salut. Je suis Lindsay, ta plus proche voisine. Tu es en histoire ?

Une fille de son âge, très décontractée, entra dans sa chambre. Elle était grande et avait de longs cheveux bruns. Sa frange formait des mèches, l'une d'elles lui effleurant la paupière chaque fois qu'elle clignait des yeux. Elle buvait de l'eau directement à une grosse bouteille en plastique.

– C'est un vrai trou ici ! Mon amie est à Durham. Elle a obtenu deux A et deux B. Il faudrait que tu voies leur résidence là-bas ! Il paraît qu'il y a des suites, et la télévision dans chaque chambre. Très confortable. Moi, j'ai eu juste un B et trois C, mais il faut dire qu'un de mes professeurs a fait une dépression nerveuse. Et toi ? Quelles notes ?

Kate sourit. Dans ce domaine, elle pouvait être fière.

– Trois B et un C.

– Pas mal, dit Lindsay en s'affalant sur le lit. Ouah, c'est tout neuf ! s'exclama-t-elle en tâtant le duvet qui portait encore les traces de pliures. C'est tes parents qui te l'ont payé ?

Kate hocha la tête. Pourquoi pas ? Elle n'avait aucune explication à donner.

– Les étudiants qui crèchent dans ce couloir font presque tous des études classiques : anglais, psychologie…

Lindsay était intarissable. Tout en parlant, elle observait la chambre de Kate. Ses yeux finirent par se poser sur le bureau.

– Hé, tu as un ordinateur portable ? Fantastique !

Posant négligemment sa bouteille d'eau sur le bord de la table de chevet, elle se leva, s'approcha du bureau et, sans se gêner, ouvrit l'ordinateur. Dès cet instant, Kate n'éprouva pas une grande sympathie pour elle.

– Formidable. Ma mère voulait m'en acheter un, mais son copain a dit que c'était trop cher. Je pourrai peut-être te l'emprunter ?

Kate eut un petit sourire. Personne ne lui emprunterait son ordinateur. Rosie l'avait acheté pour elle.

– Tu peux venir avec nous au bar de la fac, tout à l'heure, dit Lindsay.

– Oui, peut-être.

Quand Lindsay fut partie, Kate ferma sa porte à clé et rabattit doucement l'écran de son portable. Elle le poussa sur le côté, l'alignant sur le bord du bureau. À côté, il y avait quelques papiers. Des lettres. Elle hésita un instant, puis elle ôta ses lunettes et les posa par-dessus.

C'était bon d'être seule. Après ces semaines passées au bungalow, elle mourait d'envie de retrouver un peu d'indépendance. S'asseyant sur le lit, elle s'appuya au mur et remarqua son nouveau téléphone portable, sur la table de chevet. Le dernier modèle, et un nouveau numéro de téléphone ; la plupart des adolescentes auraient été ravies. Elle le prit et le soupesa. Son contact était soyeux, presque glissant. À l'intérieur étaient enregistrés les numéros dont elle aurait besoin dans sa nouvelle vie : ceux de Rob et Sally, et de Jill Newton. Les autres étaient restés dans l'ancien téléphone, celui qu'elle avait dû rendre à Jill le jour où la juge l'avait emmenée dans le Devon.

– Celui-ci a toutes sortes de nouvelles possibilités, avait expliqué Jill. Tu peux envoyer des mails, et il a une mémoire importante, ce qui permet de garder des messages. Tu peux même faire des jeux.

Alice s'était installée sur le siège du passager et s'était familiarisée avec l'appareil. En peu de temps, elle avait trouvé toutes les fonctions, sur quels boutons appuyer, comment faire défiler les messages reçus et comment en envoyer. Jill parlait pendant qu'elle se concentrait sur ce petit objet qui se calait merveilleusement bien dans la paume de sa main, son boîtier argenté jetant un éclat luxueux.

Il représentait un lien avec le monde extérieur, mais il restait silencieux au fond de son sac. Elle n'avait pas pris la peine de l'allumer. Personne n'allait l'appeler. Elle était nouvelle ici, personne ne la connaissait. Comment aurait-elle pu faire partie du répertoire téléphonique de qui que ce soit ? Elle ne le sortait que lorsqu'elle voulait se distraire, pour jouer. Un jour, elle l'avait allumé et, à sa grande surprise, l'icône indiquant qu'elle avait reçu un message était apparue sur l'écran. Elle avait composé le numéro de la messagerie vocale et entendu la voix de Rosie. La voix de Rosie !

Rob et Sally s'étaient rendu compte de son état d'excitation tandis qu'elle arpentait le salon en écoutant et réécoutant le message.

C'était une semaine plus tôt.

Kate appuya sur deux touches et porta le téléphone à son oreille. Elle avait sauvegardé ce message, et la voix de Rosie la faisait encore frémir.

C'est un message pour Kate Rickman…

Rosie parlait calmement. Elle prononçait son nouveau nom avec facilité et naturel. C'était bien elle. Kate n'y était pas encore habituée et, plusieurs fois, elle n'avait pas répondu à des personnes qui s'adressaient à elle. C'est pourquoi Rob et Sally avaient insisté en le répétant très souvent. Kate ceci, Kate cela. Ce nom lui paraissait bizarre, faux, elle avait l'impression qu'il s'agissait d'un personnage de film. « Alice » avait sonné étrangement au début, mais au bout de quelques mois elle était devenue Alice. Elle avait laissé Jennifer derrière elle, dans le passé, un visage sur une photographie, figé dans le temps, et qui ne grandirait jamais. Et maintenant, il fallait aussi qu'elle oublie Alice.

C'est Rosie. Jill m'a communiqué ton numéro. Je voulais juste te souhaiter bonne chance pour commencer la fac, la semaine prochaine… Ici, tout va bien, tout est rentré dans l'ordre, tu seras contente de le savoir…

Il y eut une pause. Kate l'imagina jouant avec sa boucle d'oreille, ne sachant pas très bien comment continuer.

J'espère que tu t'en sors avec l'ordinateur. Tout le monde ne jure que par ça de nos jours, mais tu me connais, moi je préfère le stylo et le papier…

Kate s'agrippait au téléphone. Elle avait entendu ce message une dizaine de fois, mais elle sentait encore la présence de Rosie, à l'autre bout de la ligne.

J'ai reçu ta lettre. Je la garde avec mes papiers impor-
tants. Tu sais… Kate… je ne t'oublierai jamais. Tu as enso-
leillé ma vie pour longtemps… Penses-y. Quand tout
redeviendra plus simple pour toi, tu auras tout ce que tu
mérites.

Rosie toussota deux ou trois fois et Kate l'entendit renifler. Les dents serrées, elle déglutit péniblement. Que
méritait Kate ? D'avoir une vie à elle, probablement.
Comme celle qu'avait eue Alice Tully ? Un foyer, un travail,
des amis, un petit ami. Tout cela lui avait paru réel, stable.
Mais au contraire, ces choses avaient été aussi fragiles
qu'un mouchoir en papier. Une bouffée d'air et elles
s'étaient envolées. Et Alice s'était retrouvée sans rien.

En fait… il vaut mieux que tu ne me contactes pas, au
cas… tu sais bien… au cas où quelqu'un essaierait de te
retrouver. Mais je t'écrirai dès que tu seras installée dans
le campus. Et qui sait ? Je viendrai peut-être te rendre visite
un de ces jours.

La ligne devint silencieuse. Rosie avait dû appuyer sur la
touche de fin de communication avant même d'en avoir
vraiment l'intention. C'était typique d'elle. Kate laissa
tomber le mobile sur le lit, à côté d'elle. Elle ferma les yeux
quelques instants. Des bruits arrivaient de tous les coins du
bâtiment, pas lourds dans l'escalier, voix irritées dans les
couloirs, bruits de meubles déplacés, de portes ouvertes et
refermées. Une fille poussa un cri en reconnaissant quelqu'un,

puis il y eut un grondement de voix masculines provenant de l'extérieur. Un Klaxon hurla au loin tandis que de la chambre du dessous lui parvenait une musique assourdie.

Kate s'assit et passa les mains dans ses cheveux raides. Décidément, elle avait du mal à s'y habituer. Ses lunettes étaient posées sur le courrier. Elle les prit et les chaussa. Elle n'en avait pas besoin pour lire, mais il valait mieux qu'elle s'habitue à les porter. Elle s'empara des lettres et hésita un instant. Puis, s'asseyant au bord du lit, le dos courbé, les coudes posés sur les cuisses, elle déplia les deux feuilles de papier.

Deux lettres de Frankie. La première datait de deux semaines après son séjour à Brighton. La seconde, d'une semaine plus tard. Quand Jill Newton les lui avait données, elle lui avait recommandé de les jeter après les avoir lues. Pourquoi ne l'avait-elle pas fait ? Elle n'en avait vraiment aucune idée. Elles commençaient toutes les deux par : « Chère Alice ».

Kate susurra « Alice, Alice ». Son murmure se répandit autour de la petite chambre. Écho du passé, ce nom resterait toujours avec elle.

Les deux lettres avaient le même contenu. L'écriture en pattes de mouche de Frankie s'élargissait par endroits, et les lignes penchaient vers la droite.

« Il faut que tu me téléphones. J'ai réagi comme un parfait crétin, j'ai besoin de te parler. Nous discuterons du passé.

Nous pourrons peut-être surmonter tout ça.
Appelle-moi. J'ai besoin d'entendre ta voix. »

« Je t'aime. J'ai mal réagi, c'est tout. Je comprends. Tout le monde peut changer. Je veux que
tu saches que mes sentiments pour toi sont restés
les mêmes. J'ai été idiot. Ne me laisse pas tomber.
Téléphone-moi. Nous parlerons... »

Kate replia les deux feuilles et ôta ses lunettes.
Pauvre Frankie ! Il se croyait capable de tout arranger pour Alice Tully.

Mais Alice Tully n'existait plus.

Tu as aimé ce roman ?
Découvres-en d'autres sur

pageturners-milan.com

L'Échappée
de Allan Stratton

Traduit de l'anglais (Canada)
par Sidonie Van den Dries

« Comment peut-on ne pas vouloir sortir avec Jason ? il est ultra cool. (…) Jason, pour moi, c'est un rêve qui se réalise. »

Hélas pour Leslie, son rêve va vite tourner au cauchemar… Jason, le nouveau qui attire tous les regards, n'est pas le garçon bien qu'il paraît être. Lentement, il tisse sa toile autour d'elle. Pour qu'elle ne puisse plus s'échapper. Pour qu'elle lui appartienne. Corps et âme.

« Mené tambour battant, avec un suspense haletant, *L'Échappée* trimballe le lecteur scotché à son siège à la lisière du cauchemar. »
teenreads.com

Cette fille, c'était mon frère

de Julie Anne Peters

Traduit de l'anglais (États-Unis)
par Alice Marchand

« Depuis le début, j'avais l'impression d'avoir une grande sœur plus intelligente, plus sympa, plus jolie – du moins, elle l'aurait été si elle avait pu s'habiller en fille… »

Regan voudrait juste être une ado comme les autres. Mais comment trouver sa place dans l'ombre d'un frère génial et populaire ? Un frère dont elle est la seule à partager le secret. Un secret qui ne veut plus l'être et qui va tout bouleverser.

« Fort et émouvant, un ovni littéraire
à ne pas manquer. »
Ricochet

Baby bad trip

de Lisa Drakeford

Traduit de l'anglais (Royaume-Uni)
par Alison Jacquet-Robert

Une soirée. Cinq amis. Un invité-surprise.

Pour ses dix-sept ans, Olivia avait organisé la teuf du siècle. Ça aurait pu être cool, si Nicola, sa meilleure amie, n'avait pas eu l'idée… d'accoucher dans la salle de bains. Le choc ! Et durs lendemains de fête ! Pour Nicola, d'abord, dont le quotidien est bouleversé et qui aurait bien besoin de son amie. Mais Olivia a ses propres problèmes, tout comme Jonty, son mec écorché vif, Alice, sa jeune sœur un peu space, et Ben, le confident de Nicola. La vie n'est plus une teuf, quand un bébé débarque sans prévenir…

Fake, fake, fake
de Zoë Beck

Traduit de l'allemand
par Nelly Lemaire

Un prénom pourri, des chaussures taille 49, pas un poil
sur le torse et des parents bobos artistes : Edvard, 14 ans,
est mal parti pour séduire Constance. D'autant qu'au
collège, Henk et sa bande de gros bras ne le lâchent pas.
Alors, sur Facebook, Edvard devient Jason, Américain
en voyage scolaire. Jason, le double rêvé et parfait…
Constance mord à l'hameçon. De mensonge en mensonge,
les demandes d'amis explosent, et la machine s'emballe…

Genesis alpha
de Rune Michaels

Traduit de l'anglais (États-Unis)
par Nicole Hesnard

Peut-on être génétiquement programmé à devenir un meurtrier ?

Josh et Max. Max et Josh. Deux frères, inséparables. Une passion commune : *Genesis alpha*, leur jeu vidéo, leur seconde vie.
Mais quand Max est accusé d'avoir tué une jeune fille, il ne s'agit plus de jouer. Le monde de Josh s'écroule, les secrets de famille explosent : il découvre qu'il est en fait le clone de ce frère tant aimé.
Josh est-il génétiquement programmé à devenir lui aussi un meurtrier ?

Achevé d'imprimer en Espagne par Estella Print

Dépôt légal : 2e trimestre 2017